KB168081

품위 있는 삶

품위 있는 삶

정소현 소설집

창비

차례

품위 있는 삶, 110세 보험

80_2054. 10

〈품위 있는 삶-110세 보험〉을 추천합니다. 집에서 편안하게 노후를 보내고 집에서 죽음을 맞을 수 있는 보험. 어쩌면 지금은 없어진 상품일지도 모르지만, 누군가 권유하면 묻지도 따지지도 말고 꼭 가입하세요.

제가 이 보험에 가입했던 삼십년 전만 해도 이것이 제 인생에 어떤 역할을 할지 상상도 못했습니다. 일반 회사원의 급여 정도 되는 납입금을 퇴직하기까지 이십년간 매달 냈습니다. 저는 전문의가 여덟명 정도 되는 여성 전문 병원의 대표 원장이었고, 돈을 쓸 시간도, 무언가를 깊이 생각할 시간도 없이 바빴기에 쉽게 가입할 수 있었어요. 그러면서도 한편으로는 이런 비싼 보험 상품이 훗날 제 기능을 하게 될지 반신반의했지요. 1980년대 초, 제가 국민학교에 입학했을 때 어머니가 교육 보험을 들었더랬죠. 대학 등록금까진 문제없다고 생각했는데 고등학교 입학금을 내고 나니 더이상 받을 돈이 없었다는 이야기를 귀에 못이 박히도록 들었기 때문에 보험을 신뢰하지 않았습니다.

게다가 저는 사십대까지만 해도 노후에 대해 심각하게 생각해본 적이 없었습니다. 많은 일들이 있었고, 너무나 바쁜 날들이었으니까요. 오십대에 들어서야 노후를 걱정하기 시작했습니다. 노후의 생활, 건강, 고독…… 걱정되지 않는 것이 없을 정도였습니다. 휴식 시간이나 수면 시간처럼 아무 일도 없는 때에는 문득문득 늙어가고 있다는 생각에 견딜 수가 없었습니다. 그동안 노인 복지를 위한 여러가지 국가 정책이 나왔고, 그중 몇가지는 시행되기도 했지만 그것만을 믿고 늙을 수는 없었어요. 국가에서 무료로 출산을 지원해주어도 제 병원에서 운영한 VIP 클리닉으로 산모들이 몰려들었던 것처럼, 아무리 정책적으로 지원을 해주어도 더 필요한 것이 분명히 있을 거라고 생각했어요. 사실 국가 정책이야 정권 바뀌면 회까닥회까닥 하는 거 아닙니까. 저는 자식도 남편도 의지할 만한 사람도 없었으니 믿을 건 돈뿐이었습니다. 듣기 거북할 줄 알지만, 뭐 그래요, 그게 사실이니까요. 최대한 비싼 것으로 가입하면 최악의 상황이 온다 해도 최소한의 보장은 해줄 거라 믿었어요. 속는 셈치고 가입해 나가는 줄도 모르게 자동 이체되던 그 보험은 부지불식

간에 만기가 되었고, 제가 만 70세가 된 달부터 보장이 시작되었습니다.

매일 아침 요리사가 집으로 방문해 제 입맛에 맞고 영양이 풍부한 두끼 식사와 간식을 준비해주고 돌아갔습니다. 늘 진료실에서 김밥으로 끼니를 때우던 저에겐 엄청난 선물처럼 느껴지는 음식들이었습니다. 가끔씩은 보험사에서 마련한 브런치 모임에 초대되어 명사와 함께 시간을 보내기도 했고, VIP를 위한 디너 모임에 초대되어 한때 대단했지만 지금은 그냥 노인인 사람들과 교류를 하곤 했습니다. 그 솜씨 좋은 요리사가 십년도 더 지난 지금까지 오고 있으니 저는 축복받은 사람입니다. 모임의 초대장은 조금 뜸하게 오는데, 이것들이 늙었다고 홀대하나 싶다가도 막상 받고 나면 가고 싶은 마음이 사라집니다. 자기 할 말만 하고 남의 이야기를 도통 들으려고 하지 않는 또래들과 이야기를 하다보면 딱 치매에 걸릴 것 같은 기분이라 차라리 그 시간에 걷기 운동을 하는 게 더 낫습니다. 처음 몇년간 제일 좋았던 것이 솜씨 좋은 요리사의 다채로운 음식을 먹고 사람들을 만나는 것이었다면, 그 이후부터 지금까지 쭉 제가 가장 좋아하는 것은 운동과 산책입니다.

퍼스널 트레이너가 제 연령에 맞는 프로그램을 짜주고, 저는 그것을 열심히 따라 했습니다. 요가, 수영, 아쿠아로빅, 사교댄스 등 안 해본 것이 없을 정도였어요. 그러다보니 운동을 할 시간이 없었던 젊은 시절보다 더 건강해지는 것 같았지요. 운동이 끝나면 매일 한시간씩 공원을 산책했고, 스파에 들러 목욕을 하고 마사지를 받은 뒤 귀가하면 집 안이 아주 말끔히 정돈되어 있었습니다. 이부자리와 베개 커버는 다림질한 것처럼 주름 하나 없는 새것으로 교체되어 있고 바닥과 가구는 먼지 한점 없이 깨끗하고 욕실과 싱크대는 물기 하나 없이 보송보송했어요. 일하던 시절에는 상상도 못해본 풍경입니다. 먼지 더미가 공처럼 굴러다니고, 욕실 타일에는 거뭇한 곰팡이가 슬어 있고, 싱크대엔 맥주 캔이 그득했던 그곳이 바로 이 집이라니, AI의 능력에 기대고 있는 이 시대에도 인간 고유의 노동이 얼마나 고귀한 능력인지 감탄할 수밖에 없습니다. 가끔 화장대 위에 감사의 편지를 써놓고 외출을 하면 하우스 헬퍼는 아주 다정한 답장을 남겨놓고 돌아갔습니다. 이런 다정한 응대까지 보험 상품에 들어 있었는지 기억이 잘 나지 않는데, 가끔은 궁금해서 찾아보고 싶기도 하지만 보험을 가입한 것이 워낙 오래전 일이라 보험 증권을 어디에 두었는지도 가물가물하네요.

80세가 되니 보장이 추가되어 목욕 관리사가 매일 저녁 방문합니다. 가입할 때 꼼꼼히 봤는데도 이런 항목이 있었는지 기억이 나지 않지만, 80세 특약이라는 게 있었던 것 같긴 해요. 관리사는 늘 귀 뒤를 닦아주며, 여기를 잘 닦아야 노인 냄새가 나지 않아요,라고 이야기해주었습니다. 그래서 그런 건지 아무것도 하지 않을 때 물티슈로 귀 뒤를 닦는 습관이 생겼는데, 피부가 너무 건조해져 벗겨질 지경이 되었습니다. 관리사는 매일 스위트 아몬드 오일에 잉글리시 라벤더와 마저럼, 캐모마일 오일을 섞어 아로마 마사지를 해주고 있기 때문에 몸 냄새를 걱정하지 않아도 된다고 말해주었습니다. 그 말을 들으니, 제 아버지의 가령취가 기억났습니다. 깔끔했던 아버지에게서 갑자기 풍기기 시작한 냄새는 그분의 온 인생을 뒤덮어버렸습니다. 그때 이런 보험이 하나쯤 있었더라면, 이 감동적인 서비스를 받았더라면 노후가 그렇게 비참하지만은 않았을 겁니다.

아버지와 어머니를 보며 늙는 것이 너무 비참하고 슬픈 일이라고 생각했지만, 막상 저에게 닥쳐오니 다른 생각이 듭디다. 이렇게 아무 일 하지 않고 조용히 혼자 있을 수 있는 시간이 올 줄은 몰랐습니다. 불안과 고독 때문에 야간 진료와 응급 분만을 도맡아 했던 날들, 밤마다 회진을 돌고 보조 침대에서 쪽잠을 잤던 날들, 선생님은 언제 밥을 먹고 언제 자느냐는 물음에 웃음으로 대답했던 날들을 생각하면 지금은 천국과도 같습니다. 게다가 이제는 누군가와 깊이 교류해 피곤해질 일도 없고, 제가 책임져야 할 일도 사람도 없습니다. 느슨한 계획 아래 여전히 어제와 같은 일상이 흘러가고, 하고 싶은 일들을 마음껏 할 수 있으므로 더는 부족한 것이 없습니다. 잠에서 깨면 팔을 뻗어 커튼을 열고, 혼자 몸을 일으켜 주방으로 걸어가 에스프레소를 한잔 마실 수 있는 힘이 여전히 남아 있는 것만으로도 행복합니다. 해가 뜨면 세상은 밝아지고, 산의 푸름은 여전하며, 공기는 숨을 쉴 수 있을 만큼 맑습니다. 이런 사소한 것에 행복을 느낄 수 있다는 게 놀라워요.

가장 좋은 것은 이제 더이상 걱정해야 할 노후가 없다는 겁니다. 늙는 일 뒤에는 더 늙는 일이 기다리고 있고, 병과 죽음이 잇따라 찾아오겠지만, 마지막까지 보험사에서 도와줄 거라 생각하면 나름 버틸 만합니다. 몸이 불편한 다른 노인들처럼 국가에서 무상으로 지원해주는 실버타운에 들어가 낯선 사람들 틈바구니에서 불편해 하지 않아도 되고, 노인 병동에 누워 생을 마감하지 않아도 된다니 안심입니다. 죽으면 다 끝이라지만 죽기 전까지는 제가 좋을 대로 하고 싶어요. 집을 떠나 낯선 곳에서 살다가 죽고 싶지는 않습니다. 제 집에서 살다가 제 집에서 죽는 것, 그때까지 품위를 잃지 않는 것이 저의 희망입니다.

저는 노인이 되고서야 삶이 행복하다는 것을 알아버린 바보입니다. 그게 보험 덕택인지, 늙으면 다 그렇게 되는 건지 모르겠지만, 어쨌건 저는 오래오래 살아 이 행복을 누릴 거예요. 그러니까, 저는 이 보험의 계약을 유지합니다. 돈도 다 냈는데 안 할 이유가 없지요. 쓸데없이 이런 걸 왜 자꾸 해야 하는지 참 나. 당연히 누구의 강요에 의한 것이 아니고 제 의지로 진술한 겁니다. 제가 좀 늙었어도 누가 시켜서 하고 말고 하는 사람이 아닙니다.

84_2058. 4. (1주)

길에서 아들을 봤습니다. 미술품 경매에서 젊은 화가의 그림을 최고가에 낙찰받고 오던 길이었는지, 아니면 내가 요즘 보고 있는 드라마 촬영장에 밥차를 보내고 배우들과 사진을 찍고 오던 길이었는지, 요즘 좀 깜빡깜빡해서 그런지 조금 헛갈리지만, 어쨌거나 돈을 좀 쓰고 오는 길이었습니다. 그런 날이면 살아 있는 느낌이 든다고 해야 하나, 아니 평소에도 그런 느낌이 드는 요즘이니까 더, 더, 더 살아 있는 느낌이 들곤 합니다.

나도 알아요. 내가 산 그림을 그린 젊은 작가는 별 가망이 없다는 걸요. 하지만 그런 작가라도 인생에 한번 주목받지 말라는 법은 없잖아요. 장욱진 화백의 작품보다 더 높은 가격에 낙찰된 신인 작가의 작품이라니. 누군가는 그 이유가 무엇인지 설명하려 할 테고, 누군가는 구입자의 좋지 않은 안목과 돈 지랄에 혀를 찰 테고, 또 누군가는 이것이 마치 노인이 일으킨 사회 문제인 것처럼 분석하려고 하겠죠. 생기 없이 조용하던 옥션이 꿈틀거리고 웅성웅성 시끄러워지는 것을 보면 오히려 내가 살아나는 것 같아서 하는 일인데, 너무 진지하게들 생각하는 것 같아요. 그림이 배송되어 벽에 걸릴 때면, 뭐 저런 걸 그 돈을 주고 샀나 하는 생각이 들기도 하지만 그래도 실물이 손에 남는다는 점에선 꽤나 괜찮은 일입니다. 그렇다고 드라마 현장에 밥차를 보내거나, 종방연을 후원하는 것이 허무하다는 말은 아닙니다. 밥차를 보내는 사람이 한둘이 아니겠지만, 여든이 넘은 노인은 나 하나일 것이고, 또 주연이 아닌 주인공의 친구나 적으로 등장하는 조연 배우의 팬이 보내는 경우는 아주 드물 테지요. 내가 좋아하는 삼십대 배우는 이제 날 알아보고 알은체를 하고 식사를 대접하고 싶어하지만, 그를 개인적으로 알고 지내고 싶지는 않습니다. 그냥 그의 사진이 인쇄된 현수막이 걸린 밥

차가 촬영장에 도착했을 때, 미묘하게 당당해지고 생기를 찾는 그의 표정이 좋아서 하는 일일 뿐입니다. 주연 배우가 되기에는 연기도 외모도 어딘가 조금 부족한 우리 배우님의 황금기는 지금일지 모릅니다. 황금기를 지나고 있는 그와 같은 시대를 사는 것이 좋습니다. 몇 안 되는 팬들이 그를 부를 때 수줍어하는 모습도 좋습니다. 배우의 젊은 팬들이 나를 큰언니라고 부르는 것도 좋습니다. 언젠가 날 어머니라고 불렀던 삼십대 여자애에게 소리를 빽 질러서 다들 그렇게 부르는 거라던데, 기억은 안 나지만 어쨌거나 언니라는 말은 참 듣기 좋습니다. 손녀뻘의 팬들과 한바탕 시끄럽게 있다 보면, 이거 이거, 살아도 너무 살아 있는 거 아닌가, 오늘은 그만 살자 하는 기분이 들 정도였습니다. 팬들끼리 장소를 옮길 때면 나는 집으로 향합니다. 그쯤 되면 나도 많은 사람들과 있는 것이 힘들어져 얼른 집에 돌아가 혼자 있고 싶어집니다.

전동 휠체어를 타고, 봄에 새로 구입한 구찌 선글라스를 쓰고 몇 년 전 구입한 에르메스 220주년 한정판 스카프를 휘날리며 집으로 돌아오던 길이었습니다. 조금 더 젊었더라면 할리데이비슨을 탔을 텐데, 몸이 가뿐하고 모든 관절이 편안했던 그때는 그 즐거움을 몰랐습니다. 젊은 몸으로 진료실 의자에 종일 앉아 있거나 운동을 한답시고 계단이나 오르내리며 창밖의 풍경을 보던 시간을 생각하면 마음이 갑갑합니다. 그런 삶이 정답이라고 생각하며 꾸역꾸역 견디던 내 등짝을 한대 때려주고 싶을 정도입니다. 작년 겨울 인공관절 수술을 하고 보험사에서 받은 전동 휠체어는 우리나라에 열대 정도 있는 귀한 물건입니다. 음성으로 작동되는데다 자동차처럼 사용할 수 있어서 바이크보다 멋져 보이기도 합니다. 나는 외부와 차단되는 게 싫어 그냥 휠체어로 사용합니다. 그래야 내가 지나갈 때 손을 흔드는 젊은 애들을 볼 수 있습니다. 그들이 몰래 사진을 찍는 것 같기도 하고, 그 사진이 인터넷 어딘가를 떠돌아다닐지도 모르지만, 그것도 나쁘지 않습니다. 예전 같았으면 사진 찍힐 일도 없었을 거고, 그런 상황에서 가만히 있지도 않았겠죠. 어차피 내 얼굴은 나도 못 알아볼 정도로 늙었고, 하루하루 더 늙어가고 있고, 언젠가는 사라질 얼굴입니다. 그나마 오늘이 가장 젊은 얼굴일 테니 사진을 찍어두어도 괜찮을 것 같습니다. 젊었을 때 사진 찍히는 것을 유난스럽게 싫어했던 걸 후회하고 있습니다. 지나가는 얼굴들을 잡아두는 방법이 사진뿐이라는 것을 왜 몰랐을까요. 아니요, 고집불통인 나는 그걸 알고도 그랬던 겁니다. 그 모든 얼굴들, 나와 내가 기억하는 사람들의 얼굴은 내 머릿속에만 남아 있습니다. 내가 죽으면 사라질 것들이죠. 그래도 아직은 머릿속에 모두 남아 있으니 다행입니다. 그런데 신기하게도 오래전의 얼굴들이 더 생생합니다. 아들의 나이 든 얼굴은 가물가물한데, 어린 시절 얼굴은 손에 잡힐 것처럼 또렷하거든요.

어쨌건 다시 돌아와서 아들 이야기를 하자면, 제길, 그 나쁜 녀석은 제 자식도 내팽개치고 에미가 걱정하든 늙든 병들든 관심도 없는지 오랜 세월 잠적했던 후레자식입니다. 나는 그 애가 죽었을지도 모른다고 생각했지만, 어딘가에 살아 있다면 결국 만날 거라고 생각했어요. 그런데 이렇게 가까운 곳에 있으면서 왜 연락도 하지 않았는지 원망스러웠습니다. 긴 세월이 지났지만 아주 멀리에서도 녀석의 얼굴을 알아볼 수 있었습니다. 머리숱이 적어져 나이가 들어 보이긴 했지만, 허연 얼굴에 살이 좀 붙은 걸 보니 어디 가서 굶지는 않은 모양이었습니다. 그 애는 말끔한 양복 차림에 스니커즈를 신고 젊은 남녀 여럿과 함께 걸어가고 있었습니다. 그런데 어라, 옆에 손자 하준이도 있더군요. 하준이는 직장에 있을 시간인데, 거기 왜 있던 건지 모르겠어요. 게다가 제 아빠에 대해서 한마디도 한 적이 없었는데 어찌된 일이었을까요. 어쩌면 아들은 늙어가는 내가 부담스러워 내 앞에서만 잠적했던 게 아닐까요? 나이가 들어 아둔해진 나는 이제 겨우 그것을 눈치챈 거고요. 휴, 좀 차분히 생각해보니 어쩌면 그때 둘이 오랜만에 만났을 수도 있겠네요. 나는 의문과 배신감에 사로잡혀 홀린 듯 그들을 따라갔어요. 아들의 이름을 부르려고 하는데, 목이 콱 막힌 것처럼 아무 말도 나오지 않았고, 그 전에 이미 머릿속도 콱 틀어막혀 부를 이름도 생각나지 않았어요. 애가 민기였나, 지후였나, 창민, 승훈, 시우, 현재, 명식이였나. 내가 알고 있는 남자들의 이름이 한꺼번에 떠올랐어요. 그중의 하나는 내 아들일 거고, 하나는 남편, 또 하나는 아버지, 아니면 내가 좋아했다가 사소한 이유로 싫어하게 된 연예인일 수도 있겠지요. 아니면 내 멱살을 잡았던 산모의 남편이거나, 사교 모임에서 만난 노인의 가슴팍에 달린 이름일지도 모릅니다.

걸음걸이도 아들, 신발 뒤꿈치도 아들, 손가락도 아들, 내 아들이 맞는데도 불러지지가 않아 계속 따라갈 수밖에 없었습니다. 오가는 사람들이 많아 속도를 낼 수도 없어서 여차하면 놓칠까봐 정신을 바짝 차리고 뒤따랐어요. 마지막 아기를 받았을 때도 그렇게 정신을 바짝 차리진 못했던 것 같아요. 내 실수로 그 가녀린 쇄골이 부러졌던 것을 생각하면 육십대 후반부터 이미 정신이 가물가물했던 것 같기도 합니다. 그럼요, 나는 알츠하이머 환자였던 아버지의 딸이니까요. 아들은 내 아버지와 나는 다르다고 했어요. 노인이 되면 누구나 조금씩 깜빡깜빡하는 거고, 돌아가신 아버지가 알츠하이머였다는 것을 기억하고 있는 걸 보면 젊은 사람 못지않다고 위로했어요. 아들의 말을 다 믿진 않았지만 그래도 위로가 되곤 했습니다. 내 아들은 그렇게 다정하고 사려 깊은 아이였어요. 퇴직한 나를 매일 찾아와 시간을 함께 보내주었던 그 애가 갑자기 잠적할 거라고는 단 한번도 상상해본 적이 없었습니다. 아들은 외국 오지로 의료봉사를 잠깐 다녀온다고 했어요. 와, 어쩌면 내 정신이 온전치 못한 게 아닐까요. 지금 생각해보니 아들도 의사였네요. 아버지도 남편도 아들도 모두 의사라니, 날 의사로 만들기 위해 잠도 재우지 않았던 어머니가 이 사실을 알면 얼마나 좋아했을까요. 어머니에게 생색을 좀 냈어야 했는데, 아쉽게도 내가 결혼도 하기 전에 돌아가셨네요.

아들과 손자는 다른 사람들과 함께 큰 빌딩으로 들어갔습니다. 공교롭게도 우리 보험 본사 건물이었고 나도 여러번 가본 적이 있는 곳이었죠. 아들이 통과한 게이트로 따라 들어가려고 하자 보안 로봇이 막아서더군요. 이곳은 휠체어가 들어갈 수 없는 게이트라며 몇번으로 돌아가라고, 한 소리 또 하고, 한 소리 또 하고, 그러는 동안 애들은 이미 안쪽으로 사라졌어요. 로봇이란 녀석들은 융통성도 없고 예의도 없는 것들이에요. 세상에서 일찍이 사라졌어야 할 것들이 싸다는 이유로 활보하며 이래라저래라 하는 것을 보면 말세가 사십년 일찍 닥쳐왔다는 생각이 듭니다. 내가 전동 휠체어를 타지 않은 조그만 노인네였다면 겁이 났겠지만, 지금은 두려울 것이 없어요. 여차하면 요 버르장머리 없는 깡통을 향해 전속력으로 돌진해버리면 그만입니다. 그래도 내가 그 정도로 막돼먹진 않아서 소리를 지르는 것으로 갈음했습니다. 로봇이 아니라 렌즈 너머에서 보고 있을 직원에게 말이에요.

"장애인을 차별하는 거냐, 노인을 차별하는 거냐, 여자를 차별하는 거냐. 내려서 걸어들어가면 뭐라고 하는지 지켜볼 거다."

좌석을 바닥 높이로 낮추고, 안전벨트를 해제했습니다. 나는 벌떡 일어나 게이트로 저벅저벅 들어가서 로봇의 렌즈를 향해 주먹감자를 먹일 계획이었어요. 그런데 바닥에 오른쪽 발을 내딛기가 무섭게 나동그라졌습니다. 지팡이를 집에 두고 온 걸 잊었던 거지요. 왼발을 디뎠어야 했는데 그걸 잊을 정도로 화가 났던 겁니다. 그러고 나니 비정한 로봇도 내 주위를 빙글빙글 돌며 걱정을 해주는 것 같더군요. 무릎이 아파서 그랬는지, 아들이 보고 싶어 그랬는지, 몸 하나 건사하기도 힘든 신세가 슬퍼 그랬는지 잘 기억도 안 나고 기억할 필요도 없지만, 어쨌거나 부끄럽게도, 난, 울었습니다.

조금 울다 그만두려고 했는데, 그렇게 되진 않았습니다. 바닥에 누운 채로 힘을 다해 엉엉 울다가 다리를 어떻게 해보려고 버둥거리다보니 이상한 힘이 샘솟는 것 같았어요. 이왕 이렇게 된 거 로봇 관리자 녀석아 맛 좀 봐라, 아들아 날 좀 봐라, 이래도 모르는 척할 거냐 하는 마음으로 누워서 데굴데굴 구르며 울었지요. 사실 눈물을 흘린 게 아니라 즙을 짜냈다고 봐야 할 거고, 그 눈물은 짜지도 않았을 겁니다. 사람들이 둘러싸고, 보안 요원이 달려온 뒤에도 난 그 싱거운 눈물을 멈추지 않았습니다. 내가 누가 하라면 하고 말라면 마는 사람이 아니란 건 알지요? 아들이 돌아볼 때까지 계속 그러고 있을 생각이었습니다. 어차피 망가진 거 그냥 끝까지 가보자 싶었어요. 사람이 많은 로비였는데도 아무 소리도 들리지 않고 아무것도 보이지 않는 그런 곳에 누워 있는 기분이 들었어요. 난 그곳이 아들이 아기였을 때 가곤 했던 마트의 장난감 코너 같았어요. 아들은 장난감을 사줄 때까지 뒹굴었거든요. 남편과 내가 저 애는 누굴 닮아 저럴까 하며 서로 자기를 닮은 게 아니라고 티격태격했던 날이 기억났어요. 그 순간, 그 시간과 지금 이 시간이 한 점에서 맞닿은 채로 딱 연결되는 것 같았어요. 다 늙어빠진 할망구의 어제는 젊은 아기 엄마였네요. 젊고 행복했던 아기 엄마는 온 힘을 다해 사랑한 아기가 훗날 자신을 떠나 모른 척하며 살아갈 미래를 몰랐지요. 그리고 이제 보니 엄마가 아이를 닮았던 거로군요. 그 행복했던 순간과 지금, 아니 뭐 그렇다고 안 행복하다는 건 아니고요, 지금도 젊은 애들은 상상도 못할 즐거움과 행복을 느끼며 살고 있다니까요. 아무튼, 그 두 점 사이의 시간이 접혀서 모두 삭제되고, 거기서 여기로 순간 이동한 기분이 들었어요. 와, 이 기분은 뭔가요. 늙어서만 느낄 수 있는 새로운 감각인가요. 그 사이의 시간은 다 어디로 가고, 사람들도 다 어디로 가버린 걸까요. 나는 언제 이렇게 멀리 와서 혼자 누워 울고 있는 걸까요. 그 순간 가슴을 쥐어짜는 듯한 통증을 느꼈습니다. 그리고 그때부터 즙이 아니라 진짜 짜디짠 눈물이 줄줄 흘러내렸습니다. 눈물은 멈춰지지 않고 꺼이꺼이 하는 소리가 새어나왔습니다. 난 아들이고 뭐고, 진심으로 부끄러워 빨리 그곳을 빠져나오고 싶어졌습니다만, 어디가 잘못됐는지, 원래 내 몸이 그런 건지 몸을 일으킬 수도 없고 꺼이꺼이 말고는 아무 말도 할 수 없었습니다.

웅성거리는 사람들 속에서 나를 부르는 하준이의 목소리에 눈을 겨우 떴습니다. 하준이는 내 손으로 키운 손자입니다. 내가 세상과 연결되어 있다는 생각을 들게 하는 유일한 존재예요. 키울 때는 고생스러웠는데 세월이 흐르고 나니 어떻게 키웠는지 기억도 나지 않아요. 손자가 주는 기쁨에 비하면 고생은 정말 아무것도 아니었어요. 그런 손자가 있는데 뭣하러 무정한 아들을 만나겠다고 이런 추태를 부렸나 후회가 들었어요. 내가 한 짓을 하준이는 못 봤기를 바랐지만, 쓸데없이 부지런한 로봇은 등짝에 달린 모니터로 내 행동을 기록한 영상을 반복 재생하고 있었습니다. 하준이에게 미안하고 부끄러워 눈물을 진짜로 멈출 수가 없었어요. 오분도 되지 않아 의료 요원들이 달려와 나를 들것에 실어 구급차로 이동했어요.

흔들흔들하는 내 시야에 들어온 건 하준이뿐이 아니었어요. 내 아들이 하준이 옆에서 근심 어린 표정으로 나를 따라오고 있더라고요. 자식은 자식인가보다 했는데, 구급차에는 타지 않았고, 그뒤 아무 연락도 없습니다.

발목 골절로 전치 6주 진단을 받고 깁스를 한 채 병원에 누워 있습니다. 깁스를 하는 도중에 이미 내 고통과 슬픔은 진정이 되었어요. 아들에 대한 미련을 버리기로 하니 모든 게 거짓말처럼 다 괜찮아지더라고요. 둘이 남게 되자 하준이는 내게 거기서 왜 그러고 있었느냐 물었어요. 대답할 시간도 주지 않고 자기 말만 하는 걸 보니 질책하는 거였어요. 하필이면 왜 거기에서 그랬냐고요. 아니, 생각해보면 그건 내가 할 질문이었어요. 너는 왜 그 보험사에, 왜 아빠랑 함께 있었니? 내가 거기 있으면 왜 안 되니? 이렇게 물으니 하준이는 내심 놀랐는지 눈을 동그랗게 뜨더니 숨도 안 쉬고 받아치더군요. 무슨 아빠요? 아빠는 돌아가셨어요. 예전에 말씀드렸는데 기억 못하시죠? 이렇게 나오는 애한테 더 물어볼 수 있는 말은 없었어요. 제 아비에 대한 미움이 커서 그렇거나, 나를 속이는 것, 둘 중의 하나겠지요. 모두 슬픈 일이어서 이런저런 질문으로 손자의 마음을 아프게 하고 싶진 않았어요. 그냥 정신이 깜빡거려 추태를 부린 걸로 해두는 게 나을 것 같았어요. 옛날에 아들이 말한 것처럼 늙어 기억력이 흐려지는 것은 당연한 일이니까요.

하준이가 뭐라고 했는지 의사는 뇌를 찍어봐야 한다고 했습니다. 하준이는 당장은 불편한 노인에겐 무리라며 일단 퇴원을 시키겠다고 의사와 실랑이를 벌였어요. 무리라고 할 수도 없는 일에 생떼를 쓰는 하준이에게 의사는 깁스를 풀러 오는 날로 검사를 예약해두겠다며 퇴원을 허락했어요. 의사도 늙은 할머니의 보호자로 온 젊은 손자가 불쌍해 보였을 거예요. 간호사는 돌아가서 어떻게 지내려느냐, 입원해 있는 편이 낫지 않겠냐 묻네요. 난 보험사에서 집으로 간병인을 보내줄 거여서 괜찮다고 했어요. 그리고 밥, 청소, 목욕까지 해주는 사람이 나와서 전혀 문제가 없다고 하니 사람들이 그런 보험이 뭔지 궁금해합디다. 옆 침상에 허리를 다쳐 왔다는 할머니가 자기는 꼼짝없이 요양원행일 텐데, 그런 걸 들어뒀어야 한다며 한탄을 하네요. 그러는 사이 골절 진단비, 위로금, 깁스 특약금이 입금되었다는 문자메시지가 연달아 들어왔어요. 젊었을 때처럼 서류를 챙겨서 직접 신청하지 않고 병원기록만으로도 보상이 되니 나이 든 사람들도 잊어버리지 않고 받을 수 있어서 좋아요. 보험을 들지 않았더라면 어땠을지 상상만 해도 아찔합니다. 돈이 있으니 어떻게든 해결할 수 있었겠지만, 일상으로 돌아가지는 못했을 거예요. 자식은 내게 발목 부상을 주었지만, 보험은 나를 세심하게 돌봐줍니다. 그러니 이런 보험을 누가 파기한다고, 계속 계약을 유지하니 뭐니 자꾸 이런 번거로운 걸 시키는지 모르겠어요. 하준이가 오늘이 기한 마감이라며 병원 침상에 누워서라도 빨리 찍어 보내야 한다고 해서 이러고 있네요. 이젠 내가 피드백을 보내지 않더라도 계속 유지해주면 안 될까요? 이 짓이 귀찮아서 파기해버리고 싶을 정도라니까요.

84_2058. 4. (3주)

하준이는 간병인을 거절하고 하루 종일 내 옆에 붙어 있습니다. 휴가를 냈다며 제집으로 돌아가지도 않네요. 원래 오른쪽 다리가 불편했기 때문에 크게 달라질 것도 없어 그럴 필요 없다고 하는데도 막무가내였습니다. 사람들이 드나들면 안정을 취할 수 없다며, 요리사와 하우스 헬퍼도 당분간 오지 못하게 했어요. 처음 며칠간은 정말 좋았어요. 그냥 이대로 함께 지냈으면 할 정도로요.

원래 하준이는 매일 아침에 와서 점심까지 함께 시간을 보내다가 출근하곤 했어요. 와서는 내가 그날그날 해야 할 일이 무언지 이야기해주었어요. 그래봐야 놀고먹는 일이고 새롭지도 않은 일인데, 우리 애가 하라고 하면 그게 엄청 중요한 일처럼 들려서 식사도 운동도 정말 열심히 했어요. 나를 닮아 깐깐한 하준이는 집안일이 제대로 되어 있는지도 살폈고, 산책도 함께하고 가고 싶은 곳도 데려다주었어요. 그땐 함께 지내고 싶은 욕심에 하준이에게 직장을 그만두고 나랑 같이 살자고 했어요. 난 하준이가 직장에 다니는 게 싫었어요. 무슨 일을 하는지는 들어도 나는 잘 모르지만, 요즘 세상에 남아 있는 일자리래봐야 사람의 몸이나 감정을 착취하는 일뿐이니 고생할 것은 불 보듯 훤하니까요. 안쓰러운 마음에 재산을 다 쓰지 않고 남겨줄 테니, 하고 싶은 일을 하라고 해도 그냥 웃고 말더군요. 몸을 써야 일이에요, 이렇게 말하는 하준이는 옛날 사람 같아요. 확실히 VR 인터랙티브 시추에이션에 빠져서 삶을 회피하고 있는 다른 애들하고는 다르죠. 내가 젊었다면 값싼 식사용 알약 하나 먹고 종일 VR이 만들어주는 가상세계에서 사는 것을 택할지 몰라요. 행복하게만 해준다면 거기나 여기나 뭐 그렇게 다를까 싶어요. 직장을 그만두기 전에는 오지 말라고 해도 그 애는 들은 척도 안 해요. 그렇다고 같이 살 생각도 없는 것 같고요. 고집불통인 성격이 나와 꼭 닮은 걸 보면 핏줄이란 게 참 신기한 것 같아요.

그런데 요즘 며칠째 붙어살다보니 아이를 키우면서 혼자 있고 싶어 했던 날들이 떠오르곤 해요. 그때는 노인이 되어 외로워지면 시끌벅적했던 그날이 그리워질지 모른다고 생각하며 견뎠거든요. 하지만 이제 와서 보니, 난 그때나 지금이나 혼자 있고 싶어하는 사람이었어요. 하준이에게 여러번 이제 혼자 있어도 괜찮다고 했는데도, 자신의 편의를 봐주려고 하는 줄 아는지 꿈쩍도 하지 않아요. 혼자 있고 싶으니 이제 돌아가줬으면 좋겠어. 이렇게 말할까 생각도 해봤지만, 나를 영영 싫어하게 될까봐, 제 애비처럼 나를 떠나버릴까봐 아무 말 못하고 있어요.

사실 하준이도 나처럼 스트레스를 받는 건지 변해가고 있어요. 늘 나긋나긋하게 이야기하고 친절했던 아이가 가끔 큰 소리를 내고 버럭 화를 내기까지 해요. 식사와 청소, 빨래를 하느라 힘들어 그런지 매일 하던 산책도, 외출도 못하게 합니다. 아직 다리가 낫지 않았다는 핑계를 대고 있지만, 전동 휠체어가 있는데 왜 그러는 건지 모르겠어요. 걸려오는 전화도 자기가 받아요. 우리 팬클럽 동생들이 병문안을 오겠다는 것도 거절하고, 컬렉터 그룹의 회장에게도 당분간 활동하지 못한다고 말했어요. 갤러리에서 그림을 가지고 왔다고 하는데도 돌려보냈어요. 마치 나를 바깥이랑 차단시키려는 것 같은 기분이 들 지경이에요.

그리고 자꾸 자기가 누구냐고 물어요. 내 하나밖에 없는 손자, 눈에 넣어도 안 아픈 손자지. 이렇게 말하니 나를 끌어안고 꼬마 아이처럼 슬프게 웁니다. 그러다가는 뜬금없이 보험을 파기하라고 합니다. 더 늦기 전에 해야 한다고 하네요. 듣던 중 가장 어처구니없는 소리였어요. 그 이유를 물었더니 조금 전에도 말했다고 하며 화를 버럭 내요. 치매 안락사 특약. 이런 게 있다는 거예요. 치매가 오기 전에 계약을 파기하는 것이 가능하지 걸린 뒤에는 불가능하다고 하네요. 난 그런 조항은 들은 적도 본 적도 없었어요. 치매 걸렸다고 잘 살고 있는 사람을 안락사를 시키다니요. 그런 천인공노할 계약이 있을 리도 만무하고, 그런 계약을 설마 내가 했으려고요? 설사 그렇다 하더라도 난 아직 괜찮으니 천천히 알아보자고 했어요. 하준이는 보험사에서 그렇게 데굴데굴 구르고 왔는데 괜찮다는 말을 믿을 것 같냐고, 조금 전에 이야기한 것도 기억 못하면서 뭐가 괜찮은 거냐고 성질을 부려요. 자기가 나쁜 일 하는 걸 봤냐고 하면서 뇌 정밀 검사까지 시간을 벌어놨으니 당장 파기하라고 난리네요. 애가 나를 자꾸 정신 빠진 늙은이 취급을 하며 종용하는 꼴이 어째 많이 수상해요. 목적이 뭔지는 잘 모르겠지만, 애비 때문이 아닐까 하는 의심이 들어요. 하준이는 결코 이럴 애가 아닌데 애비를 만난 날부터 시작된 일이니까요.

보험을 파기할 경우 아들에게 무슨 이득이 있을지 생각해보았지만 답을 찾을 수가 없어요. 보험 해지 환급금이 있기는 해도 낸 돈에 비해 아주 쥐꼬리만 한 금액이라 설마 이걸 노리고 그럴 리는 없다고 생각해요. 가만히 있어도 재산의 반은 자기한테 갈 텐데 쓸데없는 노력을 할 리도 없고요. 아들은 불효자일지언정 바보는 아니니까요. 나의 즐거운 생활을 망치는 것? 아니면 엄마가 사랑하는 손자가 돈을 갈취하려는 것을 눈치채게 만들어 괴롭히는 것? 목적이 뭐건 간에 후레자식입니다. 난 그놈이 원하는 걸 해줄 생각이 없어요. 착한 하준이가 괴롭힘을 당할 수도 있겠지만, 계약을 파기하는 대신 유서를 새로 쓸 생각입니다. 내 재산을 모두 손자에게 남기는 걸로요.

계약 유지 피드백 날짜가 되기 전에 알려주던 하준이는 이제 그것도 보내지 말라고 하네요. 내가 이건 그런 계약이 아니라고 하니, 뭐건 간에 하지 말라고 난리를 칩니다. 내내 화장실까지 따라다니는 통에 도저히 녹화를 할 수 없어서 옆 동네 까페에서 파는 마카롱과 자몽티를 사다달라고 했어요. 내 간절한 부탁에 어쩔 수 없이 나가면서 절대로 아무에게도 문을 열어주지 말라고 했습니다. 나간 지 얼마 되지 않았는데 벌써 돌아왔는지 현관문 여는 소리가 들리네요. 할 말은 많은데 여기서 끝내야겠어요. 어쨌거나, 이 계약을 유지합니다. 이십년을 꼬박 붓고 보장받을 일만 남은 계약을 파기할 이유가 없잖아요. 우리 애가 이야기한 그런 특약이라는 게 있으리라고 믿지도 않아요. 그렇다 하더라도 난 아주 멀쩡한 거 아시겠지요? 이 동영상은 계속 말했듯 누구의 강요도 협박도 아니고 내 의지에 의해 촬영된 거예요. 만약 다음에 내가 파기한다고 말하면 그거야말로 강요와 협박 때문일 겁니다. 마감일이 언제인지는 모르지만, 늦기 전에 먼저 보냅니다.

84_2058. 6. (1주)

정말 내 탓일까요? 하준이도 아들처럼 내 곁을 떠났어요. 아들과 다른 것은 마지막 인사는 했다는 거예요. 그때는 그게 마지막 인사인 줄도 몰랐지만요. 어디선가 전화가 왔고, 하준이의 얼굴은 사색이 되었어요. 그리고 나를 보더니 해고되었다면서 눈물을 뚝뚝 흘리는 거예요. 그 애의 모습을 보고 잠시 여러가지 생각을 했어요. 예전 같았으면 계속 함께 있을 수 있다는 생각에 기뻐했겠지만 그럴 수만은 없었거든요. 사실 나는 깁스를 풀고 하준이가 직장으로, 자기 집으로 돌아가는 날만을 기다리고 있었어요. 그때 내가 예전처럼 돈은 안 벌어도 되니까 우리 집에 와서 살아, 이렇게 말했더라면 떠나지 않았을지도 모르겠어요. 짐을 가지러 회사에 가던 하준이가 그 짐을 들고 내 집으로 다시 돌아올까 내심 걱정했던 마음을 눈치챈 걸까요? 소원처럼 난 혼자 남겨졌어요. 하준이의 휴대폰은 없는 번호가 되어 있었어요. 생각해보니 난 우리 애의 집이 어디인 줄도 몰라요. 어쩌면 아는데 잊은 걸 수도 있고요. 내가 하준이의 말처럼, 그냥 깜빡하는 게 아니라 정신이 온전치 못한 것일 수도 있다는 생각을 처음 했어요. 하준이가 왜 떠난 건지는 지금 생각해도 잘 모르겠어요. 계속 결근을 해 해고당해서 내가 원망스러웠던 건지, 자기 말을 들어주지 않아서 그런 건지, 아니면 나를 볼 면목이 없어서 그런 건지, 모두 다 이유가 될 수 있을 것 같지만, 또 모두 이유가 아닐 수도 있을 것 같아요. 난 그 애가 무슨 짓을 해도 용서할 수 있어요. 내리사랑이라고, 그 애는 내 사랑의 크기를 가늠도 못할 겁니다.

보험사에서는 혼자 된 것을 어떻게 알았는지 바로 간병인을 보내주었어요. 키가 작고 짧은 단발을 한 여자가 찾아왔을 때, 난 그녀를 어디서 본 것 같은 느낌을 받았어요. 그녀는 내가 말하지 않아도 하준이가 해주던 일을 대신 해줍니다. 일을 하면서 나한테 자꾸 할머니, 어쩌고 하면서 알은체를 하는데 영 마음에 들지 않습니다. 나에 대해 너무 많은 걸 알고 있는 것 같아 불편하고 이상한 기분이 들어요. 예를 들어 조명의 밝기는 주광색 7단계를 좋아하고 물은 냉수와 온수를 6대 4로 섞어 마시는 것까지 아는 걸 보면 뒷조사를 단단히 했나봅니다. 게다가 못 알아듣는 사람한테 말하는 것처럼 크게 천천히 말을 해서 귀도 아프고 속도 터져요. 부아가 치밀어서 못 들은 척하는데도 여자는 한번도 화를 내지 않고 내내 친절하게 웃어요. 난 제풀에 오지 않았으면 해서 그냥 생각나는 대로 지껄이고, 일부러 못되게 구는데도 가면을 쓴 사람처럼 늘 웃는 얼굴이에요.

내키지는 않았지만 병원에 같이 가줄 사람은 그녀뿐이었어요. 같이 가서 깁스를 풀고 뇌 정밀 검사를 받았어요. 왜 해야 하는지 모르는 채로 이리저리 옮겨 눕혀지는 게 유쾌한 기분은 아니었어요. 의사가 여러가지 질문을 하는데, 나를 뭘로 보고 이런 질문을 하나 싶어 건성으로 대답했어요. 그녀가 나를 간신히 안아올려 휠체어에 태워서 승용차 좌석으로 옮길 때는 나 자신이 짐짝처럼 느껴졌어요. 번쩍 안아올려주던 손자 녀석이 그리워 눈물이 났어요. 나한테 뭐라고 하든 그 녀석과 함께 지내던 행복한 시간을 되찾고 싶어졌어요. 그 아이가 원한다면 보험 계약 파기라 해도 다 들어줄 수 있을 것 같았지요.

집에 돌아오자마자 여자에게 손자를 찾게 도와달라고 했어요. 그녀는 미간을 찌푸리며 야릇한 표정을 짓더니 한숨을 쉬며 말했어요. 할머니한테는 손자가 없어요. 기가 막힌 나는 네가 뭘 아느냐고, 내 손자는 김하준이라고 하며 전화번호를 불러주었어요. 물론 없는 번호인 줄 알지만 엉뚱한 소리를 하는 여자의 입을 다물게 하고 싶었거든요. 여자는 픕 하고 웃음을 삼키면서 그건 주민번호잖아요, 합디다. 나는 그 웃는 낯짝이 보기 싫어요. 웃지 않는 눈과 오른쪽으로 치켜 올라가는 입술이 불쾌합니다. 네년은 내 앞에서 웃지도 말라고 소리를 질렀더니, 웃는 건 자기 자유고 막말은 하지 말랍디다. 여전히 웃는 낯짝인 그녀의 얼굴을 참을 수 없어서 그만

지팡이를 휘두르고 말았어요. 젊은 그녀는 아주 가뿐히 지팡이를 잡아 나를 그 자리에 주저앉혔어요. 내가 그녀의 행실을 모두 회사에 알릴 거라고 하며 동영상을 찍기 시작하자 그녀는 내게 말했어요. 말했다기보다 이죽거렸다고 하는 편이 나을 것 같네요.

저런 저런, 이제 힘들게 동영상 같은 건 찍으실 필요가 없어요. 계약 유지 의향을 확인하는 단계가 지나버렸거든요. 말씀드려도 이해 못하실 테지만, 이제부터 계약 파기는 불가능해요. 어떤 말씀을 하셔도 아무 효력이 없어요. 진짜 할머니의 의지가 아니니까요. 할머니의 경우 증상만으로도 확실한 상태라 아까 받은 뇌 검사는 절차상 필요했을 뿐이에요. 이제 '품위 있는 삶' 특약이 적용됩니다. 치매 안락사 특약이지요. 중증 치매로 넘어가고 인격을 상실하면 시행됩니다. 구체적인 것은 약관을 참조하세요. 어쩌면 이전 담당자에게 들어서 알고 계실지도 모르겠네요. 소리 지르지 마세요. 저도 지금 녹음하고 있어요. 내용 고지의 의무가 있어서요.

와, 그 여자가 한 말들을 하나도 잊지 않고 다 기억하고 있는 내가 신기하네요. 이제 나를 비웃는 그 여자가 누구인지 기억났어요. 놀랍게도 내가 잘 아는 사람입니다. 여자의 이름은 나윤승이에요. 자기 손으로 아버지를 안락사시킨 극악무도한 의사예요. 저 여자는 나에게 와서 무슨 수작을 부리는 걸까요?

여자의 아버지도 나 같은 의사였어요. 한동네에서 사십년 넘게 내과 의원을 하며 부랑자나 독거노인을 진료해준 훌륭한 의사였지요. 안타깝게도 그는 일흔도 되지 않아 알츠하이머에 걸렸어요. 너무 이른 나이에 얻은 병이라 가족들 모두 당황했어요. 하루하루 달라져가는 그를 받아들일 수 없어 작은 이상 증상은 보지 않으려 했어요. 하지만 곧 좌우 구분을 못하고, 글씨도 읽지 못하게 되었고, 밥 먹는 방법도 잊었어요. 병은 점점 악화되어 아무 때나 뛰어나가 길을 내달렸고, 자신을 가로막는 모든 것을 부술 기세로 폭력을 휘둘렀습니다. 아내가 불륜을 저지르고 있다는 망상에 빠져 아내를 때리기 시작했고, 그것을 막는 딸도 때렸어요. 둘이 작당을 해서 자기를 죽이려 한다는 망상 때문에 집에 불을 지르려고 하기도 했어요. 180센티미터에 90킬로그램이 넘는 그는 너무도 건강해 가족을 다 망가뜨리기 전에는 지치지 않을 것 같았지요. 딸과 아내는 그를 요양원으로 보냈지만, 그곳에서도 쉴 새 없이 문제를 일으켰어요. 죄 없는 노인들과 요양보호사들을 때렸고, 옷을 훌훌 벗어던지고 발가벗은 채로 밖으로 나가 달렸어요. 남자 요양사 서너명이 달려들어야 겨우 진정을 시킬 수 있었기에 그는 결국 침상에 묶였습니다. 딸이 찾아갔던 날, 그의 한쪽 발이 침대 기둥에 묶여 있었어요. 그는 딸을 알아보지 못하고 욕을 하며 풀어달라고 소리를 질렀어요. 그녀는 아버지의 퉁퉁 부은 발과 무방비한 표정을 보며 진짜 그는 이제 이 세상에 없다고 생각했어요. 아버지를 보는 것이 고통스러웠지만 아버지는 그보다 더 고통스러울 거라 생각하니 자주 가보지 않을 수 없었어요. 아버지는 점점 더 인간이 아닌 존재로 변해갔어요. 그녀는 자기가 아버지였다면 더 살고 싶지 않았을 거라고 생각했지만 살아 있는 아버지를 어떻게 할 수 없었어요. 나날이 나빠지던 아버지는 어느날 병원을 빠져나가 달리다가 배수로에 빠지는 사고로 머리를 다쳐 회복 불능한 식물인간이 되었어요. 그것은 안락사의 조건에 해당되는 증상이었지요. 그 시절에는 안락사에 대해 논란이 많았지만 회복 불능한 상태에 한해서는 처벌을 받지 않았기에 본인의 동의서만 있으면 문제가 없었거든요. 아버지는 건강했을 때, 적극적 안락사 동의서를 공증해두었기에 그녀와 어머니는 아버지의 안락사를 요구했어요. 한편으로는 고통스러웠지만 또 한편으로는 홀가분했어요. 여자의 아버지는 법적 절차를 밟아서 안락사했고, 그것은 우리나라의 여덟번째 합법적 안락사로 기록되었어요. 모녀는 다시 예전처럼 평온한 가족으로 돌아가는 것 같았으나 서서히 사이가 멀어졌어요. 왕래가 없던 일년 사이에 어머니는 우울증으로 음독 자살을 하고 말았어요. 폐인처럼 지내던 그녀는 오랜 시간이 걸려 간신히 정신을 차렸고, 동료 의사와 결혼도 했어요. 곧 사내아이를 낳아서 키우며 겨우 행복을 찾는 것 같았어요. 초등학생이 된 아이를 태운 스쿨버스가 전복되기 전까지 그녀는 자기 인생에 더 큰 불행은 없을 거라고 생각했어요. 그러나 안타깝게도 아이는 뇌사 상태가 되었어요. 의사 부부는 돌이킬 수 없다는 것을 알았기에 인공호흡기를 떼는 데 동의했어요. 여자는 아버지를 안락사시킨 벌을 받았다고 생각하고 무척 괴로워했어요. 그녀는 일에만 몰두하는 폐인이 되었고, 남편도 오지로 의료 봉사를 가서 영영 돌아오지 않았습니다.

그녀의 이야기는 그렇게 끝나는 줄 알았고, 그 여자가 어디에서 무엇을 하고 있는지 잊어버리고 있었는데, 이렇게 내 앞에 나타날 줄은 몰랐어요. 나는 저 여자 손에 죽게 되는 걸까요? 나는 저 여자의 아주 오래된 가족사를 다 기억하고 있는데 이래도 치매일까요? 사람이 늙어서 생기는 증상들이 죽어 마땅한 이유가 되는 걸까요?

마지막인지 몰랐던 하준이의 인사가 기억납니다. '할머니, 꼭 끝까지 사셔야 해요. 몸이 아파도, 정신이 아파도 그것도 할머니니까 포기하지 마세요.' 난 정말 인생을 포기하지 않을 겁니다. 늙어서 겨우 얻은 행복을 놓칠 수 없어요. 정신이 오락가락해도 해가 뜨고 지는 것을 볼 수 있을 거고, 공기는 내 폐를 들락날락할 거예요. 나는 그것만으로도 행복할 수 있을 뿐 아니라 어떤 상황에서든 즐길 거리를 찾아낼 수 있을 거예요. 어두운 방에 누워 창으로 들어오는 불빛으로 손가락 그림자 유희를 할 수 있는 것처럼요. 지금도 충분히 그러고 있는 중이니까요. 여자는 이제 동영상을 찍지 않아도 된다고 하지만, 그 여자의 말도 믿을 수가 없어요. 내가 여자의 말을 듣고 동영상을 보내는 것을 멈추는 순간, 내게 주어진 모든 게 사라지고, 홀로 요양원으로 가게 되는 건 아닐까요. 그리고 이 모든 것이 내 아들의 계략일지도 모르고요. 그런 개수작에 속아 넘어갈 내가 아니에요. 여전히 이렇게 정신이 멀쩡한데 안락사 당할 이유도 없고, 그런 무정한 계약이 있을 거라고도, 그걸 내가 했을 거라고도 생각하지 않아요. 아무튼 나는 이 계약을 계속 유지할 거예요. 이것은 누구의 강요도 협박도 아니에요. 오히려 강요 때문에 파기할 판이니까, 내 집에 있는 저 죄 많은 여자를 좀 치워주세요. 제발요.

84_2058. 7. (3주)

드디어 하준이한테서 전화가 왔어. 요 착한 게 할머니 잘 지내는지 궁금해서 전화를 했대. 할머니, 내가 누구예요? 하는데 하준이라는 걸 모를 리가 없잖아. 이쁜 내 손자지 하니까 헤헤 웃어. 얼마 만에 듣는 웃음소리야. 나는 얼른 취직해서 시간 나면 찾아오려무나 했어. 그리고 내 집에 매일 오는 여자에 대해 이야기해주었지. 안락사 전문가인 나윤승이란 여자에 대해서. 여자는 의사라는 직업을 숨긴 채 내 옆에서 수발을 들고 있다고. 내가 정신줄을 놓는 순간 죽을 수도 있다니 너무 무섭다고 하자 하준이가 이제 자기 말을 믿는 거냐고 말했어. 당연하지, 내가 손자 말을 안 믿었겠어? 아들을 못 믿는 거지. 나와 함께 보험사 본사에 가서 계약서를 확인하고 대체 누가 내 목숨으로 장난질을 쳤는지 확인하고 찢어버리자고 하니 하준이는 그럴 수는 없을 거라고 했어. 내가 세상에 파기 안 되는 계약이 어디 있느냐고, 내 손으로 돈을 다 냈는데 마음대로 못한다니 말이 되느냐고 하니까 하준이도 일단 해보기라도 하자고 했어. 하준이는 나윤승이 우리 집에 도착하기 전에 아주 일찍 오기로 했어. 아직 취직을 못해서 시간이 된다고 하는데 그게 다행인지 아닌지는 잘 모르겠어.

하준이는 아주 많이 안돼 보였어. 훤칠하던 녀석이 못 먹은 놈처럼 등이 꾸부정해지고 볼도 쑥 들어간 걸 보면 그동안 일자리를 찾느라 엄청 고생한 것 같았어. 내 탓인 것 같아 속이 탔어. 예전에 몰고 다닌 것은 회사 차라 반납했다고 하며 버스를 타게 해 미안하다고 했어. 고작 버스를 타는 일이 뭐라고. 난 괜찮았어. 내가 탄 전동 휠체어가 버스에 올라가니까 사람들이 막 신기하게 쳐다보는 거야. 사진을 찍어도 된다고 했더니 사람들도 나한테 다정하게 굴었어. 늙으니까 사람들이 쉽게 말을 걸고, 나도 아무한테나 말을 지껄이게 돼. 젊었을 땐 왜 그렇게 새초롬했는지 후회가 될 지경이야. 예뻤을 때 좀 친절했으면 얼마나 좋았겠어. 하지만 뭐 사는 동안엔 오늘이 제일 젊고 이쁜 날이니까 난 내내 친절할 거야. 하준이도 내 옆에 있고, 얼마나 좋았는지 몰라. 기분이 좋아서 그새 내가 어디로 가는지 깜빡했지 뭐야.

우리는 본사 건물로 들어갔어. 이번엔 좀 넓은 게이트로 들어갔더니 보안 로봇이 안 막더라고. 난 로봇이 우리를 막고 우리는 그걸 따돌리면서 안으로 들어가는 걸 상상했는데, 너무 평화로워서 싱거웠어. 직원 하나가 우리를 안내하겠다고 해서 난 정말 감동받았어. 불청객 취급을 받을 줄 알았는데 말이야. 우리는 엘리베이터를 타고 9층에 내려서 아카이브라는 팻말이 달려 있는 방으로 안내 되었어. 그곳은 도서관처럼 뭐가 잔뜩 꽂혀 있었고, 한쪽 벽에는 문이 하나 달려 있었어. 우리에게 그 안에서 잠시 기다리면 담당자가 올 거라고 했어.

잠시 후 들어온 담당자를 보고 나는 도무지 알 수 없는 이상한 구렁텅이에 빠진 기분이 들었어. 사실 그가 담당자인지도 몰랐어. 민기였으니까. 민기는 분명 그때 나를 봤을 텐데, 마치 아주 오랜만에 만난 것처럼 깍듯이 인사를 하더니 나를 부둥켜안고 놔줄 생각을 안 했어. 난 이게 무슨 상황인지 짐작할 수도 없었지만 느낌이 좋지 않은 것만은 분명했어. 그나마 다행인 건 그때 빌딩 앞에서 봤던 개가 내 아들이 맞았다는 거지. 내가 노망이 든 게 아니었다고. 이놈이 너무 오래 끌어안고 연기를 한다 싶어서 뿌리치는데 힘이 어찌나 센지 몰라. 간신히 밀어내고 나니까 그동안 어떻게 지내셨어요, 하고 묻는데, 눈가가 시뻘건 거야. 윗입술도 실룩거리고 곧 울기 직전의 얼굴처럼 아주 가관이더라니까. 날 버리고 떠난 놈이 아주 연기를 곧잘 한다 싶었지만, 나도 오랜만에 아들 목소리를 듣고 나니 가슴이 미어졌어. 난 왜 보험사만 가면 그렇게 눈물이 나는지, 또 울었잖아. 내가 엉엉 우니까 민기도 울고 하준이도 울어. 이것들이 병 주고 약 주는 건지 어이가 없었지만 그래도 눈물이 안 그쳐서 다들 혼났어. 이럴 거 왜 잠적을 한 거냐고 소리를 질렀더니 민기는 죄송해요, 하고 다른 말을 못하더라.

내가 왜 왔는지는 알고 있는 눈치라 보험 증권을 가지고 오라고 소리소리 질렀어. 하준이는 나한테 소리는 지르지 말라고 했지만 내가 또 남 얘기를 듣는 사람도 아니고, 내 목숨이 달린 일이어서 당당한 기세가 필요했거든. 사실 내가 그 자리에서 목소리 말고 내 뜻대로 할 수 있는 게 뭐가 있었겠어. 갑자기 방이 어두워지더니 앞쪽 벽에 커다란 컴퓨터 화면이 밝게 떠올랐어. 거기에는 여러개의 폴더가 늘어서 있었어. 민기는 나윤승이라고 쓴 폴더를 열었어. 왜 그 여자의 이름이 쓰인 파일을 보여주는지 이상했지만 나는 곧 눈치챘지. 보험사의 충실한 염탐꾼이 분명한 그 여자는 그 짧은 기간에 이백개 가까워 보이는 동영상 파일을 보내놨더라고. 난 불안했어. 그녀에게 욕을 하고 때린 적도 있었을 거고, 이상한 짓을 안 했다고는 말 못하겠거든. 아마 이백개가 아니라 삼백개도 찍을 수 있었을 거야. 그런데 그게 치매의 증거로 사용된다면 난 정말 억울하지. 그냥 파일 이름만 봐서는 내용을 추측할 수 없었어. 멋대가리 없이 모두 숫자로 된 제목이 붙어 있었거든. '71_2045. 10.'이 처음이고, '84_2058. 6. (1주)'가 마지막이었어. 그리고 그 폴더 안에 보험 증권 파일도 들어 있었는데, 아차 낭패다 싶었지 뭐야. 사실 난 그게 종이일 줄 알고 찾아서 찢어버리려고 했는데 말이야. 그런데 그게 왜 기분 나쁘게 그 여자 이름이 적힌 폴더에 들어 있느냐 말이야.

민기는 맨 처음 동영상을 열었어. 다행히도 그건 내가 이상한 짓을 하는 영상은 아니었고 내가 보험사로 처음 보낸 파일인 것 같았어. 영상 속의 나는 아직 백발이 다 되지 않았고 검버섯도 없었는데, 우울해 보이고 조용해서 더 나이가 들어 보였어. 그때는 계약을 유지한다는 말만 간단히 녹화했어. 그건 지금도 기억나. 그땐 모든 게 다 귀찮았거든. 민기가 영상을 띄엄띄엄 보여주는데, 나는 내내 곧 죽을 것 같은 얼굴이었다가 여든살이 넘어가면서 아주 주저리주저리 말이 많아지더라고. 얼굴은 점점 쭈그렁망탱이가 되어갔지만 표정은 정말 좋아 보였어. 미간에 있던 세로 주름이 펴질 것 같았으니까. 제일 좋은 얼굴을 뽑으라면 여든살의 얼굴이었어. 그 뒤로는 표정은 좋았지만 상태가 아주 엉망이었지 뭐. 무슨 소리를 하고 싶어서 그렇게 오래 지껄이는지 나도 모르겠고 화장은 왜 그렇게 진하게 했는지 눈 뜨고는 못 봐줄 지경이었어. 지난달에 보낸 건 아예 기억도 안 나더라고. 보다보니 내가 보낸 파일이 왜 모두 나윤승 폴더에 들어가 있는지, 얘가 나한테 이걸 왜 보여주고 있는지 그 속셈을 모르겠는 거야. 나윤승이 아주 오래전부터 관계되어 있었던 건지, 내 담당으로 바뀌면서 옮겨간 건지 궁금했지만, 내가 물어본들 그것들이 제대로 대답해줄 리가 있겠어. 난 그냥 추측할 수밖에 없었지. 내가 알 수 있었던 것은 동영상을 내게 보여준 의도뿐이었어. 민기가 마지막으로 열어준 2047년 3월 파일에 그 답이 들어 있었어. 미리 준비를 해놨는지 파일 이름도 다른 거랑 구별되게 진한 파란색이더라고. 일흔세살 때니 조금 젊었는데도 이상하게 그날은 말이 많았어.

오늘은 아버지의 기일입니다. 저와 같은 나이에 돌아가신 아버지는 알츠하이머 환자였습니다. 그 병이 저를 피해갈 거라고 생각하지 않습니다. 저는 제 자신을 잃고 사람이 아닌 존재가 되어가는 것을 견딜 수가 없어요. 사실 노후의 삶이 풍요롭고 편안하기를 바라지도 않아요. 저는 즐거우면 안 되는 죄인이니까요. 그런데도 주제넘게 이런 보험에 가입한 것은 품위 있는 삶 특약 때문이에요. 제가 짐승처럼 살아도 아무도 신경쓰지 않을 겁니다. 아마 요양원에 들어가 죽을 때까지 그렇게 살겠지요. 발가벗고 국도를 달리거나, 다른 사람들에게 욕을 하고 누군가를 때릴 수도 있을 거예요. 전 저를 잃어버린 채로 그렇게 목숨을 연명하고 싶지 않아요. 그렇게 될지 모르는 제 삶을 정리해줄 수 있는 것은 지금의 저와 이 보험뿐이라는 것을 알고 있어요. 병이 시작되면 반드시 계약대로 이행해주셔야 합니다. 매번 계약 유지 동영상을 보내고 있지만 이것이 제대로 이행될지 의문입니다. 제가 훗날 파기한다고 하면 제 뜻이 아니라 병 때문이라고 생각하시면 될 겁니다. 이것은 저의 의지로 진술된 영상입니다.

처음에는 조작된 영상이라고 생각했는데, 곰곰이 생각해보니, 와우, 그런 말을 했던 게 다 기억났어. 그러니까 난 아직 치매가 아니라고. 그런데 말이야, 내가 왜 저런 소리를 했는지는 기억이 안 나. 내가 그런 소리를 했네 마네 따지는 것보다는 애초에 그런 특약을 고지받지도 못했고 알지도 못했다는 것, 따라서 동의를 한 적도 없다는 것을 증명하는 편이 설득력이 있을 것 같았어. 그래서 이런 거 말고 보험 증권을 보여달라고 했어. 그게 진짜니까. 사실 회사에서 파일을 안 보여줄 줄 알았는데 의외로 순순히 열어줘서 놀랐어. 더 놀란 것은 계약자에 내 이름이 아니라 나윤승이라고 쓰여 있었기 때문이야. 분명히 내 손으로 계약을 한 기억이 있는데 다른 사람이 계약자라니. 피보험자 역시 나윤승이었어. 그녀의 가족은 없었고, 사망보험금 수령인은 글로리데이 재단이라고 되어 있었지. 난 그 재단에 대해 들어본 적조차 없는데 말이야. 나는 그때쯤 눈치를 채고 있었지. 그동안 내가 보험 때문에 누려온 것들을 그년이 가로채려고 수작을 부린 것 같았어. 그 재단이 어딘지 캐보면 더 자세한 흑막이 밝혀지겠지만 지금 생각하기에 민기는 그년에게 빠져 도우려고 했던 거고 하준이는 영문도 모르고 제 애비가 하라는 대로 했던 거겠다 싶었어. 난 이미 알아버렸지만 입을 다물고 보기만 했어. 보장 내용이 적힌 페이지가 네장이 넘어갔어. 내가 지금 받고 있는 보장들이 그대로 다 적혀 있었고 앞으로 받게 될지 모르는 항목들도 있었어. 특약이 많았는데도 품위 있는 삶 특약은 맨 앞에 있어서 쉽게 찾았어. 정말 그런 게 있다는 걸 알고 나니 심장이 얼어붙는 것 같았어. 하지만 그 계약을 모두 내가 한 게 아니라 나윤승이 한 걸로 되어 있으니 역설적으로 다행이었지 뭐야. 어쩌면 여태껏 받고 있었던 보장을 모두 못 받게 될지도 모르지만, 내 계좌에서 돈이 나간 것을 증명하면 해결되지 않을까 싶었어. 내가 뭐라고 말을 해야 이놈이 순순히 인정을 할까 싶어 머리를 굴리느라 정신이 없었어. 나는 한마디만 했어.

"설마 너희들 눈에는 저 이름이 안 보이는 건 아니겠지? 계약자도 피보험자도 내가 아니잖아. 난 저기에 사인을 한 적도 없다고. 저년이랑 내 재산을 갈라서 가지려고 하는 거냐? 저 재단은 또 뭐야?"

내 말을 들은 민기는 두 손으로 자기 얼굴을 감싸 쥐고 고개를 푹 숙였어. 하준이도 같이 고개를 떨구더라고. 아니 이것들이 장난질을 치다가 들켜 놀랐나 싶었어. 나의 승리였어.

먼저 고개를 든 민기가 내게 말했어. "에구, 어머니, 어머니 성함이잖아요." 어이가 없어서 하준이를 쳐다보니 그 애가 얼빠진 눈으로 나를 쳐다보고 있었어. "어머니 성함이 뭐라고요?" 민기가 다시 물었는데, 글쎄 기억이 죽어라 안 나는 거야. 현주, 지영, 선영, 그런 흔한 이름은 아니었고, 자꾸만 곱씹어서 그런지 나윤승이라는 이름만 맴돌았어. 그건 아버지가 윤리적으로 살면 결국 승리한다고 지어준 이름이었지. 아, 귀에 익었던 그 이름이 내 이름이었구나. 그 여자가 아니고 나였구나. 윤리적으로 살지 못해 망한 삶이구나. 그런 생각이 순식간에 마구 밀려왔어. 그날은 여느 때와 다르게 머리가 팽팽 돌더라고. 본과 때 전공서를 통째로 사진 찍듯이 외웠던 것처럼 들으면 들은 대로, 말하면 말한 대로 기억이 났어. 이름을 잊은 건 아주 사소한 착각이었을 뿐이야. 그때야말로 계약의 허점을 찾아 빠져나갈 궁리를 하기에 딱 좋은 상태였어.

품위 있는 삶 특약은 들었지만, 그게 안락사 특약인지는 몰랐다는 걸로 빠져나가는 방법만 남은 것 같았어. 내 입장을 들은 민기는 가입할 때의 동영상을 찾아 틀었어. 영상 속에는 쉰살의 내가 있었어. 젊긴 했지만 피부는 푸석하게 부어 있었고, 짧은 머리카락에는 윤기가 없었어. 행복감이라고는 전혀 없는 사람이었구나, 그런 생각이 들어 그 와중에도 나 자신이 안쓰러웠어. 보험설계사는 기억나지 않는 키가 크고 건장한 여자였고, 나는 그녀와 마주앉아 설명을 들으며 고개를 계속 주억거렸어. 민기는 긴 영상을 스킵해서 특약의 약관에 대해 들은 내가 사인을 하는 장면을 찾아주었어. 설계사는 품위 있는 삶 특약이 〈품위 있는 삶-110세 보험〉의 숨겨진 하이라이트라고 했어. 국내 유일의 치매 안락사 보험이라며 자랑까지 하는데, 나는 이런 상품을 찾다가 이 비싼 보험에 가입한 거라며 여자의 자랑에 추임새까지 넣고 있더구먼. 설계사는 이 특약을 언제든 파기할 수 있다고 했어. 칠십대 초반에는 두달에 한번, 중반부터는 매달, 팔십대 초반에는 이주에 한번, 중반부터는 매주 계약 유지와 계약자 건강 상태 확인을 위한 피드백 동영상을 보내야 하는데, 기한 내에 피드백이 없거나 눈에 띄는 이상이 보이면 정밀 검사를 의뢰한다고 했어. 치매 진단이 내려지고 나면 계약을 파기할 수 없는 단계로 이행된다고 하니까 아주 좋아 죽네. 자의식이 완전히 소실되고 수치심이 사라지면 시행한다는 데 동의를 하고서 이제야 안심이 된다고 방정을 떨어. 아니 왜 아버지 죽을 때 너도 그냥 죽지 그랬어,라는 말이 저절로 튀어나왔어. 저 얄미운 년한테는 그것 말고는 할 말이 없었어.

"그래. 내 손으로 내가 죽겠다고 했나보다. 에미를 네가 직접 보내니 시원한가보구나. 아들 보는 데서 그러는 거 아니다. 그런데 안타깝겠지만, 난 아직 치매는 아니야."

민기는 아무 대답 없이 동영상을 끄지 않고 계속 보라는 듯 화면을 가리켰어. 80세 특약 설명을 끝낸 설계사는 자녀 특약이라는 것을 설명하기 시작했어. 70세 이후, 자녀의 역할을 해주는 사람을 배정해 생활을 도울 수 있도록 해주는 특약이라고 했어. 저런 특약은 쓸데없었네 하고 말하려는데, 영상 속의 나는 호호거리며 말하는 거야. "저도 애가 없어서 꼭 필요해요. 이것도 체크합니다." 지금의 나는 그때의 나를 이해하지 못하고 멍청하게 앉아 있었어. 이걸 아들과 손자에게는 뭐라고 설명해야 하나. 아니 그땐 없다던 애들이 내 앞에 이렇게 앉아 있는 상황이 무엇인지 이해하는 것이 먼저였지. 혼란스러워 눈을 감고 생각하고 있는데 민기가 하준이에게 말했어.

"진하준씨. 이것 보세요. 자기 이름도 모르는 할머니가 자신의 앞날을 결정할 수 있을 거라고 생각해요? 당신만 할머니를 생각하는 게 아닙니다. 나는 할머니와 십년을 함께 지냈어요. 할머니와 수많은 이야기를 나눴어요. 특약의 내용을 처음 알았을 때 나도 당신과 같은 생각을 했어요. 하지만 어떤 설득에도 할머니의 생각은 변하지 않았어요. 이렇게 된 지금까지도 피드백을 보내시는 걸 보면 할머니의 의지가 어땠는지 모르겠어요? 할머니는 아주 꼿꼿하신 분이었어요. 냉랭하고 곁도 주지 않았지만 직급도 없던 저를 김실장이라고 부르면서 끝까지 존대하실 정도였어요. 젊은 사람이 노인이랑 너무 오래 붙어 있으면 안 된다며 본사로 가야 한다고 했어요. 특약맨 출신인 제가 관리자 급으로 승진한 건 할머니 덕분이에요. 남의 앞날까지 신경썼던 분이 사년 만에 이런 상태가 되다니, 당신의 관리 소홀 때문이 아니라고 할 수 있어요? 아무리 연세가 드셔도 제대로 케어를 해드리면 이 정도는 아니에요. 게다가 치매가 진행되고 있는데 아무 보고도 하지 않다니, 할머니에게 큰 죄를 지은 건 줄만 아세요. 수치스러운 일을 하게 될까 얼마나 두려워하셨는데요. 그냥 해고로 끝난 게 다행인 줄 아세요. 업무방해로 고소

해버리려다가 참았으니까."

"김실장님, 저는 다른 건 모르고요. 그냥 내가 맡은 사람이 멀쩡한데도 죽어야 한다는 사실이 견디기 힘들어서 그랬어요. 할머니는 예전이랑은 다르겠지만 매일 즐거워하셨어요. 돈도 펑펑 쓰고 부끄러운 차림으로 돌아다니기도 했지만, 나는 그게 보기 좋았어요. 지금 행복하면 된 거 아니에요? 몸이 불편하면 회사가 끝까지 책임져줄 거잖아요. 손자라고 하면 손자라고 하고, 아들이라고 하면 아들이라고 하면 되지 그게 뭐가 문제예요."

둘이 싸우는 게 꼴 보기 싫어서 조용히 하라고 빽 소리 질렀어. 셋이 함께 있어 모처럼 신났는데, 뭐 이런 일이 다 생긴 건지 모르겠어. 난 어떤 놈이 나쁜 놈인지 판단이 서지를 않았어. 그래도 얘들이 나를 싫어하지 않아 다행이야.

진짜 정말 이상해서 내가 자꾸 말하는데, 오늘따라 내 기억력 상태가 아주 좋아. 건강한 젊은이의 심장처럼 펄떡펄떡 뛰는 내 머리통은 우리가 나눈 이야기를 하나하나 다 기억하고 있어. 그런데 무슨 소린지 다는 이해가 안 가. 이해한다 한들 기억 못하는 날도 있고 오늘처럼 기억은 하지만 이해가 안 가는 날도 있는 거겠지 뭐. 나는 그냥, 태어난 나와 죽을 나, 맞닿은 두 지점 사이에 접혀 들어가 삭제된 시간 속에 있는 거야. 과거의 내가 누구인지는 중요하지 않아. 내가 미래에 대해 무슨 약속을 했건 그건 잘 모르고 한 개소리야. 내가 살아보지도 않은 시간을 어떻게 알고 그랬겠어. 모르니까 무서웠던 거지. 그 알지도 못하는 것 때문에 도대체 난 인생을 얼마나 허비한 거냐.

그러니까, 제발 나 좀 살려줘. 이쁜 내 새끼들아.

어제의 일들

1

어제는 경찰이 주차장으로 찾아왔다. 아침 식사 전, 티타임을 가지려던 차였다.

주차장은 대로를 향해 정문이 난 빌딩들의 뒤편에 딱 붙어 있는데다 곧 부서질 건물들이 둘러싸고 있어 좀처럼 해가 들지 않았다. 주차장이 그늘에서 벗어나는 시간은 이른 아침 잠깐과 해가 머리 위에 있을 때뿐이었다. 주차장은 내가 직접 심거나 어디선가 날아와 뿌리를 내린 식물들로 둘러져 있었다. 이른 아침 햇빛이 빌딩 사이를 비집고 들어오는 짧은 순간, 주차장은 햇빛 가득한 정원이 되었다. 나는 그 시간을 사랑했다. 나는 커피 한잔을 타 들고 부스 밖으로 의자를 들고 나와 앉아 햇빛을 쬈다. 떠돌이 고양이 한마리와 비둘기 두마리가 햇빛을 찾아 들어와 한적한 풍경을 완성시켜주었다. 모든 게 제자리에 있었고, 아무도 찾아오지 않았으므로 행복했다.

경찰차가 주차장 안으로 들어섰다. 고양이와 비둘기는 재빨리 달아나버렸고 조용한 풍경은 무참히도 깨어져버렸다. 경찰은 영업을 하는지 물었다. 내가 그렇다고 하며 요금을 받아야 할지 고민하고 있는데 그가 신분증을 보여달라고 했다. 내가 여기에 없다고 하자 장애인등록증도 괜찮다고 했다. 장애인이라는 말을 들으니 정신이 번쩍 들었다. 도무지 말을 듣지 않는 내 몸뚱아리를 보면 그 말도 맞는 것 같은데, 장애인이라는 말에 대해서 생각해본 적도 없고 등록을 해야 하는지도 몰랐기에 등록증 같은 건 없었다. 내가 빨리 대답을 하지 않자, 경찰은 귀가 먹먹하도록 소리를 질렀다.

"장, 애, 인, 등, 록, 증, 이, 요. 알, 아, 듣, 겠, 어, 요?"

'없어요' 하고 쌀쌀맞게 대답하고 싶었지만, 내 입에서는 '업, 떠, 요' 하고 혀짜래기소리가 나올 뿐이었다. 경찰은 한숨을 푹 쉬더니 사장이 언제 오는지 물었다.

"안 오세요. 일은 다 내가 알아서 해요."

그는 내게 몇시부터 몇시까지 일하는지, 시간당 얼마를 받는지 물었다. 나는 부끄러울 게 없는 사람이므로 있는 그대로 말해주었다. 그는 고개를 절레절레 흔들며 사장의 연락처를 물었다. 내가 대답을 하지 않자 그는 답답하다는 듯 말했다.

"아줌마, 신고가 들어와서 그래요. 신, 고, 가. 알아들어요? 도와드릴 테니까 대답해요."

"괜찮아요. 아무 문제 없어요."

나는 신고라는 말에 가슴이 철렁했다. 경찰은 미심쩍은 눈으로 내 주민번호를 물었다. 그것쯤은 외우고 있었지만 모른다고 해버렸다. 경찰은 부스 안을 흘끔거리더니 말했다.

"여기서 사는 거예요?"

"여기는 사무실이에요. 나도 집 있어요."

일어나자마자 간이침대를 접어놓기를 잘했다 싶었다. 내가 부스에서 거의 살다시피 하지만 거짓말을 한 건 아니었다. 자주 가지는 않아도 살림살이가 있는 집이 따로 있었다. 그는 내 집주소를 물었는데 난 그것도 못 외운다고 했다. 왠지 이야기하면 안 될 것 같기도 했고 사실 못 외우고 있기도 했다. 외우는 일은 정말 어려운데, 짐만 갖다놓고 잘 들어가지도 않는 집의 주소까지 쓸데없이 외울 필요는 없었다.

"아줌마, 어차피 결국 다 알게 돼요. 그냥 얘기하면 편하겠구만 꼭 일을 두번 시키네. 그 돈 받고 그렇게 오래 일 안 해도 돼요. 도와준다니까요."

"내가 하고 싶어서 하는 일이에요. 안 도와줘도 돼요."

경찰은 어슬렁거리며 주변을 살피더니 주차장 입구에 쌓여 있는 쓰레기를 가리키며 짜증스러운 말투로 말했다.

"아줌마가 하고 싶어서 하는 거라도 사장이 벌 받아요. 그리고,

저기 쌓인 쓰레기 치우세요. 이렇게 쌓여 있으면 자꾸 버리고 간다고요. 아줌마가 여기 와서 좀 봐요. 여기가 어디 주차장 같아요? 쓰레기장이지. 냄새난다고 민원이 자꾸 들어온다고요. 아 진짜. 영업을 안 하면 문을 닫든지 해야지. 이게 무슨 민폡니까?"

그가 떠난 뒤에도 주차장을 가득 채우고 있던 햇빛은 한참 그 자리를 비추고 있었지만, 나는 식어버린 커피를 하수구에 흘려 버렸다. 조금 전까지도 그토록 아름다웠던 풍경이 황량하고 더럽게 느껴졌다. 주차장은 자동차 여섯대가 겨우 들어갈 정도로 작은데다 시멘트로 포장만 해놓았을 뿐 주차선도 그려져 있지 않아 유료 주차장이 아닌 공터 같았다. 양심 없는 인간들이 밤사이 입구에 쌓아놓은 쓰레기봉투들이 주차장 안쪽으로 밀려들어오고 있었고, 주차장 구석에는 바람이 몰고 들어온 나뭇잎과 종이 뭉치들이 굴러다녔다. 그것들은 내가 매일 아침마다 치워왔던 것이지만 유난히 더러운 오물처럼 느껴졌고, 바닥에 덕지덕지 말라붙은 허연 비둘기 똥 자국들을 보니 구역질까지 났다. 나도 주차장으로 굴러 들어온 쓰레기들과 다를 바 없다는 생각이 들었고, 부스 역시 누군가 버리고 간 폐가구와 다를 바 없어 보였다. 나아지려고 발버둥쳤지만 결국 제자리로 돌아온 것 같아 서글펐다.

어머니가 이 자리에 주차장을 만든 후 칠팔년 정도는 호황이었다. 뒷골목이라 접근성이 좋지 않음에도 길 건너에 의류도매상가와 재래시장이 있어 손님이 끊이지 않았다. 주차장이 부족했던 시절이라 차를 댈 자리를 못 찾은 손님들이 급하게 찾아들어오곤 해

공영주차장의 두배까지 올려 받아도 항상 만차였다. 재래시장이 재건축되고 의류도매상가가 리모델링되면서 상가 주차장이 늘어났을 때만 해도 조금 귀찮더라도 돈을 아끼려는 사람들이 찾아오곤 해 큰 타격은 없었는데, 지난해 큰길에 고층 주차타워가 생긴 뒤부터는 손님이 완전히 끊겨버렸다. 주차장 문을 닫는다고 생각하면 입맛이 뚝 떨어졌다. 안 그래도 어머니가 자꾸만 주차장을 그만두고 싶다면서 내 갈 길을 가라고 하기에, 아직은 손님이 든다고 거짓말을 하며 내 돈으로 매상을 채우고 있던 차였다. 그런데 도대체 어떤 인간이 신고를 했을까. 혹시 내가 기억하지 못하는 일이 있었던가 싶어 노트를 뒤적여보았지만 오랫동안 아무 일도 없었다. 심지어 거의 매일 찾아오던 율희도 발을 끊은 지 오래되었다.

2

어제도 율희가 찾아왔다. 또 자신에게 필요 없는 물건이라고 하며 선물을 들고 왔다. 차에서 내린 그녀의 손에 백화점 쇼핑백이 들려 있는 것을 본 순간, 나는 머리가 터질 것처럼 화가 났다. 그렇게 화가 난 것은 성인이 된 이후 처음이었던 것 같았는데, 도저히 그것을 가라앉힐 수가 없어 책상에 이마를 꽝꽝 내리쳤다. 머리가 깨질 듯 아파오고서야 비로소 그 통증 때문에 화를 삭일 수가 있었다. 율희는 부스 밖에서 나를 들여다보고 있다가 내가 행동을 멈추자 쇼핑백을 건넸다. 영문을 모르겠다는 표정의 얼굴을 보자 사그라들었던 화가 다시 솟구쳤다.

그녀를 다시 만난 것은 여름이 시작될 무렵이었다. 두달 만에 처음 든 손님이었던 그녀는 일방통행로로 잘못 들어섰다가 온 동네를 뱅글뱅글 돌아 겨우 주차장을 찾았다며 투덜거렸다. 자동차 키를 맡기고 나갔을 때까지만 해도 우리는 서로를 알아보지 못했다. 나는 어두운 부스 안에 앉아 있었고, 그녀의 얼굴은 반 이상이 선글라스로 덮여 있었다. 그녀는 요금을 정산할 때 내 목소리가 귀에 익어서 유심히 살펴보았다고 했다. 그때 난 내가 무슨 실수를 해 그녀가 노려보는 줄 알고 가슴이 두근거렸다. 주차된 차가 한대뿐이었으니 차 넘버를 착각한 것도 아니었고, 계산기를 다시 두드려봐도 틀리지 않았다. 혹시 자동차 키를 빨리 안 내줘서 그런 건가 싶어 슬그머니 그녀 앞에 내놓았다. 그녀는 내 이름과 내가 나온 중고등학교 이름을 말하더니 맞냐고 물었다. 내가 고개를 끄덕이자 자기가 누구인지 밝히지도 않고 호들갑스럽게 소리를 질러대며 내 두 손을 잡고 위아래로 흔들며 말했다.

"어머, 상현아, 상현아. 그래, 상현이었어. 내가 못 알아볼 리가 없지. 목소리만 들어도 알지. 정말 상현이가 맞구나. 그동안 어떻게 지냈고? 잘 지냈어?"

그녀가 선글라스를 벗어 얼굴을 보여주었는데, 내가 전혀 모르는 사람이었다. 알은체하지 않고 멀뚱히 바라보자 그녀는 이름을 말하면 내가 기억할 거라는 듯 말했다.

"나야, 나. 율희잖아. 정말 못 알아보겠어?"

난 그녀의 이름을 제대로 알아듣지 못하고 유리, 하고 따라 해보았다. 그녀는 유리가 아니고 율희라고 몇번 고쳐 말했는데, 유리건 율희건 간에 처음 듣는 이름인 건 마찬가지였다.

"유, 디, 가 아니고 윤히, 윤, 히."

입속에서 덜그럭거리는 이름을 몇번 따라 불러보다가 입술 밖으로 침이 흘러내릴 것 같아 그만두었다. 입속을 한가득 채운 뻣뻣한 혀가 내 것 같지 않았다. 내 것 같지 않은 건 혀뿐이 아니라 머리 또한 마찬가지였다. 아무리 머리를 쥐어짜봐도 누구인지 도통 기억해낼 수가 없었다. 율희는 우리가 중고등학교 시절 같은 학교를 다녔던 단짝 친구였다고 알려주었다. 내게 친구가 있었다니 당황스러웠다. 친구가 있었다면 이십년 가까운 세월 동안 한번도 나를 찾지 않았을 리가 없었다. 내가 기억을 전혀 하지 못하자 그녀는 내가 몇반이었고 내 담임의 이름이 무엇이었는지, 내가 반장 혹은 부반장을 언제 했는지, 그때 우리가 얼마나 가까운 사이였는지 이야기했다. 그녀가 이야기하는 사실들은 틀리지 않았지만 나의 친구였다는 말은 믿을 수가 없었다. 그 마음이 전해졌는지 그녀는 내가 조부모, 고모와 함께 살았다는 것과 나의 할머니가 콩가루를 섞어 반죽한 칼국수를 맛있게 끓이곤 했다고 이야기했다. 또, 나의 할아버지가 근처 남자 고등학교의 교장으로 일하다가 정년퇴직을 한 사실과 할아버지의 서재를 한가득 채우고 있던 서가와 커다랗고 묵직해 보였던 마호가니 책상도 기억했다. 할아버지가 코끝에 걸친 금테 돋보기 너머로 확대된 커다란 눈을 굴리며 '넌 누구냐. 어른을 봤으면 자동으로 허리를 접어야지' 했을 때 호랑이 앞에 선 것처럼 숨이 막혔다고 이야기했다. 그리고 그 시절이 끝나갈 무렵 내게 있었던 추락 사고에 대해 이야기하다가 말끝을 흐렸다. 그녀가 할아버지의 표정과 카랑카랑한 목소리와 고압적이지만 유머러스한 말투를 그대로 흉내내었을 때, 비로소 내 기억에서 그녀가 누락되어 있다는 것을 알았다. 새로운 것을 잘 기억 못하지만 사고 이전의 일들만큼은 확실히 기억하고 있다고 생각했는데, 그것도 아니었던 거다. 그동안 옛날 일을 온전히 기억하고 있는지 확인할 방법이 없었을 뿐이었다.

"미안해, 기억을 잘 못해. 내가, 그렇게 됐어."

나는 그녀를 세워둔 것이 미안해져 부스 밖으로 나가 접이의자를 펼쳐주었다. 내 왼쪽 다리는 평소보다 더 말을 듣지 않고 심하게 절룩거렸고 왼쪽 팔은 부들부들 떨렸다. 율희는 내가 펴놓은 의자에 나를 앉히며 말했다.

"에휴, 어떻게 이 지경이 됐니."

이런 몸으로 오래 살다보니 내 몸이 남에게 어떻게 보이는지 신경쓰지 않게 되었다. 그런데 그녀의 말을 듣자, 오래된 부끄러움들이 한꺼번에 몰려오는 것 같았다.

율희는 그날 이후부터 아침 일찍 남편과 딸을 배웅하자마자 나를 찾아왔다. 너무 덥거나 비가 많이 오는 날을 제외하고 거의 매일 찾아온 것 같다. 나는 매번 그녀를 알아보지 못했다. 헤어지는 순간부터 그녀의 얼굴과 이름은 서서히 흐려지기 시작했고, 다음 날 아침이 되면 머릿속에서 거의 지워져 있었다. 처음 며칠은 그녀의 차가 주차장으로 들어오면 오랜만에 들어온 손님인 줄 알고 인사를 했다. 그녀는 기억하지도 알아보지도 못하는 나에게 섭섭하다고 했지만 나로서는 어쩔 수 없었다. 그녀를 만날 때마다 노트에 그녀의 이름을 쓰고, 얼굴을 그렸다. 그녀가 했던 이야기를 받아 적고 그녀가 돌아간 뒤 다시 그것을 소리 내어 읽었다. 이것은 주차장에서 일을 시작하고 생긴 습관이었다. 주차장에서 한 일은 자동차 키를 받고, 장부에 자동차 넘버와 입·출차 시간을 적고, 간단한 계산을 하는 정도였다. 가장 큰 걱정은 계산할 때 실수를 하지 않을까 하는 것이었는데, 시간이 조금 걸리는 것 말고는 괜찮았다. 그런데 차주의 얼굴을 기억하지 못해 엉뚱한 사람에게 자동차 키를 내어주는 실수를 저질렀다. 그 이후 자동차를 도둑맞게 될 것 같은 불안감 때문에 노트를 한권 사서 메모를 시작했다. 자동차 넘버를 적고, 자동차 심벌을 그리고, 차주의 얼굴을 그렸다. 메모를 통해 기억력을 되찾을 수 있을 거라 생각했는데 큰 효과는 없었고, 그림 실력만 조금 늘었을 뿐이었다. 기억력을 되찾는 것은 실패했지만 노트가 기억을 보완해주기도 하고 그렇게 계속 쓰고 그리다보면 결국에 가서는 단골손님 한둘쯤은 기억할 수 있게 되었다. 나는 일주일 정도 지나자 노트를 뒤적이지 않고도 그녀의 얼굴과 이름, 그녀의 자동차 차종과 넘버를 기억할 수 있었다. 그렇게 빨리 기억하게 된 데는 그녀의 선물이 한몫했다.

그녀의 선물은 캔커피나 빵 같은 간식거리 정도에서 시작해 자신에게 더는 필요 없는 물건이라고는 하지만 새것으로 보이는 액세서리, 내게 맞는 구두나 옷 같은 물건들로 점점 규모가 커졌다. 나는 매번 사양했으나 그녀는 우리 사이에 자존심 같은 건 필요 없다며 받아두라고 했다. 나는 그 물건들을 받는 것도 거절하는 것도 견딜 수가 없었다. 예의상 사양하는 것도 아니었고 율희에게 빚지는 게 싫다거나 자존심이 상해서 그러는 것도 아니었다. 그것들이 필요 없었고, 필요도 없는 물건을 억지로 가져야만 하는 상황이 견딜 수 없이 싫었다. 내게 필요한 물건은 계절마다 입을 옷 서너벌, 신발 두켤레, 로션 정도였다. 어쩌다가 가지고 있는 물건과 같은 품목이 생기면 어머니나 동네 할머니에게 선물하거나 동사무소 재활용센터에 기부했다. 다 쓰고 나면 내 돈을 들여 새로 사야 할지언정 한꺼번에 여러개를 쌓아놓는 것은 정말 싫었다. 나는 억지로 받은 선물을 버리거나 남에게 줄 수 없어서 쇼핑백에 담긴 그대로 책상 밑에 쌓아두었다. 그런 일이 몇번 반복되고 나니 책상 밑은 쇼핑백으로 가득 차 발을 넣기가 힘들어졌다. 책상 밑에 가득한 쇼핑백을 보면 불편한 마음이 들었는데, 그로 인해 율희의 얼굴과 이름을 빨리 기억할 수 있었다.

나는 불편한 마음을 숨긴 채 반갑게 그녀를 맞아 의자를 꺼내놓고 커피를 타주곤 했다. 그녀는 마치 내 기억을 되돌려야 할 사명을 가진 사람처럼 옛이야기를 했고 나는 그 이야기들을 받아 적었다. 그녀는 내가 잊어버린 나를 아주 잘 알고 있었다. 나는 국사 선생님이 시험지 채점을 맡기고 밥을 먹으러 갈 정도로 정직한 아이였고, 도시락을 싸오지 못하는 아이에게 자신의 도시락을 내주었던 상냥한 아이였다. 그녀는 아이들과 선생님들이 나를 매우 좋아했다고 했는데, 나는 사춘기 내내 나를 괴롭혔던 소외감과 고립감을 분명히 기억하고 있었기에 그녀가 잘못 기억하고 있거나 나를 위해 거짓말을 하고 있다고 생각했다. 그것을 제외하면 그녀의 이야기들은 사고 직후 완전히 잊었다가 서서히 돌아와 제자리를 찾은 기억들과 거의 비슷했다. 그런데 이상하게도 내 기억 속에는 그녀가 없었다. 다른 것들은 기억하면서 그녀만 잊어버렸다는 사실을 들키게 되면 그녀가 섭섭해할 것 같아 옛일들이 거의 기억나지 않는다고 얼버무렸다.

그녀는 엄청나게 기억력이 좋은 것인지 거짓말을 잘하는 것인지 아주 사소한 것까지 기억하고 있었다. 그녀는 내가 그렸던 게을러 빠진 풍경화에 대해 이야기했다. 붓을 빠는 것이 귀찮아서 울트라 마린과 비리디언, 번트 엄버를 붓마다 묻혀놓고 그 세가지 색의 조합으로만 그렸던 탓에 채도가 낮아져 매우 음울해 보였던 수채화를 기억했다. 제대로 된 기억이 그렇게 구체적인 것이라면 나는 구멍이 숭숭 뚫린 기억만을 가지고 있을 뿐이라는 생각이 들었다. 어느 부분에 구멍이 뚫려 있는 것인지는 알 수 없는 노릇이었다. 처음에는 그녀와 나의 기억을 비교하면서 내가 잊고 있는 부분이 무엇인지 가늠해보았다. 계속 옛이야기를 듣다보니 어떤 깨달음에 도달했다. 내가 기억하지 못하는, 그녀를 포함한 구멍들은 중요한 일들이 아니었기에 잊혔다는 생각이 들었다. 그것들은 이미 지나갔고, 나는 그것 없이도 잘 살아왔다. 아마 내가 머리를 다치지 않았다 하더라도 이십년 이상 지난 지금쯤이면 잊혔을 것들이었다. 그렇게 생각하니 더는 아무것도 궁금하지 않았다. 난 그녀가 이야기를 그만두었으면 좋겠다고 생각했으나 너무 열심이어서 말하지 못했다. 다만 더이상은 그녀의 이야기를 받아 적지 않았고 귀 기울이지도 않았다.

내 마음이 어떻게 변했건 간에 그녀는 종일 떠들다가 딸이 학교에서 돌아오는 저녁이 다 되어서야 집으로 돌아가곤 했다. 그녀는 주차장에 너무 오래 머물렀고, 그로 인해 내 조용한 일상은 망가져버렸다. 그녀는 내가 자꾸 거절해야 하는 상황을 만들었다. 이야깃거리가 떨어질 때면 그녀는 나와 함께 맛집 순례를 하거나, 수영이나 아쿠아로빅을 하거나, 문화센터를 다니며 이것저것 배워보자고 했다. 문화센터의 미술치료나 글쓰기, 노래나 악기를 배우는 일이 나의 마음을 치료하는 데 많은 도움이 될 거라고 권유했다. 내 몸은 나오려야 나올 수가 없고, 마음은 이미 괜찮아졌다는 것을 율희는 모르는 것 같았다. 구구절절 말하는 것도 힘이 들어 아주 짧게, 주차장을 비울 수 없다고 거절했다. 그녀는 자기가 와 있는 동안 차가 들어오는 것을 전혀 본 적이 없는데 왜 주차장 영업을 계속하는 건지 이해가 안 간다고 했다. 그녀는 내가 주차장의 좁은 부스에 매여 있어서 상태가 더 나빠지는 것 같다며 다른 직장으로 옮겨보라고 했다. 나는 내 인생의 반가량을 보낸 이곳에서 벗어날 생각이 없었다. 일흔을 훌쩍 넘긴 어머니가 자꾸 주차장을 그만두고 싶어해 말리고 있는 참인데, 내가 자리를 자꾸만 비우게 되면 정말 주차장은 텃밭으로 갈아엎어질지도 모르는 일이다. 번번이 여러가지 거절을 해야 하는 나는 늘 불편하고 화가 났다.

그래서 나는 어제 기어이 율희의 쇼핑백을 받아들지 않았다. 그녀는 계속 나를 향해 쇼핑백을 내민 채로 서 있었다. 이제 자리가 없으니 그만두라고, 반쯤은 소리를 질렀다. 그녀는 개의치 않는다는 듯 쇼핑백 안에 든 선물을 직접 꺼내 포장을 뜯었다. 그 안에는 내가 읽지 못하는 외국어가 쓰인 화장품 세트가 들어 있었는데, 처음 본 것이지만 한눈에도 고가의 물건으로 보였다.

"마흔살쯤 되면 좋은 걸 써야 돼. 얼굴 쭈글쭈글한 거 봐라. 아무리 니가 이런 처지라도 그렇게 살지 마."

"아니야. 정말 괜찮다니까. 나갈 일도 없어."

"괜찮긴 뭐가 괜찮아. 자존심 세우지 말고 그냥 받아둬. 결혼은 해보고 죽어야지. 계속 이 꼴이면 아무도 너 안 데려가. 혼자 살다 시체로 발견될걸?"

율희는 신발이나 옷 같은 다른 선물을 주면서도 그런 식으로 말을 했는데 어제는 나의 확고한 거절 때문이었는지 한층 더 독한 말을 내뱉었다. 그러자 오래전에 그녀가 뱉어낸 말들이 부옇게 덮여 있던 안개를 갑작스럽게 헤치고 우르르 뒤따라나와 내 가슴팍을 툭툭 치고 지나갔다. 중학교 시절 나는 점심을 늘 혼자 먹곤 했는데, 다른 반이었던 그녀가 찾아와 말했다. '어머, 불쌍하게 밥을 혼자 먹네. 어떻게 아무도 너랑 안 먹어주니? 걱정 마. 이제 내가 같이 먹어줄게.' 나는 밥을 혼자 먹는 것이 불편하거나 부끄럽다고 생각하지 않았는데, 그 말을 듣는 순간 비참해져 울고 싶어졌다. 나는 그때의 기억이 나 기분이 나빠졌다. 어떻게 이야기하면 이런 필요 없는 호의를 그만둘지 알 수 없었다.

"나는 지금이 딱 좋아. 가족도 있고, 친구도 있고, 이웃도 있어. 내 몫의 일도 있으니까 난 여기서 혼자 늙어 죽어도 좋아. 그리고 네가 준 선물은 정말 필요 없어서 그러는 거야. 둘 데도 없어."

나는 그녀가 기분 나빠할 거라 생각했는데, 그녀는 아무 이야기도 듣지 않은 사람처럼 입가에 미소를 띤 그대로였다. 그녀의 표정은 쇼핑백으로 가득 찬 책상 밑에 발을 억지로 구겨넣을 때처럼 답답하고 불편한 마음이 들게 했다.

"으이구, 알았다 알았어. 그래도 이건 넣어둬. 얼마나 쥐구멍만하기에 둘 데가 없다고 해?"

그녀는 부스 문을 열고 안으로 쑥 들어왔다. 그녀는 부스 안이 생각보다 넓고 없는 게 없다고 감탄하며 둘 곳도 많은데 엄살 부린다고 등을 쿡 찔렀다. 쇼핑백들이 그대로 책상 밑에 처박혀 있는 것을 본 그녀가 한숨을 쉬었으나 표정은 그대로였다. 그녀는 책상 앞쪽 벽에 붙여놓은 내 그림들을 보았다. 건조시키기 위해 붙여놓은 세장의 그림은 바싹 말라 있었다. 다음 장을 그려야 했지만, 그녀를 다시 만난 후 그릴 시간이 나지 않았다.

"네가 그린 거야?"

난 고개를 끄덕이며 책을 꺼내 건넸다. 그것은 내가 구년 전 그림책 공모전에 당선되어 처음 낸 그림책이었다. 그녀는 그것을 들춰 보더니 다시 제자리에 꽂았다. 그 옆에 꽂힌 두권의 책에 내 이름이 써 있는 것을 못 보았는지 더 꺼내보지는 않았다.

"이 꼴로 살면서 뭘 믿고 그렇게 자존심을 세우나 했더니 믿는 구석이 있었구나. 나 같은 사람이랑은 뭣도 같이하기 싫다는 거였네. 넌 어렸을 때부터 그랬어. 남의 호의를 쉽게 거절하고, 밀어내고, 사람을 참 비참하게 만들었어. 그러니까 친구가 없었던 거야. 너는 기억 못하겠지만, 상처받을까봐 말 안 하려고 했는데, 너 따돌림 좀 당했어."

"나도 알아. 안 그랬으면 내가 왜 이렇게 됐겠니?"

그녀는 어이없다는 듯, 나를 한번 쳐다보더니 책상 밑의 쇼핑백을 모두 꺼내 차에 실었다. 그러고는 뒤도 돌아보지 않고 돌아갔다. 주차장은 예전의 평온함을 되찾았다. 내가 나쁜 사람이 된 것 같은 기분이 들었지만, 모처럼 혼자인 시간을 즐기며 그녀가 다시 오지 않기를 바랐다.

3

어제는 의진 부부가 찾아왔다. 의진은 치킨을, 상혁은 맥주를 사 들고 주차장으로 각자 퇴근했다. 모처럼 주차장에 두대의 차가 서 있어서 마음이 흡족했다. 의진은 내가 태어나서 처음 사귄 친구다. 적어도 율희를 다시 만나기 전까지는 그녀가 유일하다고 생각했다.

그녀와 나를 엮어준 것은 나의 불운이었다. 내가 사고를 당하는 불운이 없었다면 머리를 다치는 일도 없었을 것이고, 이 정도로 머리가 나빠지지는 않았을 것이다. 그랬다면 주차장 같은 곳에서 일하지 않았을 거고, 노트에 메모를 그렇게 열심히 하지도 않았을 것이다. 아마 노트에 메모를 하지 않았다면 결코 그림을 그릴 수 없었을 것이다. 내가 그린 그림이 그녀를 이곳으로 데려왔고, 그녀와 친구가 된 것은 내 인생에서 얼마 되지 않는 행운이었다. 처음에 불운이라고 생각했던 것이 훗날 행운으로 변한 것이 꽤 있는 걸 보면, 살아 있는 게 다행이라는 생각이 들었다.

멀쩡하게 장사가 잘되던 주차장의 손님이 눈에 띄게 줄어들어갈 때, 어머니는 맑은 날도 흐린 날도 있는 거라며 괜찮다고 했지만 나는 내가 불운을 몰고 다녀 그렇게 된 것 같아 급여를 받는 것도 미안해졌다. 그때부터 늦은 시간에 들어오는 손님까지 놓치지 않으려고 퇴근하지 않고 주차장에서 지냈다. 딱히 할 일도 없고 멍하게 있는 것이 싫어서 주로 외울 것들을 메모하던 노트에 다른 것들을 쓰고 그렸다. 내가 기억하는 옛일들, 가족들과의 추억, 내가 잘못한 일이나 잘한 일, 나를 이렇게 몰고 온 것들, 가족들에게 하고 싶은 말 같은 것들을 적어두고 옆에 그림을 그렸다. 새벽 시장의 손님이 완전히 끊기고 밤 시간이 온전히 내 것이 된 뒤에는 물감과 종이를 사서 본격적으로 그림을 그렸다. 날마다 그린 작은 그림들은 빠른 속도로 쌓였는데, 어머니는 그것을 그냥 버리기 아까워해 아버지의 세탁소 벽에 붙여놓고 자랑하곤 했다. 그것을 본 이웃들은 그냥 썩히기 아까운 솜씨라며 내가 뭐를 어떻게 해서든 무엇이라도 되기를 바랐지만 그 '뭐'나 '어떻게'나 '무엇'이 무엇인지 알 수 없었다. 한 젊은 여자 손님이 그림책 공모전이 있다는 것을 알려주기 전까지 나도 내가 무엇을 할 수 있을지 전혀 감을 잡지 못했다. 나는 처치 곤란한 그림들을 모아서 공모전에 응모하기 시작했는데 번번이 떨어졌다. 당선될 거라고 생각했던 것도 아니고 딱히 다른 할 일이 있는 것도 아니어서 포기하지 않고 연례행사처럼 응모하곤 했다.

의진은 내가 응모했던 원고를 들고 나를 찾아왔다. 연락처가 없어 주소를 보고 찾아왔다고 하기에 당선이 되면 으레 그러는 줄 알고 혼자 좋아했다. 의진은 공모전을 개최한 출판사의 담당 직원이었던 상혁의 여자친구일 뿐이었고 사적인 방문이었다. 그녀는 내 원고를 우연히 보았는데 그림이 마음에 들어 나를 꼭 만나고 싶었다고 하며 명함을 건넸다. 그녀는 대안 공간의 큐레이터로 서양화를 전공했다가 적성에 맞지 않아 미술이론으로 석사학위를 받은 지 얼마 안 되었다고 자신을 소개했다. 큐레이터, 전공, 대학원, 석사 이런 말들은 입에 올려본 적조차 없었던 것들이었기에 그녀가 나와는 다른 부류로 여겨져 위축되었다. 의진이 훗날 말하길 상혁이 내 그림을 보여주며, 매년 조금 이상한 원고를 몇편씩 내는 사람이 있는데 왠지 무섭다고 했다고 한다. 그도 그럴 것이 그때는 어떻게 이야기를 만들고 어떻게 글을 써야 하는지 전혀 몰랐다. 이미 그려놓은 그림들을 붙여 이야기를 만들기도 했고, 이야기를 만들어 그림을 그리기도 했는데, 끝도 시작도 없는 이야기들이었다. 게다가 그때는 나를 이렇게 만든 것들과 나 자신을 원망하는 마음이 엄청나게 컸으니, 그게 드러난 그림들이 무섭게 느껴질 만도 했다. 그녀가 본 원고는 자신이 물고기라고 생각하는 소녀가 원래 자신이 무엇이었고 왜 그런 이상한 생각을 하게 되었는지 알아가다가 결국 강으로 뛰어들어 물고기가 되는 이야기였다. 아동용 그림책에 맞지 않는 기괴한 내용이었음에도 에메랄드빛 강을 배경으로 한 몽환적인 수채화가 인상적이어서 나를 찾아왔다고 했다. 그녀는 다른 그림을 볼 수 있는지 물었다. 그림은 넘치도록 많았으므로, 책상 밑에 쌓인 그림들을 꺼내 보여주었다. 그녀는 자리를 잡고 앉아 그림들을 찬찬히 들여다보더니 다른 방식으로 글을 써보면 좋은 결과를 얻을 수 있을 것 같다고 말했다. 의진은 퇴근 후 가끔 나를 찾아와 그림과 이야기의 방향에 대해 이야기를 나누었다. 처음에 그녀는 내가 자기와 대화하기 싫어 딴짓을 하는 줄 알았는데, 그녀의 이야기를 잊지 않기 위해 받아 적고 있었다는 것을 알고 놀랐다. 자기를 매번 기억하지 못할 만큼 내 기억력이 좋지 않다는 사실에 놀랐고, 누군가가 자신의 이름과 얼굴을, 자신이 한 이야기를 잊지 않기 위해 노력하는 건 처음이라며 감동하기까지 했다.

결국 난 이듬해, 늘 응모하던 공모전에 당선되었다. 당선작이 출간되고, 의진이 다른 일러스트레이터들과 나를 묶어 그림책 원화

전을 기획해 전시를 하기도 했다. 어머니는 내가 정말 한 사람 몫을 제대로 하게 되었다며 앞으로 완전히 다른 인생을 살 수 있을 거라고 기뻐했다. 그러나 나는 부스에 앉아 그림을 그리기 시작한 그 밤에 이미 이전과는 다른 세계로 진입했기에 더 달라질 것이 없다고 생각했다. 작가가 된 것은 그 결과일 뿐이었다. 나는 계속 주차장에서 일을 하고 그림을 그렸다. 어차피 살아가는 데 돈이 많이 드는 것도 아니었고 성공하고 싶은 생각도 없었기에 다른 것은 바라지도 않았다. 그동안 나는 상혁이 독립해 만든 출판사에서 두권의 책을 더 냈다. 의진은 자기가 한 일이 없다고 했지만, 내가 쓰는 이야기가 써도 될 만한 내용인지, 말이 되기는 하는 건지 봐주었고 팬블로그도 운영했다. 블로그에 내 책에 관한 이야기, 일러스트와 짧은 글, 책의 리뷰 같은 것들을 간간이 올렸고, 가끔은 작업 근황에 대해 올리곤 했는데, 아주 많지는 않지만 고정적인 독자나 책 검색을 통해 들르는 사람들이 있다고 했다.

의진이 찾아온 이유는 얼마 전부터 블로그에 올라오기 시작한 악의적인 익명의 댓글 때문이었다. 나는 블로그가 무엇인지 잘 모르므로 그것이 어떤 상황인지 이해되지 않았지만 그녀가 신경 쓰는 것 같아 대수롭지 않게 말했다.

"지웠으면 되지 뭐."

그러나 지운 다음 날 그 자리에 똑같은 댓글이 달렸고, 다른 글에도 하나씩 같은 댓글이 붙기 시작했다. 지워도 자꾸만 올라오는 것을 보면 누군가 악의적으로 하고 있는 일 같아 내가 알아두어야 할 것 같다고 하며 의진은 댓글을 보여주었다.

'거짓 이야기 만들지 말고 네가 저지른 나쁜 짓에 대한 반성문이나 써라. 너에 대한 더러운 소문을 알고 있다.'

상혁도 그 비슷한 시기에 출판사 건의 게시판에 며칠에 걸쳐 반복적으로 나를 모함하는 글이 올라왔다고 했다. 블로그 댓글처럼 짧은 글이 아니라 조금 긴 글이었다. 나와 중고등학교 동창임을 밝힌 독자가, 내가 중학교 시절부터 고등학교 때까지 유부남 미술 교사와 부적절한 관계를 지속했다고 했다. 그 소문이 퍼지게 되자 나는 따돌림을 당했고, 그로 인해 자살 기도를 했던 것이라고 써놓았다. 그 일로 교사는 구속되었다가 풀려나긴 했지만 해직되었고, 부인과도 이혼했다고 했다. 그리고 어린 나이에 한 가정을 파괴한 파렴치한 작가가 아이들을 대상으로 책을 쓰는 것도 역겹다며, 사실을 밝히고 조처하지 않으면 불매 운동을 벌일 거라고 했다.

"그렇게 자세히 읽어줄 필요는 없잖아? 기분 나쁘게."

의진은 상혁이 무신경하다며 화를 냈다. 그들이 자꾸 툭탁거리는 것이 내 탓인 것 같아 나는 아무렇지도 않다고 했다. 사실 나는 그들의 말을 듣고도 그게 무슨 뜻인지 도통 이해가 가지 않았다. 더러운 소문, 부적절한 관계가 구체적으로 무엇이겠냐고 물으니 의진은 좀 난감해하면서 조심스럽게 말했다.

"뉘앙스로 봐선 섹스 스캔들을 말하는 것 같아. 말이 돼야 말이지. 중학생이면 애잖아."

나는 갑자기 웃음이 터져 나와 멈출 수가 없었다. 그 순간에는 사십년 동안 남자 손도 한번 못 잡아본 나에게 건네는 더러운 농담이라고 생각했다.

"내가? 정말? 내가 그랬다고?"

나의 웃음에 안심이 되었는지 의진 부부도 따라 웃었다. 웃다보니 어디선가 맡아본 냄새가 훅 끼쳐오는 것 같았다. 그것은 밖에서 오는 것이 아니라 내 몸속에 저장되어 있다가 피어오르면서 그 시절의 기억을 불러오는 냄새였다. 그 냄새는 따뜻하고 비릿한 체취였는데 부드럽고 포근한 느낌이었다. 그것은 선생님의 하얗고 갸름한 얼굴을 가까이 불러왔다. 그리고 그의 목덜미에 송골송골 맺힌 땀과 단단한 어깨, 넓은 등을 하나하나 되살렸다. 뺨에 와 닿던 그의 부드러운 손이 떠올랐을 때, 나는 더이상 웃을 수가 없었다. 그의 다정했던 목소리와 그의 차 안에서 듣던 '들국화'의 노래가 귀에 들려오는 것 같았다. 마치 헤어진 옛사랑을 떠올릴 때처럼 마음이 설레고 아팠다. 차라리 기억에서 완전히 사라져버렸다면 마음이라도 편했을 텐데, 어설프게 떠오른 기억들 때문에 절대 그런 일을 한 적이 없다고 장담할 수 없었다. 나와 율희가 기억하는 것이 그렇게 다른데, 진짜 나는 또 얼마나 다른 사람이었는지 알 수가 없었다.

"같은 시기에 올라온 걸 보면 같은 사람인 것 같은데, 왜 그러는 걸까 싶어. 원한이 있는 사람처럼 그러는 게 영 마음에 걸려서 이야기해두는 거야. 내용이야 뭐 말할 것도 없지. 마음에 담아두지 말아."

떠오른 기억을 의진에게 차마 이야기하지 못했지만, 그런 일을 한 적이 없다고도 말하지 못했다.

"사실 나도 잘 모르겠어. 기억 못하는 건지도 모르고. 나를 믿을 수가 있어야지."

의진은 어이없다는 듯이 대답했다.

"내가 너를 십년 가까이 봤잖니? 너는 그런 사람이 아니야. 네가 살아온 세월 자체가 그걸 증명하고 있는데 뭔 소리? 너도 널 믿어. 이건 단순한 악플이야. 골치 아프니까 일단은 계속 지울 거야. 당신도 조처고 뭐고 간에 그냥 지워버려. 더 골치 아프게 하면 신고하자고."

의진은 내 노트를 펼치고 연필꽂이에서 마커펜을 꺼냈다.

"너는 걱정 말고 그림이나 그리셔. 얼른 그리셔. 찝찝할 때마다 이거 펼쳐서 따라 읽어. 기억이 안 나면 외워."

'나는 그런 사람이 아니다.'

커다랗고 굵은 글씨로 노트에 꽉 차게 써놓았다. 그녀의 글씨는 동글동글하면서도 끝이 날렵해 경쾌한 느낌을 주었다. 그 문장을 경쾌하게 따라 읽어보려 했지만 입이 떨어지지 않았다. 나는 그 말을 믿을 수가 없었다.

4

어제는 옛집에 다녀왔다. 다녀온 것은 아니고 그냥 지나쳤다고 하는 게 맞겠다. 나는 율희의 차에 타고 있었고, 어딘가로 가는 길이었다. 율희가 오랜만에 찾아와 다짜고짜 차에 타라고 했다. 무엇 때문이냐고 묻자 그녀는 보조석 문을 열고 선 채로 나를 쳐다보며 말했다.

"오늘 일당은 내가 줄 테니 그냥 타. 선생님 소식이 궁금하다면서?"

그녀는 내가 전화를 해 물어봐놓고 또 잊었다며 타박을 했다. 나는 부스의 창을 내리고 문을 잠근 뒤, 그녀의 차에 올랐다. 나는 다급한 마음에 물었다.

"저기, 나, 미술 선생님이랑 이상한 소문이 있었다는데, 진짜야?"

"이상한 소문이 있었다는 게 진짜냐는 거야? 아님 그 이상한 내용이 진짜냐는 거야?"

"둘 다. 그때 나한테 이야기해준 적 없었지? 난 처음 알았어."

"아, 언제 적 이야길 하는 거야. 기억도 안 나. 소문이 한두개 돌아다니는 것도 아니고, 그러다가 사라지는 거지, 그런 걸 아직까지 누가 기억하겠어."

"그 소문이 믿어져? 말이 된다고 생각해?"

"나야 뭐 둘 사이에 뭔 일이 있었는지 모르지. 소문이 어떻든 너만 아니면 되는 거 아니야? 그리고 그 변태 선생한테 한두명 당한 게 아니야. 우리가 다 응징했으니까 신경 꺼."

나는 그녀의 말에 적잖이 당황했다. 그 선생님은 그런 사람이 아니었어,라고 말하고 싶은 것을 간신히 참았다. 그녀가 말하는 우리가 누구인지 알 수 없어 물었지만 율희는 '있어'라는 말로 일관했다. 율희의 자동차는 큰길로 나갔다. 주차장에서 50미터만 나가면 큰길이었지만 오랫동안 그리 나갈 일이 없었다. 율희는 내가 묻는 말에 대답하지 않고 말을 돌렸다.

"저기 길 건너 시장에도 못 가봤지? 주차장 밖으로 나가본 적은 있니?"

율희는 친절한 말투로 말했지만 나는 조금 기분이 나빴다. 나도 시장 정도는 가보았다. 가족도 찾아오지 않는 나를 십개월간 보살펴준, 지금 내가 어머니라고 부르는 간병인을 따라서 동네에 들어왔던 날 그곳에 갔다. 병원에서 오는 길에 이불과 간단한 가재도구를 사기 위해 들렀던 시장은 헐겁게 들어선 나지막한 상가 건물들과 길바닥의 난전들로 뒤엉켜 복잡하고 더러웠다. 지나가는 오토바이와 짐꾼들이 다리를 절며 굼뜨게 걷는 내게 빨리 비키라고 소리를 질러댔고, 상인들은 가격만 묻고 지나가는 어머니의 뒤통수를 향해 재수없다고 악다구니를 썼다. 나는 아비규환의 세상에 맨몸뚱이로 내던져진 것 같아 슬프고 두려웠다. 어머니는 앞으로 이런 곳에 오지 말자고, 좋은 말만 듣고, 좋은 사람만 만나자고 하며 내 손을 꼭 쥐고 얼른 길을 건넜다. 그뒤로 다시는 그곳에 가지 않았다. 길 건너편에는 멀리서도 한눈에 보이는 높은 빌딩과 아케이드가 있었고, 의류쇼핑센터 옆에는 말로만 듣던 거대한 주차타워가 있었다. 줄을 서서 타워로 진입하는 자동차들의 꼬리 물기 때문에 그 일대의 교통이 매우 혼잡했다. 그 광경을 직접 보고 나니 이제 우리 주차장은 정말 끝난 게 맞다는 생각이 들었다. 복잡한 도심을 빠져나와 터널로 들어선 자동차는 한참을 달려 반대편의 출구에 도달했다. 율희는 내 옆쪽 창밖을 가리키며 말했다.

“저기가 너 살던 아파트야. 기억나?”

아파트는 지나간 세월만큼 허름해진 채로 그 자리에 있었는데, 그동안 울창해진 나무들이 주변을 둘러싸고 있어 마치 뒷산의 일부가 된 것처럼 보였다. 나는 그 아파트에서 조부모님과 고모와 함께 살았다. 내가 그곳에 간 것은 세살 무렵, 교통사고로 부모님을 한꺼번에 잃은 뒤였다. 조부모님과의 생활은 늘 조용했지만 소소한 즐거움이 있었다. 할아버지는 나를 도서관이나 서점에 데려가는 것을 좋아했다. 할아버지와 나란히 앉아 책을 읽다가 내가 모르는 것을 물으면 대답해주지 않고 도리어 내게 이상한 질문을 던졌다. 할아버지의 질문에 계속 답하다보면 결국 내 질문의 답까지 도달하긴 했지만, 놀림을 당한 것 같아 뾰로통해지곤 했다. 달달한 간식을 사주면 금세 풀어져 헤헤거리는 나를 데리고 할아버지는 도심을 산책하며 옛이야기를 해주었다. 할머니는 계절이 바뀔 때면 나를 백화점으로 데려가 새로 나온 원피스와 속옷을 사주었다. 쇼핑이 끝나고 우리를 데리러 온 할아버지와 함께 백화점 식당가에서 일식 돈가스와 메밀국수를 먹고 새로 개봉한 가족 영화를 보거나 공원을 산책했다. 조부모님은 나와 함께 걷는 것을 좋아했다. 매일 이른 새벽마다 뒷산에 오를 때도 나를 데리고 가고 싶어했지만 난 잠에 취해 일어나지 못했다. 아파트의 뒤편은 뒷산을 향해 있어

내 방이나 뒷베란다 창 앞에 서면 산책로로 이어지는 길이 보였다. 뒤늦게 잠에서 깨어 창밖을 내다보면 산책로를 걷던 할머니와 할아버지가 어느새 나를 향해 손을 흔들어주었던 것을 기억한다. 나는 어디에 있건 늘 할머니, 할아버지와 연결되어 있는 듯한 기분이 들었다. 그곳에서 보낸 시절은 내 인생에 다시없을 완벽한 시간이었으므로 잊을 리가 없었다. 결국 함께 뒷산을 한번 못 갔네, 하고 혼잣말을 삼키다가 결국이라는 말이 참 싫은 단어였구나, 하고 깨달았다.

"너희 집이 제일 바깥 동 오층이었잖아. 그런데 이제 와서 하는 이야기지만, 계속 궁금했어. 그때, 오층이란 거 생각 못했어?"

"그때?"

"너 사고 쳤을 때 말이야. 이것도 기억 못하려나? 이렇게 되는 걸 원한 건 아니었을 텐데. 정말 안됐어."

나는 그녀가 무엇을 묻고 있는지 이해했으나 나를 위로하는 건지 조롱하는 건지는 알 수 없었다. 고등학교 3학년이었던 나는 오월의 첫날 이른 아침, 속치마와 스타킹을 걷으러 뒷베란다에 나갔다가 학교를 안 갈 수 있을 뿐 아니라 고통을 근본적으로 끝낼 수 있는 간단한 방법을 떠올렸다. 방충망을 열고 속치마를 머리에 쓴 뒤 난간 밖으로 허리를 숙이는 것까지 순식간의 일이었다. 창밖은 아주 화창한 봄날이었고, 아파트 뒷마당에는 아무도 없었다. 언제고 죽을 거라면 그날이 딱 좋을 것 같았다. 깊은 생각 따위는 필요도 없었다. 내가 조금만 느렸더라면, 조금 덜 힘들었더라면 그곳이 오층이라 실패할지도 모른다는 생각을 했을 것이고, 아마도 그 길로 엘리베이터를 타고 아파트 옥상으로 올라갔을 것이다. 옥상으로 올라가는 동안 마음이 바뀌어 다시 내려왔을 수도 있었을 테고, 올라갔다면 어쨌든 지금처럼 불편한 몸으로 살아 있지는 않았을 것이다. 한때 이런 몸으로 살아 있는 것이 저주스러웠던 적도 있었지만, 지금은 그렇지 않다. 어쨌건 살아 있으니 이곳에 다시 와보는 날도 있는 거 아닌가 하는 생각이 들었다. 나는 뭐라고 대답해야 할지 몰라, 응, 하고 대충 대답했는데 그녀가 딱히 대답을 원해서 물은 것 같지는 않았다.

"나는 이 동네에 진짜 오랜만에 와봐. 우리 부모님은 오래전에 이사하셨거든. 너희 가족들은 아직 여기 사시니?"

율희에게 사고 뒤 내가 집으로 다시 돌아가지 못했다는 말을 했는지 기억나지 않았지만 입에 올리기 싫어 대답하지 않았다.

"이런, 미안. 의절당했다고 했지."

율희는 뒤늦게 생각났다는 듯 말했다. 그 말을 듣고 나니 콘센트에서 플러그가 빠져 있는 것을 뒤늦게 발견한 듯한 기분이 들었다. 십개월 넘게 병원에 입원해 있는 동안 할머니는 한번도 찾아오지 않았고, 할아버지는 단 한번 찾아왔다. 일주일이 넘도록 의식이 없다가 정신을 차렸을 때 할아버지가 침대 옆에 앉아 있었다. 나는 그곳이 어디인지, 무슨 일로 누워 있는 건지 알 수가 없었다. 할아버지가 나를 향해 '죽을 용기로 살았어야지' 하고 울부짖는 것을 듣고서야 내가 큰일을 저질렀다는 것을 알았다. 기억이 돌아오지 않았던데다가 아무 생각도 할 수 없었던 상태였지만 그 말이 틀림없이 틀렸다고 생각했다. 그것은 생각이 아니라 반사에 가까웠다. 분 단위, 초 단위로 용기를 쥐어짜며 삶을 버티는 것과 한번의 용기로 모든 것을 끝내버리는 것을 등가로 놓는 건 말이 안 된다고 생각했다. 내가 왜 그런 슬픈 생각을 하게 되었는지는 전혀 기억나지 않았다. 멍청하게 바라보는 나를 보며 울던 할아버지는 병실을 나갔고 다시는 찾아오지 않았다. 퇴원할 때 찾아온 사람은 고모뿐이었다. 고모는 내 옷가지 등속을 담아온 커다란 캐리어를 건넸고, 내 이름으로 된 통장을 주며 이제 내 갈 길로 가라고 했다. 통장에는 허름한 원룸 전세를 얻을 정도의 돈이 들어 있었다. 자기는 할 만큼 한 거라고, 엄청난 액수의 병원비 영수증을 보여주었다. 고모는 나 때문에 집안이 풍비박산이 났으며, 장애까지 얻은 나를 부양할 수 없으니 집을 나가라고 했다. 내가 내쳐져야 할 만큼 잘못한 것인지 이해가 되지 않았고, 왜 그런 일을 했는지 한마디 물어보지 않는 가족들이 원망스럽긴 했지만 어쨌거나 잘못을 저지르긴 한 것 같아서 고모의 말대로 해야겠다고 생각했다. 아무리 그래도 할머니와 할아버지에게 용서라도 빌고 마지막 인사라도 하겠다고 하자, 고모는 내가 이렇게 망가진 꼴을 아무도 보고 싶어하지 않는다며 다시는 가족 앞에 나타나지 말라고 했다. 그것이 그들의 마지막 부탁이라고 했다. 나는 집으로 돌아가지 못했고, 가족들을 다시 만나지 못했다. 그러한 부탁이라도 들어주는 것이 사죄하는 길이라 생각했는데, 과연 잘한 건지 잘 모르겠다. 나는 잠시 차에서 내려 집에 다녀오고 싶었지만, 그런 식으로 찾아가는 건 아닌 것 같아 다음에 가기로 했다.

내 노트에는 내가 살던 아파트와 뒷산의 풍경이 그려져 있을 뿐, 우리의 대화 내용은 여기까지만 쓰여 있었다. 고통스러운 기억을 떠올리는 것만으로도 힘들어 메모를 계속할 수가 없었던 것일까. 우리가 어디로 가고 있었는지도 써두지 않아서 잊었다. 선생님을 만난 것이 아닌가 생각해보았는데, 그것도 아닌 듯했다. 선생님을 잊을 리가 없는데다 아무것도 쓰지 않을 수 없었을 것이다. 머리가 더 나빠지는 것 같은 기분이 들었다.

5

어제는 중학교 동창들이 찾아왔다. 점심에 부친 김치전을 들고 왔던 어머니가 돌아가는 중이었는데, 주차장으로 자동차 세대가 줄지어 들어왔다. 어머니는 손님이 계속 들어오긴 하는구나, 하며 얼른 돌아갔고 나는 무슨 일인가 하는 생각이 들었다. 여자 넷이 차에서 내려 내게 알은체를 할 때도 난 그들이 그냥 손님인 줄 알았다. 그들은 내가 자신들을 못 알아보는 것이 거짓말이라 생각하는 건지 아니면 신기해서 그러는 건지, 정말 모르는 거냐고 되물었다. 그들은 내가 율희와 함께 그들이 모여 있던 곳에 간 적이 있다고 했다. 노트를 뒤적여봐도 그런 기록은 없었는데, 곰곰이 생각해보니 그런 것 같기도 했다. 그들의 얼굴은 처음 보는 것처럼 낯설었다. 그들 중 몇은 완전히 푹 퍼진 아줌마가 되어 있었고 몇은 젊은 차림새를 하고 있었지만 나이를 속일 수 없는 얼굴이었으나, 모두 나보다는 젊어 보였다. 이십년 넘게 너만 뺀 나머지 아이들이 모두 만나고 있었다는 율희의 말이 떠올랐다. 나를 뺀 나머지라는 말은 언젠가 내가 거기 들어 있었다는 이야기처럼 들렸는데, 나는 그런 친구들이 있었는지조차 기억나지 않았다. 그들은 우리가 만났던 날, 갑작스러운 만남에 당황해서 이야기를 많이 나누지 못해 찾아온 거라고 했다. 나는 그들에게 다시 자기소개를 좀 해달라고 했고, 노트에 그들의 얼굴을 그리고 이름을 써두었다. 미영, 지영, 선미, 예숙. 나는 그들 중 몇명의 이름을 알고 있었다. 사실 내가 알고 있는 이름이 그들의 이름인지는 잘 모른다. 여자들의 이름은 거의 비슷비슷했다.

내가 입원해 있는 동안 비슷한 이름을 가진 수많은 여자아이들이 병실을 다녀갔다. 반 아이들은 내가 혼수상태였을 때 모두 다녀갔다고 했다. 그들은 메모장에 짧게 글을 남기고 갔다. 모두 미안하다, 얼른 일어나서 함께 학교 다니자는 이야기들이었다. 의식이 돌아온 뒤에도 아이들의 방문은 끊이지 않았다. 입원해 있는 동안 나를 알고 있는 아이들이 대부분 찾아온 것 같았다. 같은 재단 중학교에서 고등학교로 진학을 했으므로 거의 전교생에 가까운 아이들이었다. 아이들은 내 손을 잡고 대성통곡을 하거나, 무릎을 꿇고 빌었다. 나는 그들이 내게 무슨 짓을 해 미안하다고 징징대는 건지 알 수 없었고 기억도 나지 않았다. 그들은 내가 자기들 때문에 투신을 했다고 생각하는 것 같았다. 사실 나는 왜 그런 무서운 짓을 결심했는지 도통 이해가 가지 않았고 기억도 나지 않았다. 자기들이 따돌리고 괴롭혀 내가 그런 거라고 울고불고하니 그런가보다 했다. 아무것도 기억나지 않았으므로 그들의 사죄도 와닿지 않았다. 나는 그저 자꾸 찾아와 우는 것이 귀찮아서, 그래, 다 용서한다, 괜찮다,라는 말을 기계적으로 해주었을 뿐이다. 울며 들어온 그들은 웃는 얼굴로 돌아가곤 했고, 나는 그들의 예쁜 다리와 건강한 걸음걸이를 견디기 힘들었다. 그들이 용서받고 행복하게 사는 동안, 나는 병실 커튼 뒤 사람들이 웅성거리며 했던 말처럼 '반병신'이 되어 고통스러운 인생을 살아가게 될 거라는 생각을 하면 괴로웠다.

그들이 왜 나를 찾아왔는지 잘 모르겠지만, 선생님에 대해 물을 수 있을 것 같아 일단 앉을 수 있는 모든 것들을 꺼내 자리를 만들어주었다. 그들과 나는 주차된 차로 비좁아진 주차장에 둘러앉아 이야기를 나누었다. 오랜만에 만난 친구들과 할 수 있는 이야기는 옛날이야기뿐이었다. 기억하거나 못하거나 별 상관없는 이야기, 하나마나한 이야기들이었다. 그들은 내가 모든 것을 잊은 줄 알고 이야기를 아름답게 윤색했다. 그러나 그 일들은 굳이 떠올려봐야 좋을 것이 없었기에 뒤로 밀려나 있던 기억이었을 뿐, 몇가지 키워드를 통해 빠르게 내 머릿속에서 사실 그대로 재생되었다.

나와 함께 미술반이었다는 지영은 우리가 학교 대표로 사생대

회에 나갔던 이야기를 해주었다. 그녀는 내 완성된 그림과 옷에 붓을 빤 물을 엎었고, 옷을 닦아준다며 그림을 옷에 문질렀다. 물에 흠뻑 젖은 그림은 찢어져버리고, 내 옷은 물감 범벅이 되었다. 나와 같은 아파트에 살았던 미영과 예숙은 나와 함께 하교를 했던 사이라고 했다. 그들은 내가 쌀집 앞에 놓아둔 콩 다라이 위로 넘어지는 바람에 콩과 팥이 뒤섞여버린 이야기를 하며 웃었다. 나는 내 등을 떠밀던 작은 예숙이의 손을, 둘은 학원에 가야 한다며 집으로 가버리고 나 혼자 해가 질 때까지 그것을 나눠 담았던 일을 기억하고 있다. 입을 다문 채 아무 말 하지 않고 있던 선미는, 물론 범인으로 밝혀지지는 않았지만, 체육시간이 끝난 뒤 내 교복을 가위로 다 잘라버렸고, 구두를 쓰레기장에서 불태웠다. 지영과 예숙은 함께 쓰레기통을 비우고 오다가 수돗가에서 걸레를 빨고 있는 나를 지나쳐가며 이상한 소리를 지껄였다. '걸레가 걸레를 빨고 있네.' '서 있는 뒷모습만 봐도 처녀인지 아닌지 딱 알 수 있대.' 나는 곧잘 '더러운 년'이라는 말을 듣곤 했는데, 사고 이후 들은 '병신 같은 년'이라는 말보다 훨씬 더 많이 들었다. 교복 블라우스가 네개에 치마가 세개였고, 날마다 빨아 빳빳하게 다려 입었는데도 그런 소리를 듣는 것이 이해가 안 됐다. 그때는 무슨 말인지 몰랐지만, 소문을 알고 보니 그런 소리가 나오는 것도 이상하지 않았던 상황이었다. 다른 아이들이 내게 침을 뱉은 일, 일부러 건 다리에 걸려 계단을 구른 일, 책상 서랍에 우유가 한가득 부어져 있던 일이 쭈뼛거리며 뒤따라나와 내 앞에 널브러졌다. 그때 힘들고 비참했던 마음이 퍼렇게 살아올라 내 가슴을 깊게 찔렀고 그 마음이 재생시킨 수많은 기억들이 한꺼번에 내 머리를 치고 지나갔다.

나는 그 시절 늘 죽고 싶은 마음이 들곤 했지만, 내 얼굴과 머리에 침을 뱉은 아이를 죽이기 전에는 절대 혼자 죽지는 않겠다고 다짐했다. 꼭 잘돼서 그들이 어떻게 할 수 없는 사람이 되겠다고 결심했다. 책상 앞에 그 아이들의 이름을 써 붙여놓았던 것 같은데, 정작 그 이름들은 기억나지 않는다. 나는 이를 악물고 육년을 견뎠다. 같은 재단의 고등학교로 진학하니 새로운 아이들이 유입되어 괴롭힘은 조금 덜해졌다. 중학교 시절에 비하면 살 만했고 졸업도 얼마 안 남았던 그때, 뒤늦게 왜 그런 일을 했던 건지 정말 이해가 되지 않았다. 나는 그들에게 미술 선생님에 대해 물었다. 그들은 지난번 만났을 때 율희 앞에서 모든 것을 이야기해주지 못한 것이 마음에 걸렸고, 선생님을 만나게 해주고 싶어 찾아왔다고 했다. 계속 침묵을 지키고 있던 선미는 어렵게 입을 뗐다.

"우리가 선생님 인생을 망쳤어. 율희는 선생님이 죗값을 덜 치렀다고 하지만, 우리는 그 애랑 달라. 난 죄책감 때문에 종교까지 가졌어."

선미는 눈물을 글썽거렸다. 나는 그녀가 무슨 말을 하는지 알아듣지 못했다. 그들은 내가 병원에 누워 있을 때 일어났던 일들을 이야기해주었다.

사고가 터진 다음 날, 할아버지가 중학교로 선생님을 찾아가 주먹을 휘둘렀다는 이야기가 고등학교까지 퍼져나갔다. 선생님이 구속되어 재판정에 서게 되었을 때, 증언을 한 것이 이 네명과 율희였다. 그들은 선생님이 자신의 몸을 만졌고, 옷 속을 더듬었고, 더러운 짓을 시켰다고 거짓으로 증언했다. 율희는 그와 내가 모텔에서 나오는 것, 선생님의 차 안에서 키스하는 것을 보았다고 진술했고, 그가 자신도 성추행했다고 했다. 그러나 선생님의 알리바이가 증명되고, 지영이 진술을 번복하는 바람에 무죄로 풀려나게 되었다.

"율희는 정말 당했다고 했는데, 걔가 여럿이 증언을 해야 감옥으로 보낼 수 있다고 해서 우리가 입을 맞춰주었던 거야. 그래도 지영이가 우리를 살렸지, 안 그랬다면 더 큰 잘못을 저지를 뻔했어. 선생님은 학교 그만두고 이혼도 했어. 뭐라고 변명도 할 법했는데, 아무 말 안 해서 더 의심을 산 것 같아. 그때는 정말 너랑 그런 사이가 아니었나 하고 의심도 했는데 오랜 세월 선생님을 지켜보니까 그럴 사람이 아니더라고. 우리가 너무 어리고 무지해서 악했던 것 같아."

선미는 곧 울 것 같은 얼굴이었다. 옆에서 조용히 있던 지영이 조그만 목소리로 말했다.

"난, 중학교 때 소문을 믿었어. 율희가 정말로 봤다고 했고, 다른 애들도 학교 밖에서 같이 있는 걸 봤다고 해서 믿었어. 그래서 너를 괴롭혔던 거야. 얘들도 그랬고, 다른 애들도 그랬을 거야. 그 소문이 엄청났었거든. 너 그렇게 되고 나서 할아버지가 학교까지 찾아와 도저히 용서할 수 없다고 하시기에 맞는 거구나, 고등학교 가서도 만났구나 했지. 나도 선생님 좋아했잖아. 그래서 더 배신감이 들었던 것 같아. 그래도 없었던 일을 거짓으로 말하는 게 두려웠어."

아줌마가 되었지만 소녀처럼 수줍은 인상의 지영은 얼굴을 붉혔다.

"너희 할머니 돌아가시고, 할아버지가 많이 힘드셨던 것 같아. 소문만으로는 고소가 안 되지, 너도 누워 있지, 선생님은 묵묵부답이지…… 선생님이 죗값을 치르지 않으면 할아버지도 돌아가실 것 같았어. 매일 학교로 찾아오셨는데, 곧 쓰러질 지경이셨어. 우리는 거짓말을 해서라도 도와드리고 싶었어. 사실 네가 죽으려고 한 게 우리 때문이 아니라는 걸 증명하고 싶었어."

"할머니가 돌아가셨다니? 무슨 말이야? 언제?"

나는 할머니가 돌아가셨다는 말에 놀라, 다른 말이 귀에 들어오지 않았다. 너희들 때문에 죽으려고 한 게 아니라고 말하려 했는데, 입을 열 수가 없었다. 그들은 갑자기 입을 다물고 당황한 얼굴로 나를 쳐다보았다.

"몰랐구나. 이렇게 알게 해서 어쩌면 좋니. 정말 미안해. 네가 그렇게 되고 한달도 안 돼서였을 거야. 우리 엄마가 너희 옆집 아줌마랑 같이 수영을 다녀서 그날 알았어. 심장마비로 돌아가셨대."

예숙이 안타까워하며 말했다. 나는 어이가 없어 눈물조차 흘릴 수 없었다. 그동안 할머니는 더 늙고 병들었을지 몰라도 여전히 살아 계실 줄 알았는데, 이십년 전에 돌아가셨다니 어떻게 해야 할지 알 수가 없었다. 병원에 한번 오지 않는다고 원망했던 것을 생각하니 마음이 산산이 부서지는 것 같았다. 미영이 나를 토닥거리며 손을 잡았다.

"상현아, 정말 미안해. 우리가 너를 진작에 찾아서 미안하다고 했어야 했는데. 우리도 먹고사느라 세월이 이렇게 지나버렸어. 우리는 인간도 아니야."

"아니야. 괜찮아."

붉게 충혈된 눈을 이리저리 굴리며 애써 눈물을 참는 그들에게 해줄 말이 없어서, 이십년 전 병원에서 아이들에게 대답했듯 그렇게 말했다. 그리고 그들에게 내가 그린 그림책을 나눠주었다. 그들은 내가 작가가 되었다는 사실을 모르고 있는 것 같았다. 나의 이야기가 그들과 그들의 아이들에게 들려지길 바라며, 내가 그들이 오해했던 그런 사람이 아니었다는 것을 기억하기를 바랐다.

6

어제는 아무도 찾아오지 않았다. 오랫동안 작업을 하지 못해 맨 윗장의 와트만지에 먼지가 부옇게 앉아 있었고 벽에 붙여놓은 그림은 쭈글쭈글하게 말라비틀어져 있었다. 나는 그것들을 떼어내 휴지통에 버리고 새 종이를 펼쳤다. 노트를 뒤적여 무엇을 그릴까 궁리하는데 중학교 동창들이 남겨준 선생님의 전화번호와 가게 이름이 보였다.

선생님은 학교를 그만두고 몇년을 학원 강사로 전전하다가 도시

외곽에 작은 인테리어숍을 열었다고 했다. 이름이 좋아 인테리어숍이지 도배, 장판, 칠을 전문으로 하는 동네 가게인 듯했다. 선생님은 인부 없이 혼자 일을 했고, 가족도 없이 고독하게 살고 있다고 했다. 동창들은 이제 그에게 선생님이라는 직업을 가졌던 흔적은 전혀 남아 있지 않다며 그 모든 것이 다 자기들 탓이라고 징징거렸다. 그들은 선생님의 인생이 망가졌다는 의미로 말한 것 같았는데, 난 내 인생이 망가지지 않았다고 생각하는 것과 마찬가지로, 그의 인생도 망가지지 않았을 거라고 생각했다. 나는 인생이란 것이 누군가에 의해 그렇게 쉽게 망쳐지도록 생겨먹지 않았다는 것을 알고 있었는데, 그것을 그들에게 이야기해줘봐야 이해하지 못할 것 같아 그만두었다. 그들은 선생님과 가끔 식사를 하는데, 다음에는 나도 함께 가자고 했다. 나는 싫다고 했다.

나는 새 종이와 만년필을 꺼내 페인트를 칠하는 한 남자의 뒷모습을 검지손가락만 하게 그렸다. 아무것도 없는 공간에, 버려진 것들을 모아 새집을 짓고 정원을 만드는 남자의 이야기를 그리려고 했다. 지금은 누구에게도 아무것도 아닌 사람이지만 한때 누군가를 살게 했던 남자를 떠올렸다. 그의 삶을 어떻게 그려야 할지 생각해보았으나 한 사람이 보낸 기나긴 세월을 상상하는 것은 불가능에 가까웠다. 누군가 나의 지금을 보고 그간 내가 보낸 세월과 나의 행불행을 상상할 수 없듯 그의 삶 역시 그럴 터였다. 선생님에게 그동안 어떤 마음으로 살았는지, 지금은 괜찮은 건지 직접 묻지 않고서는 어떤 것도 짐작할 수 없다는 생각이 들었다.

나는 가게 번호인지 집 번호인지 알 수 없는 숫자들을 무작정 눌렀다. 한번 걸어 받지 않으면 다시는 걸지 않을 생각이었다. 벨이 네번째 울리자, 가우디 인테리어입니다, 하는 소리가 들렸다. 남자는 맞는데, 선생님인지 확실치가 않았다. 다른 할 말을 찾지 못해, 상현이에요, 하고 말하자 그쪽에서는 아무 대답이 없었다. 한참 기다리다가 아닌가 싶어 끊으려고 하는데, 기력이 없는 잠긴 목소리로, 잘 지냈니, 건강하니, 하고 물었다. 나는 네, 잘 지내요, 하고 대답했다. 발음이 시원치 않아 잘 못 알아들었을 것 같아 다시, 건강해요,라고 말했다. 그는 한참 아무 말 하지 않고 있더니 내게 말했다.

"미안하다. 언젠가는 꼭 이 말을 하고 싶었어. 소문이 무서워 너를 외면하지만 않았어도, 네가 그렇게 되지는 않았을 텐데. 모든 게 내 탓인 것 같아서 무슨 벌이든 받으려고 했는데 그렇게도 안 됐다. 평생 사죄하는 마음으로 살게."

나는 그가 무엇을 미안하다고 하는 건지 알 수 없었다. 오랜만에 만나면 미안하다고 하는 것이 유행인지 약속인지, 보는 사람마다 미안하다고, 다 자기 때문에 내가 이 지경이 되었다고 하는데, 그 흔하디흔한 말이 별로 감동적이지 않았다.

"언제 적 이야기를 하시는 건가요. 그 시간은 이미 오래전에 지나갔고 나는 여기에 이렇게 잘 살고 있는데 무슨 말씀이세요. 선생님과는 아무 관계없는 일이었어요. 그런 마음은 버리고 행복하게 지내세요. 정말 고마웠어요."

이렇게 말하고 싶었는데 급한 마음에 혀가 뒤엉키고 머리가 깜

깜해져 허둥거렸다.

"언제 적 이야기요. 나는 잘 살아요. 행복하세요. 고맙습니다."

어눌한 말이 그에게 제대로 가서 닿았는지 모르지만, 하고 싶은 말을 모두 한 셈이라 덧붙여 할 말이 남아 있지 않았다. 나는 전화를 끊었다. 그와 함께 듣던 음악은 여전히 귓전에 들리고, 둘이 함께 까먹던 오렌지의 향기는 코를 간지럽히는데, 그는 이제 없구나 싶었다. 외면이라는 단어는 과거 많은 사람들이 내게 보여주었던 차가운 얼굴과 표정 없는 뒷모습을 하나하나 불러왔고, 그때의 기분이 기억나자 숨을 쉴 수 없을 정도로 심장이 빨리 뛰기 시작했다.

아무도 말을 건네지 않고, 누구도 웃어주지 않았던 중학교 시절, 내게 말을 걸어주는 사람은 율희와 선생님뿐이었다. '너한테 말을 걸면 다른 아이들이 싫어해, 이제 학교에서는 알은척하지 말아줄래?'라고 율희가 말했던 것과 그 이야기를 들은 선생님이 그녀를 눈물 쏙 빠지게 혼냈던 일이 기억났다. '둘이 잤지? 안 그러면 너 같은 애한테 굳이 그럴 필요 없잖아'라고 말하던 율희의 모습이 떠올랐다. 그때는 그 말이 무슨 의미인지 몰라 대답도 못했다. 그는 세월이 지나면 외로움이나 고통들이 결국 자산이 될 거고 곧 나아질 거라고 말해주었다. 그와 이야기를 나누다보면 내가 겪는 고통이 빠른 속도로 지나가고 있는 것처럼 느껴졌기에 그나마 살아갈 수 있었다. 그런데 중3 여름이 시작되기 전, 그가 갑자기 나를 외면하기 시작했다. 눈도 마주치지 않고 말도 걸지 않았으며 멀리서 돌아가는 것을 내게 몇번 들켰다. 남은 중학교 시절은 그가 주는 고통이 너무 커서 아이들의 괴롭힘쯤은 아무것도 아닌 것처럼 느껴졌다. 고등학교 시절 나는 모르는 곳까지 무작정 버스를 타고 가 배회하곤 했는데, 뜻하지 않은 장소에서 그와 우연히 마주친 적이 있었다. 고개를 숙이고 종종걸음을 걷는 나를 향해 클랙슨이 울렸다. 자동차 창 너머에서 선생님이 나를 보고 웃고 있었다. 오랜만에 보는 웃음이라 마음이 놓였다. 그는 나를 차에 태우고 예전처럼 따뜻하게 말을 건네며 요즘은 잘 지내냐고 물었다. 다시 들을 수 없을 것 같았던 다정한 목소리를 들으니 눈물이 핑 돌았다. 나는 더 나빠졌다고, 앞으로도 좋은 날은 없을 것 같다고 말하다가 소리 내 울어버렸다. 그는 나를 말없이 가만히 안아주었다. 그러다가 누가 먼저인지 모르게 입을 맞추었다. 그는 나를 밀어내려 했으나 나는 그의 품으로 맹렬히 파고들며 떨어지지 않으려고 안간힘을 썼다. 나는 그에게 빨려들어가 세상에서 사라져버렸으면 좋겠다고 생각했다. 나를 가까스로 밀쳐낸 그는 뺨을 때렸다. 나는 키스를 하고 싶었던 것이 아니라 따뜻함 속에서 죽고 싶었던 것인데, 그 방법을 알지 못했을 뿐이었다. 나는 차 문을 열고 뛰어나와 거리를 달렸다. 울지 않으려고 눈을 부릅떴지만 자꾸만 눈물이 났다. 너와 다시 엮이기 싫으니 자기의 이름을 입에 올리지도 말고, 서로 모르는 척하자는 그의 마지막 말이 자꾸 등을 떠밀었다. 우는 얼굴로 집으로 돌아가면 할머니와 할아버지에게 걱정을 끼칠까봐 눈물이 마를 때까지 집을 향해 달렸다. 온몸이 땀범벅이 되고, 머리카락에서 땀이 뚝뚝 떨어질 때까지도 눈물이 마르지 않아 뒷산 산책로를 해가 진

뒤로도 한참 달렸다. 그날이었나? 밤늦게 집에 돌아가니 할머니와 할아버지는 주무시고, 고모만 공부하느라 깨어 있었다. 고모는 땀에 젖고 상기된 얼굴로 돌아온 나를 욕실로 밀어 넣었다.

"율희한테 들어서 다 알고 있어. 노인네들 실망시키지 마. 그게 그렇게 좋으면 커서 해. 당분간 말 안 하겠지만, 계속 그러면 내쫓을 거야."

'그게'가 무엇인지 묻기도 전에 고모는 방문을 닫았다. 따돌림당한다는 것을 고모가 알아버렸구나 생각하니 비참한 기분이 들었을 뿐, 그녀가 들었다는 이야기가 무엇일지 짐작하지 못했다.

시간을 훌쩍 뛰어넘어온 부정적인 감정들은 내 머리를 쉴 새 없이 내리쳤다. 끝없이 몰아치는 감정과 기억의 파편을 맞은 머릿속이 팽팽하게 부어올라 곧 터질 것처럼 아팠다. 그대로 있다가 죽을 수도 있겠다 싶어 부스 밖으로 나가 주차장을 빙빙 돌았다. 입구에 쌓인 쓰레기 더미가 악취를 풍기며 안으로 밀려들어올지라도, 햇빛을 받을 수 없는 그늘 속이라도 이 주차장이 있다는 사실이 나를 안심시켰다. 한참을 돌고 나서야 부어오른 머릿속이 가라앉는 것 같았다. 나는 누구라도 만나서 그때의 이야기를 하고 싶었다. 율희라도 찾아와준다면 좋을 텐데, 오지 않은 지가 너무 오래됐고 전화조차 받지 않았다. 의진은 필요하면 언제든 전화하라고 했지만, 그녀는 옛날의 나를 전혀 알지 못하기에 이야기를 해도 아마 잘 모를 것이었다.

옛날 사람이 필요했다. 무엇보다 가족들을 만나고 싶었다. 죄책감 때문에 가족의 마지막 부탁이라도 들으려 했던 게 잘못이었다. 쫓겨나게 될지라도 그곳에 가보았어야 했다. 그랬다면 뒤늦게 할머니의 부고를 듣는 일은 없었을 것이다. 할머니가 돌아가셨다는 사실을 믿을 수가 없었다. 지난 이십년간 나에게 할머니는 살아 계신 분이었다. 아파트에서 할아버지와 함께 책을 읽고, 텔레비전을 보고, 산책로를 걷고 계시다고 생각했다. 할머니가 나를 쫓아낸 것이 아니라는 것을 알게 되었지만, 차라리, 손녀를 한번도 찾지 않은 매정한 할머니로라도 살아 계시면 좋을 것 같았다. 할머니가 보고 싶었다. 할머니보다 세살이 많은 할아버지는 건강히 지내실지 궁금했다. 그리고 여전히 그곳에 살고 계실까. 가족을 만나 하고 싶은 말들을 적어둔 노트를 찾아 들고 큰길로 나가 택시를 탔다.

아파트 안으로 들어가려 하자 경비가 나를 유심히 바라보았다. 503호요, 하자 경비가 고개를 갸웃했지만 들어가는 것을 막지 않았다. 우편함이 비어 있어 가족이 그곳에 살고 있는지 확인할 수 없었다. 나는 엘리베이터를 타고 오층에 내렸다. 철로 된 현관문은 아무 표정도 온도도 없어 그것만을 보고는 누가 살고 있을지 전혀 추측할 수 없었다. 나는 벨을 누르려다 그만두기를 여러번 반복한 끝에 계단에 앉았다. 그러고 있다가 식구가 나오면 어떻게 인사를 해야 할까 고민했다. 우연히 지나다 들렀어요, 지나가는 길이었어요, 둘러댈 말을 고민했는데 생각하는 것마다 말도 안 되는 말이어서 조금 웃겼다.

옆집 현관 앞에는 어린이용 자전거가 놓여 있었다. 어쩌면 우리

집 현관 앞에 놓인 것인데 밀려갔을지도 모르겠다 싶었다. 할아버지도 나처럼 몸이 불편하지 않을까, 할아버지와 고모는 함께 살고 있을까, 고모는 결혼을 했을까, 결혼을 했다면 아이들이 있겠지. 나와는 사촌인데 얼굴도 모르고 자랐겠구나. 나는 계단에 앉아 잠깐 졸기도 하고 위아래를 오르내리기도 했다. 오랫동안 노트에 조금씩 써둔 가족들에게 하고 싶은 말들을 읽기도 했다. 엄청난 양이었는데 그것을 다 읽을 때까지도 양쪽 현관은 한번도 열리지 않았다. 생각해보니 노트에 적어두었던 이야기는 크나큰 오해를 바탕에 둔 이야기들이어서 쓸모가 없었다. 나는 노트에 새로운 문장을 썼다. 그간의 자초지종을 모두 담으려니 한장이 넘어가버렸는데, 다시 읽어보니 부질없는 이야기들이었다. 무어라 한들 그것이 세월을 돌릴 수 있겠나 싶었다. 다시 노트 한장을 찢어 큰 글씨로 몇글자 써서 현관문 틈에 끼웠다.

'저는 그런 사람이 아니었어요. 그렇지만 정말 죄송합니다. 모두가 그립습니다. 오래오래 건강하세요. 상현 올림.'

주차장으로 돌아왔을 때는 해가 뉘엿뉘엿 져가고 있었다. 컴컴해지는 주차장 바닥에 어머니가 폐신문을 깔고 앉아 있다가 돌아오는 나를 보고 와락 끌어안았다. 어디 갔었냐고, 한참을 기다렸다며 유난스럽게 반가워했다. 어머니는 어제 경찰이 찾아와 나에 대해 물으며 장애인을 약취하고 있다는 신고가 들어왔다고 했고, 주차장에서 나는 악취 때문에 잦은 민원이 들어온다며 큰소리를 쳤다고 했다. 돈을 찔러주면 조용해진다는 아버지의 말에 어머니는 일단 봉투에 돈을 담아 돌려보내긴 했지만 시간이 지나면 또 찾아올 것을 생각하니 넌더리가 났다고 했다.

"사실, 너한테 주차장 그만하자고 하려고 점심 먹기 전에 왔거든. 그런데 니가 없는 거라. 이상하게 가슴이 덜컹해, 기다려도, 기다려도 안 오데. 그래도 여기가 있으니까 오겠지 해도 또 안 오고, 또 안 오고. 여기가 없어지면 너를 어디서 기다려야 하나 싶고. 그렇게 생각을 한참 하고 나니까, 이걸 그냥 두자, 또 그런 생각이 드네."

"어머니, 사실 손님이 하나도 안 든 지 오래됐어요. 제가 거짓말을 한 거예요. 죄송해요. 이제 어머니 마음 편하신 대로 하세요."

어머니는 한숨을 쉬며 내 손을 꼭 잡았다. 어머니는 부스로 들어가 점심식사로 들고 온 보따리를 풀어 밥상을 차려주었다. 다 식어버렸다며 안타까워하면서 밥 위에 반찬을 놓아주며 주절주절 이야기를 시작했다. 이 손바닥만 한 땅의 역사였다.

이 자리에는 성냥갑 같은 하꼬방이 있었는데, 어머니 부부가 서울살이 십년 만에 장만한 집이었다. 터가 어찌나 좋았는지 큰아들이 대기업 직원으로 취직하고, 작은아들이 세무사가 되고, 막내딸이 여대에 수석으로 입학하고, 집을 하나 더 장만할 정도로 가족들이 술술 풀려나갔다. 삼십년 전 호시절에 동네 사람들은 다 쓰러져가는 집들을 헐고 몇 집을 합쳐 빌딩을 올리거나 건축업자에게 팔고 이사를 가 큰돈을 손에 넣었다. 아버지는 우리도 팔아버리자는 어머니의 닦달과 업자들의 회유에도 꿈쩍하지 않고 그냥 가만히 있었다. 불과 50미터 떨어진 곳에 세탁소가 딸린 번듯한 이층집 한

채도 가지고 있었고 세탁소 일로 늘 바빴기에 골치 아프게 생각하고 싶지 않았다. 대학생 막내딸이 공사장에서 변사체로 발견되었을 때, 어머니 부부는 온 동네를 공사판으로 만든 이웃들을 원망했다. 결국 빌딩 사이에 홀로 끼어 쓸모없게 돼버린 손바닥만 한 집은 월세 20만원 받는 잠만 자는 방이 되었다가 창고로 전락했다. 어머니는 딸의 죽음에서 시작된 우울증을 이겨보려 간병인으로 일하기 시작했고, 그로 인해 나를 만났다. 폐인이 되어가는 나를 제 몫 하는 사람 만들겠다고, 다 쓰러져가는 창고를 부수고 주차장을 만들었다. 어머니는 간병인으로 출근하던 병원 옆의 손바닥만 한 주차장을 보고 생각해낸 것이 나를 살렸던 것도 그렇지만, 많은 돈을 벌어들일 줄은 몰랐다고 했다.

나는 여러번 듣고 받아 적어 이 기나긴 이야기를 기억하고 있었다. 어머니는 어떤 지점에서 시작을 하더라도 결국 모든 이야기를 다 풀어낸 뒤 원망과 후회, 슬픔이 뒤섞인 눈물을 조금 흘리고서야 이야기를 끝냈다. 세월이 지난 뒤 노트에 적어놓은 이야기들을 읽어보니 어머니의 태도는 아주 미묘하게 변해 조금씩 덤덤해지고, 대범해졌다. 일흔이 넘은 지금은 마치 남의 이야기처럼 하고 있었다.

"모든 게 화무십일홍인 거라. 후회하고 원망하고 애끓이면 뭐해. 좋은 날도 더러운 날도 다 지나가. 어차피 관 뚜껑 닫고 들어가면 다 똑같아. 그게 얼마나 다행이냐."

어머니는 밥을 먹고 있는 내 등을 쓰다듬었다. 밥이 가득한 입속으로 어머니의 말을 따라 중얼거렸다. 그리고 이해할 수 없이 복잡했던 날들을 생각했다. 차마 다 기억할 수도, 돌이킬 수도 없는 그것들은 명백히 지나가버렸고, 기세등등한 위력을 잃은 지 오래다. 살아 있어 다행이다. 다행이라 말할 수 있어 정말 다행이다.

지옥의 형태

나는 1975년 겨울에 태어나 2015년 늦여름에 죽었다. 생일을 맞기 석달 전쯤이었으니 사십년을 채 못 살았다. 나는 죽음의 정황을 전혀 모를 뿐 아니라 죽었다는 사실조차 인지하지 못했다.

살아서의 마지막 날은 기이하게도 평온한 날이었다. 의심스러운 일도, 보고 싶은 사람도 전혀 없었고 누군가의 뒤를 밟지도, 누구를 만나지도 않았다. 아무 일 없이 평온한 마음이 드는 것이 불현듯 불길하게 느껴져 집을 나섰다. 먼 곳에 가지 않는 것이 좋을 듯해 자동차를 타지 않고 집 뒤편의 골목을 지나 유원지로 이어지는 산책로를 걸었다.

오래전 어린 딸을 유모차에 태우고 늘 오갔던 그 길은 가로수의 울창한 그늘에 덮여 어둑했고 깨진 보도블록 틈새로 잡초가 무성하게 비집고 올라와 있었다. 나는 높이 자란 잡초들 속에 놓인 핑크색 아기 구두 한짝을 발견했다. 발등에는 빨간 하트 패치워크 장식이 붙어 있고 갈색 가죽 밑창에 딸의 이니셜이 새겨진 그 구두는, 시어머니가 맞춰준 세상에서 단 하나뿐인 구두였는데 딸이 아장아장 걸을 때 몇번 신겨보지도 못하고 오른쪽 한짝을 잃어버렸다. 나와 남편은 늘 함께 다니던 길을 수도 없이 돌아봤지만 도무지 찾을 수가 없었다. 딸의 발이 신발을 신을 수 없이 커지고 난 뒤에도 나는 그 신발 한짝에 대한 미련을 버리지 못하고 후미진 곳을 찾아 헤맸다.

그 구두는 잃어버린 그날처럼 아주 깨끗한 상태로 다시 돌아왔다. 나는 무서운 기분이 들었지만 하릴없이 구두를 집어 들고 걸었다. 딸에게 이야기를 해주어야지, 남편에게도 이야기를 해주어야지, 그렇게 생각하자 조금 슬퍼졌다. 높이 자란 잡초들이 바지 밑으로 드러난 맨 종아리를 훑어댔다. 풀이 간지럽힌 자리를 손바닥으로 탁탁 쳐가며 걷다가 오른쪽 샌들의 발등을 가로지르는 끈이 툭 끊어져 발에 잔뜩 힘을 주고 신발을 끄느라 속도가 느려졌다. 멀리 유원지로부터 음악 소리가 들려왔다. 나는 유원지의 풍경을 아주 잘 알고 있었다. 딸이 어렸을 때 자주 갔던 그곳에서는 매일 광대들의 퍼레이드와 마술쇼가 펼쳐졌고 흥겨운 행진곡풍의 음악이 흐르면 점멸하는 전구들로 휘황찬란하게 장식된 회전목마가 들썩거리며 춤을 추곤 했다. 유모차를 밀던 나, 손잡이가 달린 세발자전거를 밀던 나, 아이와 자전거를 타던 나, 그 모든 내가 매일이 축제인 그곳에서 나를 기다리고 있을 것 같았다. 하지만 얼마나 걸어야 그곳에 도착하는지는 잊었다. 언제부터 그곳에 가지 않게 되었는지도 잊었다. 딸이 내 손을 잡지 않게 되면서부터였는지, 남편이 사라진 뒤부터였는지, 애초에 간 적이 없었던 것인지 기억나지 않았다. 아무리 걸어도 유원지까지 당도하지 못했지만 이상하게 마음이 편안했다. 그것이 마지막 날이었다. 아무렇지 않은 오후였으나 생각해보면 모든 게 조금씩 이상했다.

내게 무슨 일이 일어났는지도, 일어날 것인지도 알지 못한 채 적막한 암흑 속에 있었다. 아니 어쩌면 빛 속에 있었는지도 모른다. 그 두가지는 다른 것들을 모두 지워버리기에 앞을 전혀 볼 수 없게 된 나에게는 완전히 동질의 것이었다. 볼 수도 들을 수도 만질 수도 없었다. 손가락 하나 움직일 수 없었고 심장 박동이나 호흡도 느낄 수 없었다. 몸은 사라지고 정신만 생생한 채로 괴괴한 정적 속에 남겨진 것 같았다. 시간이 얼마간 흐른 뒤에는 정신이 멀쩡한 것인지도 확신할 수 없었다. 사실 시간이 정말 흘렀는지, 내가 시간 속에 있긴 한 건지, 나란 존재가 있긴 한 건지 알 수 없었다. 외부에서 어떤 자극도 오지 않았기에 내가 여기에 있다고 생각하는 행위 말고는 살아 있다고 할 만한 증거가 없었다. 생각을 멈추면 나는 완전히 사라지고 말 것 같았다. 그러나 심장이 내 의지대로 뛰고 멎는 것이 아니듯, 생각 또한 그랬다. 생각이 심장의 자리에 들어앉아 나를 겨우 존재하게 했다. 아니, 아직은 존재한다고 믿게 했다.

생각은 심장보다 더 강렬하게 나를 삶으로 이끌었다.

생각은 나를 적막하고 캄캄했던 어떤 시간으로 이끌었다. 가장 캄캄했던 것은 안방의 이불장. 나는 그 속에 있었다. 칠흑같이 캄캄했던 장롱 안, 온몸에 와 닿던 포근한 이불의 촉감과 킬킬거리던 오빠의 웃음소리가, 부드러운 볼을 살짝 깨물자 자지러지게 울던 동생의 침 범벅된 울음소리가 되살아났다. 우리를 부르며 온 집 안을 찾아다니던 미순 언니의 발자국 소리가, 장롱 문으로 터져 들어오던 형광등 불빛이, 방바닥으로 곤두박질친 동생의 피 터진 입술과 입술 사이로 반짝 빛나던 두개의 아랫니가, 나와 오빠의 뺨을 세게 때리던 언니의 뜨거운 손바닥이, 어머 내가 미쳐, 쬐끄만 것들이 겁도 없어, 하는 비명에 가까운 소리가 모두 되살아났다. 어린 아이 셋을 돌보기에 너무 어린 여자의 불안한 음성과 그 방을 떠다니던 비릿한 젖 냄새, 그 밤이 깊도록 돌아오지 않던 내 부모와 그들을 둘러싸고 있던 은밀한 분위기 또한 떠올랐다. 그리고 그와 유사한 기분을 느꼈던 인생의 모든 순간이 순식간에 떠올랐다. 떠올랐다는 말은 내가 경험한 것과는 큰 차이가 있었는데, 그 시간들을 아주 빨리 다시 살아버렸다고 하는 편이 사실에 가까웠다. 과거의 모든 일들은 그 자리에서 그대로 반복됐고, 그때 느꼈던 모든 감각과 감정들 또한 재생되었다. 보지 않았지만 본 것과 같았고 듣지 않았지만 들은 것과 같았다. 정말 놀랍게도, 태어나서 지금까지 내가 감각하고 경험한 것들은 어느 하나 소멸되지 않고 내 안에 그대로 쌓여 있었다. 아니, 그것이 나의 어느 부위에 쌓인 게 아니라 내가 그것들의 총체로 존재하고 있었다. 어찌나 생생한지 내가 그 시간 속에 몸을 가진 채 살아 있다고 착각할 지경이었고, 거기서 빠져나오는 것도 쉽지 않았다. 그것은 난생처음 겪어본 무서운 경험이었다. 그래서 난 그것이 다른 무엇도 아닌 죽음이라는 것을 알아챌 수 있었다.

나는 상식적으로 알고 있던 죽음에 대한 지식이나 잡지에서 읽은 임사 체험기를 떠올렸고, 앞으로 벌어질 일이 무엇이며 할 수 있는 일이 무엇인지 예측해보았다. 아마도 무언가가 나를 데리러 오거나 내가 어딘가로 가게 될 것이고, 운이 좋으면 다시 살아날 가능성도 있을 것 같았다. 내가 영혼으로 남아 있는 거라면 어디로든 자유롭게 갈 수 있지 않을까 싶어 움직여보려 했지만 내가 할 수 있는 일은 고작 움직이고자 하는 의지를 갖는 것뿐이었다. 모든 것이 실망스러웠다. 그동안 내가 상상했거나 세간에서 전해 들었던 죽음은 이런 게 아니었다. 완전한 끝, 혹은 완전히 다른 세계로의 진입일 거라고 생각했지 살아서의 나 그대로, 이토록 무력한 상태로 남을 줄 몰랐다. 애초에 자유로운 영혼 따위는 없는 것이고, 나는 아무 실체도 없이 죽은 몸에 들러붙어 있는 기억에 지나지 않는지도 몰랐다. 삶의 끝에 남은 게 겨우 이런 잡다한 기억들뿐이라니 어처구니가 없었다. 아무리 그래도 고작 이것뿐이라고 믿고 싶지 않았기에 무엇이건 기다려보기로 했다. 지옥 불에 던져지거나 귀신으로 세상을 떠돌지라도 이런 지리멸렬한 결말보다는 나을 것 같았다.

나는 생각하는 방식으로만 존재할 수 있었다. 내가 할 수 있는 생각이란 고작 몇가지에 지나지 않았다. 나와 나를 둘러싸고 있었던 것들에 관한 것, 내가 지나온 시간들에 관한 것들뿐, 겪지 않은 일들에 대한 상상이나 꿈 같은 것들은 생각할 수 없었다. 생각은 모두 과거로 흘렀으며, 난 그 시간들을 모두 반복해 경험했다. 다시 경험하는 시간은 순서대로 흐르지 않았고 내가 느꼈던 감정이나 감각을 타고 이리저리 흘러 다녔다. 나는 대체로 불운하고 불행했기에 나쁜 기억 속으로 빠져들기를 반복했다.

나쁜 기억은 태어났던 날부터 시작되었다. 오빠를 낳고 선물을 받은 것처럼 기쁨에 들떠 있던 엄마는 두해 뒤 나를 낳기도 전에 우울증에 걸렸다. '에휴, 딸이잖아.' 엄마는 자신을 전혀 닮지 않은 나를 보고 한숨을 쉬었고, 아빠는 엄마의 영향을 많이 받는 사람이었으므로 엄마의 등을 쓸어주며 덩달아 한숨을 쉬었다. 나는 그 순간 처음 만난 세상에서 완전히 거부당한 기분이 들었고, 부모가 믿을 만한 사람들이 아니라고 생각했다. 나를 평생 따라다니며 괴롭히던 불안한 마음의 원인이 거기에서부터 시작되었다는 사실을 죽고 나서야 알게 된 것이다. 내 부모는 내게 늘 사랑스러운 딸, 예쁜 딸이라고 말했지만 몸짓과 눈빛은 두살 터울인 오빠와 네살 터울인 남동생을 더 많이 사랑한다고 말하고 있었다. 그래서인지 나의 촉수는 온통 타인을 향해서만 뻗어 나갔다. 목소리와 눈빛의 사소한 변화를 알아챌 정도로 촉수는 예민해졌고, 관계의 끝을 알아채는 새로운 감각이 생겨났다. 오빠가 초등학교 시절 사고로 죽었을 때나 동생이 조울증을 치료하기 위해 요양원으로 떠났을 때, 미순 언니가 집을 나갔을 때에도 그렇게 될 것임을 나는 이미 알아채고 있었다. 아빠는 어땠는지 모르지만, 엄마는 내가 불운을 몰고 왔다며 나를 싫어했다. 아니, 그것은 두려움에 가까웠다. 둘 다 비참하긴 마찬가지였지만 후자인 편이 조금 더 견딜 만했다.

두번 다시 느끼고 싶지 않은 이런 감정들은 나를 비참함 속에 있던 시간들로 끌고 들어갔다. 비참함은 내가 사랑했던 사람들이 내게 남겨준 유품 같은 것이었다. 나의 연인이었던 사람들은 낯선 언어로 사랑을 이야기했다. 어떤 언어이건 사랑의 말은 모두 낯설었다. 그 언어를 이해하게 될 무렵이면 나는 그들에게 영원한 사랑을 바라게 되었다. 그 마음이 시작되면 모든 것은 뒤틀리며 삐걱거리기 시작했고, 끝에 대한 예감이 살며시 고개를 들었다. 그들은 끝을 피하려 필사적으로 애쓰는 나를 견디지 못했다. 그들은 알아들을 수 없는 말로 나를 비난하고 떠났다. 대부분 예고 없이 떠났으나 난 이미 그들이 떠날 것임을 알고 있었다. 난 그들이 떠난 빈방에서 우리들이 함께했던 시간을 되짚어보곤 했다. 사는 동안 나를 휩쓸고 간 수많은 감정 중 가장 강렬한 것이 비참함이었고, 빈방은 그 상징처럼 마음속에 남아 있었다. 그 빈방을 채우기 위해 늘 다른 사랑을 찾아 헤맸으나 그것은 무엇으로도 채워지지 않았을 뿐 아니라 그곳에서 도망칠 수도 없었다. 언젠가 그렇게 생각했던 적이 있었다. 죽으면 이곳에서 벗어날 수 있겠지, 모든 것이 끝나겠지. 그러나 죽은 나는 수많은 연애 이전부터 이미 내 마음속에 많은 빈방이 있었고, 또한 그 빈방들이 나를 둘러싸고 있었다는 것을 알게 되었다. 나는 클라인 병처럼 이상한 형태로 존재했다. 죽음은 아무것도 해결해주지 않았고, 오히려 내가 기억조차 하지 못하는 빈방들로 끊임없이 나를 반복해 데리고 갔다.

죽은 뒤에 알게 된 한 빈방은 어떤 여자아이의 것이었다. 그 여자아이는 같은 아파트에 살았던 친구였는데, 내 인생을 통틀어 가장 친밀한 관계였다. 적어도 그 시절 나는 그렇게 생각했다. 그녀는 고등학교 시절 자살을 기도했다가 실패해 오랫동안 의식을 되찾지 못한 채 병원에 누워 있었다. 그 사건이 일어나고 얼마 되지 않아 그 애의 집에 들른 적이 있었다. 자주 놀러 갔던 그 방은 전과 다를 바 없었으나 알 수 없는 냉기로 가득했다. 나는 그녀가 아끼던 레코드판을 찾아 얼른 그곳을 나왔다. 그때 나는 그녀가 그 방으로 다시 돌아오지 못할 것이고, 나온다고 하더라도 곧 헤어질 거라는 예감을 떨칠 수가 없어 레코드판을 카세트테이프에 복사하는 동안 울음을 멈추지 못했다. 나는 그 음악을 들으면 그 애가 의식을 되찾을 수 있을 거라고 굳게 믿었다. 어쩌면 하루, 어쩌면 반나절도 지나지 않아 그 애가 몸을 털고 일어날 거라고 생각했다. 그러나 그 애는 그런 노래 따위는 아무것도 아니었다는 듯, 필요도 없다는 듯 아무 반응 없이 누워만 있었다. 나는 그녀의 삶에서 영영 쫓겨나 다시 발 들일 수 없는 사람이 된 듯한 기분이 들었다. 그 애가 깨어난 것은 나의 노력 때문이 아닌 간병인의 정성 덕분이라고 전해

들었다. 뒤늦게 깨어난 그녀는 내 예감처럼 다시 그녀의 방으로 돌아가지 못했고, 내 곁에서도 떠나갔다.

수많은 떠남은 내게 커다란 두려움을 안겨주었고, 그 두려움은 다른 기억을 불러왔다. 가장 큰 두려움은 남편과 딸마저 내 곁을 떠나는 것이었다. 그것에 대해서 더 깊이 생각하고 싶지 않았지만, 그들을 둘러싸곤 했던 불길한 예감들이 하나둘 떠올랐다. 남편은 대학 전임강사 자리에서 완전히 밀려나 시어머니의 빌딩을 관리하게 되었다. 몇년간은 점심이 지나 억지로 출근을 했다가 술에 취한 채로 귀가하곤 했다. 나는 그가 건성으로 살아가고 있다고 생각했지만 내게 나쁘게 굴지 않았고 그가 무슨 일을 하는지 훤하게 알고 있었으므로 그냥 지켜보고만 있었다. 그러다가 요즘 들어 갑자기 일찌감치 출근하기 시작했고, 나에게도 한두마디씩 진심으로 보이는 말들을 건네곤 했다. 어느날은 최근 들어 가장 밝은 얼굴을 하고서, 헤어 왁스를 발라 정리한 머리를 거울에 비춰 보며 콧노래를 불렀다. 나는 그에게 무슨 일이 생겼음을 직감했고 강렬한 불안감이 밀려왔다.

가장 큰 불안감을 가져다주는 존재는 딸이었다. 이제 중학생 나이가 된 딸은 오랫동안 방에 틀어박힌 채 우리에게 좀처럼 얼굴을 보여주지 않았고, 아무 말도 하지 않았다. 왠지 나를 원망하는 것 같아 방문을 열고 들어갈 자신도 없었다. 한동안 보지 못한 딸의 얼굴도, 목소리도 생각나지 않았다. 나는 생각 속에서나마 그 문을 열어 딸의 손을 잡고 밖으로 나오고 싶었으나 문을 열어보기도 전에 산책로를 걷던 시간으로 이동했다. 내가 다시 경험하는 대부분의 기억들은 종국에 가면 불길한 기분을 불러일으켰고, 불길한 기분은 하릴없이 산책로를 걷던 마지막 날로 나를 떠밀곤 했다. 유원지에 도달하면 죽음이 기다리고 있을 것 같았지만, 다행인지 불행인지 걸어도 걸어도 그곳에 도착하지 못했다. 그날 죽었다는 사실을 제외하면, 마지막 산책은 내 인생에서 가장 평온하고 무사한 순간이었다.

나는 계속 산책로를 걸었고, 유원지는 가까워지지 않았다. 여전히 멀리서 노래가 들려왔고, 나는 어디선가 들어보았던 그 노래를 따라 흥얼거렸다. 초등학교 시절 한창 유행했던 팝이었는데, 노트에 가사를 소리 나는 대로 한글로 적어놓고 외웠던 적이 있어 여전히 기억하고 있었다. 절뚝거리던 발이 편해져서 내려다보니 발에는 샌들이 아니라 검은 옥스퍼드화가 신겨져 있었다. 나는 중학교 시절 자주 들르곤 했던 시내의 서점으로 가고 있었다. 일요일 오전이라 길은 한산했고, 길가의 상점들은 아직 다 문을 열지 않았다. 레코드 가게에서 내가 흥얼거리고 있던 노래가 흘러 나왔고, 나는 쇼윈도에 붙어 서서 진열된 레코드 자켓들을 구경했다. 한 여자아이가 레코드판을 담은 비닐봉지를 들고 밖으로 나왔는데, 나와는 별로 친하지 않은 반장이었다. 의외의 곳에서 만나 반가운 마음이 들어 알은체하자 그녀도 반갑게 인사했다. 그녀는 한달 용돈을 쪼개서 내가 이름도 처음 들어본 여자 가수의 음반을 샀다며 뿌듯해했다. 그녀는 나와 함께 서점에 갔고, 우리는 낯선 거리를 함께 걸으며 좋아하는 음악과 책에 대해 이야기를 나누었다. 그녀는 나와 같은 아파트에 살고 있었는데, 나를 자기 집으로 초대했다. 그녀는 조부모와 함께 살고 있었고 집은 부유한 편이었다. 할아버지가 무서운 말투로 말을 툭툭 던졌는데 그녀는 계속 장난으로 받아쳤고, 할머니는 웃는 얼굴로 둘을 바라보았다. 나는 그 무심한 듯 다정한 분위기가 너무 부러워 그 집의 손녀가 되고 싶을 지경이었다. 전혀 관심도 없던 아이의 삶을 우연치 않게 엿보고 그 속으로 깊이 들어가 마치 그녀와 하나가 된 듯한 기분이 들었다. 다른 사람과 그런 일체감을 느낀 것은 처음이었다. 그녀와 함께 노래를 듣고 잡담을 나누다가 할머니가 끓여주는 칼국수를 먹고 저녁이 다 돼 집으로 돌아왔다. 동생을 보러 요양원에 면회 간 부모님이 돌아오지 않아 밤 늦게까지 나 혼자 있었다. 그런 밤이면, 내가 모르는 곳에 나를 제외한 가족이 사는 집이 있고 부모님이 가끔 내가 있는 이 집에 들르는 게 아닐까 하는 생각이 들었다. 부모님의 뒤를 밟다가 번번이 놓쳐 진위를 알 수 없었지만 나는 반쯤은 그게 맞다고 생각했다. 그러나 그 밤만은 마음이 그녀로 가득 차 외로운 줄도 몰랐다.

남편을 처음 만나 함께 지내던 때에도 그런 마음이 들었다. 남편을 만난 건 파리에 있는 제레미의 스튜디오에서였다. 제레미는 남편을 만나기 전에 사귀었던 남자다. 내가 사귀었던 남자들은 대체로 거짓말쟁이였는데, 하나같이 너무 허술해서 나에게 그 거짓말을 들키곤 했다. 그럴듯한 변명을 한다면 속아주려 했지만 그들은 성의 있는 변명 따위는 할 생각도 없는 듯했고 그냥 어쩌라고, 하는 식의 뻔뻔한 태도로 일관했다. 마지막 애인이었던 제레미는 최고의 거짓말쟁이였다. 그는 미학을 전공한 캐나다 교환학생이었는데 나와 일년 가까이 사귀었고 마지막 두달 정도는 함께 살았다. 내성적이었고 매사에 신중한 사람이었기에 한번도 그의 진심을 의심해본 적이 없었다. 나는 그의 나라 말과 요리를 배웠고, 생활 방식을 배웠다. 한해 남은 그의 공부가 끝나면 함께 그의 나라로 가 결혼하기로 했다. 그와 함께 있을 수 있다면 어디에서 살건 상관없었다. 여름이 되자 그는 가족에게 일이 생겼다며 잠시 캐나다에 다녀오겠다고 했다. 나는 그가 영영 떠날 것 같은 불안한 마음에 함께 가고 싶었다. 그는 인종차별주의자에 가까운 부모님에게 미리 이야기를 해두어 내가 불쾌한 일을 당하지 않게 하고 싶다고 했다. 나 또한 외국인인 그를 내 부모에게 선불리 인사시킬 용기가 나지 않았기에 그의 말을 이해했다. 일주일 후 되돌아오기로 한 그는 여름이 끝나도록 돌아오지 않았고 연락도 되지 않았다. 그곳에 도착해서 두번 정도 짧게 쓴 이메일이 다였다.

그에게 무슨 일이 생긴 게 분명하다 싶어 학교를 통해 그에 관해 알아보았는데, 그가 다닌다고 했던 대학의 학과에 그런 학생은 없었다. 그는 그 대학에 딸린 어학당을 다니던 학생이었고, 비자가 만료해서 귀국한 것이라 했다. 그곳에서 알게 된 것은 그가 내가 알던 나이보다 다섯살 많은 프랑스인이라는 사실이었다. 적어도 전의 애인들은 내게 질려버린 자신의 마음을 속일지언정 직업이나 국적, 나이 같은 것을 속이지는 않았다. 굳이 속일 필요 없는 것이었는데 왜 그랬는지 도무지 이해가 가지 않아 이유를 묻고 싶었다. 나는 그의 서류에 기재되어 있는 주소를 겨우 얻어냈다. 주소지가 파리 14구로 되어 있었는데 과연 그곳에 그가 살고 있을지 알 수 없었지만 나는 무작정 그를 찾아 떠났다. 당연하게도 그는 집에 없었고 그의 친구였던 지금의 남편이 살고 있었다. 그는 긴 여행 중인 제레미의 스튜디오를 빌려서 살고 있다고 했다. 제레미는 자신이 알고 있는 한국인 친구에 관해 이야기한 적이 있었다. 느리고 말수가 적은데다 무엇이든 오래 들여다보기 좋아하는 친구라 그와 있으면 마음이 편안했다고 했다. 한국에 온 것도 그 친구 때문이었는데 막상 와보니 완전히 반대라며 오래 살 곳이 못 된다고 말했다.

내가 오갈 데도 없고 말도 통하지 않으니 며칠만 재워달라며 불쌍하게 굴자 남편은 조금 망설이더니 승낙했다. 제레미가 돌아올 때까지 어떻게 버텨야 하나 궁리하고 있었는데, 일주일이 지나도록 남편은 나가라는 눈치를 주지 않았다. 남편은 파리 8대학에서 영화 연출을 전공하고 있었는데, 거의 학교에 가지 않았고 산책을 하고 영화를 보는 것으로 하루를 보냈다. 나도 그와 함께 비디오를 보고 산책하며 소일했고, 가끔 한국 음식을 만들어주었다. 그와 함께 있으면 편안했다는 제레미의 말은 그가 한 말 중 유일한 진실이었다. 그와 지내는 동안 제레미 따위가 오든 말든 상관없어졌고, 그동안 만났던 남자들이 모두 나를 의심과 절망의 시궁창으로 몰아넣는 쓰레기들이었음을 깨달았다. 그는 달콤하게 사랑을 속삭일 줄도 모르고 열정적이지도 않았지만 늘 내 곁에 있어주었고 매순간 진실하지 않은 적이 없었다. 그는 내가 만난 사람 중 가장 착하고 정직한 사람이었다. 그는 결코 나를 떠나지 않겠다고 약속했다.

나는 두달 반 만에 남편과 함께 귀국해 결혼했다. 가족 모두 우리의 결혼을 환영했다. 우리 집에서는 나를 한시라도 빨리 내보내고 싶어했고, 시어머니는 아무 의욕이 없던 외아들이 무언가를 스스로 결심한 것이 처음이라며 마음이 바뀌기 전에 결혼을 서둘러야 한다고 내게 넌지시 귀띔했다. 영화감독 지망생이었던 남편은 대학 시간강사 자리를 하나 얻었는데 벌이가 시원치 않았다. 시어머니는 우리에게 도심에서 멀지 않은 위성 도시에 이층 주택을 마련해주고 생활비까지 지원해주었다. 자수성가한 사업가인 시어머니는 아들의 일이라면 돈을 아끼지 않았고 어린아이를 대하듯 늘 다정하고 조심스럽게 대했다. 나는 그런 사랑을 받는 남편이 내심 부러웠다. 내 부모님은 내가 결혼을 하자마자 기다렸다는 듯 동생의 요양원이 있는 먼 남쪽 도시로 이사를 가서 한번도 찾아오지 않았다.

나는 그해 딸을 낳았고, 불안한 마음 없이 행복하기만 했다. 남편은 인근 도시의 대학으로 일주일에 두번 출근을 했고, 나는 그 사이 유모차에 딸을 태우고 유원지 쪽으로 산책을 다녀오곤 했다. 남편이 곁에 없어도 늘 함께 있는 것 같아 외롭지 않았다. 그때는 그에게 전화를 자주 걸지도 않았고, 무엇을 하느냐 물어본 적도 없었다. 그는 강의가 끝나면 집으로 곧바로 돌아와 딸을 안아주었다. 내가 식사 준비를 하면 남편은 딸을 씻기고 로션을 발라주었다. 내가 노래를 부르면 남편이 춤을 췄고 딸은 휘둥그레진 눈으로 우리를 바라보았다. 우리 셋은 서로를 끌어안고 온 방을 굴러다니며 깔깔거렸다. 나는 남편과 아이와 한 몸이 된 것처럼 느꼈다. 설명이 필요 없는 날들이었다. 저녁이 되면 우리는 밤 산책을 나섰다. 딸이 자라는 동안 달이 차고 기우는 것을 함께 보았고, 풀벌레 우는 소리를 함께 들었다. 유모차 안에서 딸은 잠이 들고 우리는 밤공기를 마시며 걸었다. 남편이 한 손으로 유모차를 밀고 나는 그의 나머지 한 손을 잡고 걸었다. 한참 걷다보니 발이 불편해 잡은 손을 놓고 신발을 벗어 들었다. 오른쪽 샌들 발등의 끈이 떨어져 있었고, 끈에 쓸린 자리에 피가 나고 있었다. 나는 남편도 아기도 모두 사라진 길 위에 한쪽 발을 벗은 채로 혼자 남겨져 있었다. 무성히 자란 잡초들처럼 나는 엉망이 되었고 나이마저 너무 먹어버렸다는 것을 깨달았다.

나는 남편과 딸과 함께 보낸 행복했던 시간에 오래 머물고 싶었지만 그것은 불가능했다. 다른 기억으로 이동하는 원동력은 내 의지가 아니라 감정과 감각의 유사성이었기에 나는 그저 이끌려 다닐 뿐이었다. 대부분은 불행한 시간이었고, 그사이 아주 작은 행복한 시간이 오아시스처럼 나타나기도 했다. 그러나 그것조차 다른 불행으로 이어지는 길목에 놓인 환상이었을 뿐, 그 안에 잠재되어 있는 불길함이 나를 길 끝에 도사리고 있는 상실과 고독 속으로 다시 처넣었다. 그렇게 다시 경험하는 시간들은 마치 나라는 배우가 들어가 연기하기를 기다리고 있는 세트장처럼 옛날 그대로 재현되어 있었고, 내 몸의 감각 역시 그 시간을 그대로 반복했다. 지나간 시간의 기억 속에 있을 때에는 그것이 너무 생생한 나머지, 생각 속에서 벌어지는 일들이 아니라 현실이라고 생각했고 내가 죽었다는 사실조차 까맣게 잊어버렸다. 나는 삶의 모든 고통을 처음처럼 다시 경험했는데, 대체 얼마나 반복한 것인지 짐작조차 할 수 없었다. 결국 나는 죽음 뒤에 오는 어떤 것도 기대하지 않게 되었다. 생각하는 방식으로만 존재할 수 있는 나는, 생각을 멈추어 완전하게 소멸되기로 했다. 그러나 심장이 의지로 멈춰지지 않는 것처럼 생각 역시 그러했다. 나는 이것이 내게 주어진 지옥이라는 것을 뒤늦게 깨달았다.

세트장으로 이루어진 지옥은, 불행을 극대화하기 위한 시나리오를 마련해둔 것처럼 행복을 잠시 맛본 나를 나락으로 떨어뜨리곤 했다. 단편영화 두편을 찍은 것이 경력의 전부였고 현장 경험이 전혀 없었던 남편에게 상업영화를 연출할 기회가 찾아왔다. 그는 투자사와 제작사를 오가며 수많은 사람들을 만났다. 나에게 변하지 않겠다고, 내 곁을 떠나지 않겠다고 했던 남편도 변하기 시작했다. 워낙 느린 사람이라 천천히 변했을 뿐이지 다른 남자들과 다를 게 없었다. 나는 그것을 눈치챘지만 그를 깊이 믿어버린 나를 배신하고 싶지 않았기에 아무것도 모르는 척했다. 그는 술에 취해 집에 들어오다가 급기야는 아예 들어오지 않게 되었다. 나는 딸과 함께 큰 집에 덩그러니 버려진 기분이 들었다. 딸은 여전히 아기였고 나는 대화 상대가 필요했지만, 마음을 터놓을 친구도 없었다. 친구들이라고 있어봐야 중학교 동창들뿐이었는데, 내가 돈을 주지 않으면 붙어 있지 않거나, 약점을 잡아놓지 않으면 나를 먼저 밟으려 하고, 내 행복을 시샘하는 인간들뿐이라 내 불행에 대해 이야기할 수 없었다. 고독과 불안이 남편보다 더 자주 얼굴을 들이밀었고, 그럴 때마다 그에게 전화를 걸었지만 통 받지 않았다. 시간이 한참 지나고 나서야 회의 중이었다거나 벨소리를 못 들었다는 변명을 하곤 했다. 나는 오기가 생겨 한시간에 한번, 삼십분에 한번, 십분에 한번으로 전화 간격을 줄여나갔다. 남편은 자기 휴대폰을 부숴버렸고 더이상 어떤 변명도 하지 않았다.

나는 아이를 카시트에 싣고 부모님이 있는 남쪽 도시를 향해 차를 몰았다. 부모님의 집에는 요양원에 있다던 동생이 함께 살고 있었다. 십년이 넘어 처음 만난 동생은 아픈 곳 하나 없는 건장한 청년으로 보였다. 어린 시절 내가 상상했던 그들만의 집을 목격한 것 같아 가슴이 철렁 내려앉았다. 부모님은 반가운 표정을 지었지만 어린 손녀를 덥석 안아주거나 입맞춰주지 않았고, 내게 빈말이라도 아이 낳고 못 가봐서 미안하다고 말하지 않았다. 다만 아이는 건강하냐고 물어보았을 뿐이었다. 엄마는 내가 동생을 침대나 의자에서 떨어뜨리거나 자꾸 놀래켜 저 모양이 된 거라며, 네 아이에게는 절대 그러지 말라고 당부했다. 내가 어린 시절에 했던 나쁜 장난을 엄마가 알고 있는 줄은 몰랐기에 당황한 마음을 감추려고 버럭 화를 내버렸다.

"제 핑계 대지 마세요. 엄마랑 아빠가 말도 안 되게 구박했잖아요. 맨날 나랑 비교하고, 오빠랑 비교하고, 느리다고 혼내고, 소심하다고 혼내고, 사내자식이 왜 그 모양이냐고 윽박지르고. 저 애가 왜 저 지경이 됐는지 정말 모르시겠어요?"

부모님은 자기들은 그런 적 없다고 발뺌했다. 그러고 보니 그런 적이 없는 것 같기도 해 더는 우기지 못했다. 그리고 동생이 저 지경이라는 말로 표현될 만큼 나빠 보이지 않기도 했다. 부모님은 최선을 다해 우리를 키웠을 뿐이라고 하며 눈물을 글썽거렸다.

최선을 다한 건 미순 언니였다. 스무살도 안 된 언니가 우리를 돌보는 일은 중노동에 가까웠다. 언니는 집안일에 허덕였고, 우리는 거의 방치된 채 우리끼리 놀았다. 나는 언니가 사라지면 엄마가 우리를 돌봐줄 거라고 생각했다. 언니가 우리를 때린다고 일러바쳤는데도 엄마는 우리가 잘못해서 그런 거라며 오히려 언니를 두둔했다. 나는 다른 방법을 시도해보았다. 엄마가 여행을 가거나 외갓집에 다녀올 때 왜 아빠는 미순 언니 방에 자꾸 들어가 나를 내쫓는 건지 궁금하다고 말했다. 엄마는 사색이 되었지만 아무 반응도 보이지 않았는데, 아빠는 가난한 고학생이었던 자신의 팔자를 고쳐준 지방 거부의 딸인 엄마를 잃을까 두려워서였는지 그날로 언니를 내쫓고 납작 엎드렸다. 아빠는 그렇게 엎드린 채, 세상에서 자기의 가치를 알아봐준 건 아내뿐이며 아내는 나의 여신이라고, 낯간지러운 소리를 제정신으로도 읊어대는 주책바가지 노인이 되었다. 언니가 집을 나간 뒤 마땅한 사람을 구하지 못하자 어린 동생은 내 차지가 되었다. 동생에게 밥을 먹이고 씻기고 설거지까지 해놓으면 엄마는 나를 세상에서 가장 착한 아이, 살림 밑천 우리 큰딸이라고 추켜세웠고, 게으름을 부리기라도 하면 자기밖에 모르는 계집애라고 싸늘하게 일갈했다. 나는 그 두가지 말이 다 듣기 싫었지만 버려질까 두려워서 어른이 할 일까지 알아서 척척 해냈다.

그래도 열세살 된 오빠가 죽은 뒤에는 집안일을 하지 않았다. 오빠는 정글짐에서 바닥으로 떨어졌다. 그래도 씩씩하게 모래를 털고 일어나 정글짐 맨 꼭대기에 걸터앉아 다리를 흔들고 있던 나를 올려다보더니 씩 웃었다. 오빠는 햇빛에 눈이 부신지 눈을 지그시 감더니 나무토막처럼 꼿꼿이 선 채로 뒤로 넘어갔다. 오빠는 중환자실에 2주 동안 누워 있다가 결국 세상을 떠났다. 오빠는 매사에 야무졌고 부모님의 말을 고분고분 잘 따랐다. 공부도 잘하고 못하는 운동이 없어 아빠의 자랑거리였던 오빠가 그렇게 되자 아빠는 공인중개업을 당분간 접고 집에만 있었고, 엄마도 더는 외출을 하지 않았다. 나는 부모님이 늘 집에 있는 집에 살고 싶다고 생각했었는데, 부모님은 오빠의 장례를 십년이고 이십년이고 치를 사람들처럼 늘 침울했다. 차라리 우리 남매와 미순 언니만 있었을 때가 더 즐거웠다. 미순 언니를 모함하지 않았더라면, 오빠에게 정글짐에서 겁쟁이처럼 손으로 잡고 기어 다니면서 잘난 척하지 말고 손을 놓고 발로만 중심을 잡아보라고 약 올리지 않았다면 그런 일은 없었을지도 몰랐다. 내가 했던 장난을 알 리 없는 부모님은 내가 오빠와 함께 있었다는 사실만으로 내가 오빠를 그렇게 만든 거라고 생각하는 듯했다. 물론 말로는 현장을 목격한 충격 어쩌고저쩌고 했지만, 눈빛과 입술은 나를 비난하고 있었다. 나는 혹시 내가 오빠를 손으로 밀쳐낸 건 아닐까, 다리를 걸어 넘어뜨린 건 아닐까 수도 없이 그 시간을 돌이켜 생각해보았는데, 진짜 무슨 일이 있었는지 점점 헷갈리게 되었다. 나는 나 자신이 너무 무서워 견딜 수 없었는데, 부모님마저도 나를 두려워하는 것 같았다. 나는 설마 했지만, 얼마 안 있어 동생을 요양원으로 보내는 것을 보고 모두 나를 믿지 않고 있다는 걸 알았다. 나는 부모님의 선량하게 글썽거리는 눈이 나를 얼마나 비정하게 쏘아보곤 했는지 기억하고 있었다.

나는 밥도 한끼 먹지 않고 딸을 데리고 나와 집을 향해 달렸다. 운전을 오래 하다보니 피곤해져 국도변에 있는 드림온호텔이라는 모텔에 들어갔다. 그곳에 있다보니 집에 갈 이유가 없어졌다. 만날 사람도, 찾는 사람도 없는데 집이나 모텔이나 다를 게 없었다. 나는 딸을 데리고 그곳에서 한참 지냈다. 남편은 우리를 찾지 않았고 시어머니만 나에게 줄곧 전화를 했다. 그 전화를 받으면 남편과는 정말 끝나버린 사이가 될 것 같아 한번도 받지 않았다. 시어머니는 생활비 명목으로 준 자신 명의의 카드를 정지시켰다. 그러면 내가 연락을 하거나 돌아갈 거라 생각했다며, 훗날 그렇게 했던 것을 미안하게 여겼다. 나는 돌아가지 않고 수중에 있던 돈으로 무작정 버텼다. 나는 한끼를 먹고 물로 배를 채웠지만 딸에게는 세끼를 먹였다. 낮 동안에 아이를 데리고 이리저리 돌아다니다가 밤이면 모텔로 돌아왔다. 모텔비가 떨어진 후에는 자동차에서도 한동안 지냈다. 남들이 손가락질할 정도로 행색이 더러워졌지만 개의치 않았다. 나는 가끔 울었지만 딸은 좀처럼 울지 않았고, 언제부터인지 잘 먹지도 않고 자라지도 않는 것 같았다. 나는 우리를 버린 남편에게 이런 모습을 기어이 보여주겠다고 생각했다. 누군가 우리를 신고하지만 않았다면 그 생활은 계속되었을 텐데, 경찰에게 거지처럼 냉대를 당하고 나니 자존심이 상해 집으로 돌아가야겠다는 생각이 들었다.

집에 돌아가니 남편도 돌아와 있었다. 그는 오래 객지 생활을 했던 우리보다 더 구질구질했고 엄청나게 초췌해져 있었다. 그의 영화는 투자자의 부도로 인해 백지화되었다고 했다. 그는 아빠가 그랬던 것처럼 내 앞에 납작 엎드렸다. 그는 정말 잘해보고 싶었다고, 다른 건 눈에 보이지 않았다고, 그런 생각이 들었던 것은 태어나서 처음이었다며 울었다. 나는 그의 울음이 별로 와닿지 않아서 그냥 보고만 있었다. 용서하고 말 것도 없이 우리는 다시 전처럼 지냈다. 그는 대학에서 시간강사로 일했고 일찍 집으로 돌아왔다. 함께 식사를 하고 영화를 보고 산책을 하고, 모든 것을 예전과 똑같이 해보려 해도 잘 되지 않았고 행복하지도 않았다. 중요한 무언가가 삶에서 쑥 빠져나간 기분이 들었다. 나는 그것이 무엇인지 몰랐지만 찾을 생각도 하지 않고 그냥 살았다. 남편은 점점 내 눈치를 살폈고, 딸도 입을 다물었다. 남편은 내 곁을 떠나지 않겠다는 약속만은 지켜주었지만, 나는 그다지 기쁘지 않았다.

오랫동안 지옥을 헤매던 나에게 의문이 생겼다. 내가 행복한 삶을 살았더라면 이런 것이 과연 지옥이 되었을까? 생전에 경험했던 행복을 다시 경험하고 사랑하는 사람을 만나게 되는 것에는 다른 이름이 붙을 것이다. 내가 삶인 줄 알고 살았던 그것이 지옥이었고, 지금은 사라지지 않는 그 시간들을 나는 그저 반복하고 있을 뿐이었다.

계속 과거의 시간을 반복하다보니, 새로 알게 되거나 잊었다가 다시 생각나는 일들이 있었다. 남편이 콧노래를 부르는 꼴을 본 뒤에 불안감을 느끼고 과하게 동요한 것은 그가 어떻게 했기 때문이 아니라 오래전 그가 변했을 때 느꼈던 비참한 기분이 해소되지 않은 채 그냥 남아 있었기 때문이라는 것을 뒤늦게 알았다. 나는 그의 반짝반짝 빛나는 머리카락을 보고 극심한 살의를 느꼈다. 만약 다시 그가 우리를 버리고 간다면 그를 죽일 수도 있을 것 같았다. 그러나 그의 생활은 예전과 달라진 것이 없었고, 내 감정 상태나 원하는 것을 물을 정도로 다정해졌다. 나는 그가 무슨 일을 꾸미고 있는 게 분명하다고 생각했다. 블랙박스와 내비게이션 기록을 뒤졌고, 휴대폰과 카드 내역을 조회했지만 수상한 점을 발견하지는 못했다. 나는 조금 위험하지만 정확한 방법을 선택하기로 했다. 출근하는 남편의 차가 주차장을 빠져나간 뒤, 나도 차를 몰아 그를 뒤따랐다. 행여 그에게 들킨다면 덤빌 작정이었다. 남편은 사무실 가는 길로 향하다가 거의 도착할 무렵 도심 쪽으로 방향을 틀었다. 그의 차가 들어간 곳은 저층에는 은행과 병원이, 고층에는 오피스텔이 있는 빌딩이었다. 그에게 들키지 않기 위해 건물 주차장에 차를 세우지 않고 건물 옆 골목으로 들어섰다. 골목 가에는 이미 차들이 빼곡히 서 있어서 안쪽으로 들어가야 했는데, 모든 길이 일방통행로라 동네를 한바퀴 돌고야 큰길 쪽으로 겨우 빠져나올 수 있었다. 길 끝에 다다랐을 때 작은 주차장 하나를 발견했다. 나는 차를 세운 뒤 남편이 들어간 건물 옆에 있는 까페에 앉아 출입구를 살폈다. 한시간이 조금 안 돼 남편의 차가 주차장에서 빠져나오는 것이 보였다. 그가 무슨 일을 하든 그렇지 않든, 내가 없는 삶이 존재한다는 것이 고통스러웠다.

나는 차를 세워둔 주차장으로 돌아갔다가 놀랍게도 우연히 옛 친구를 만났다. 자살 기도를 했다가 장애를 얻은 반장은 주차장 관리인으로 일을 하고 있었다. 난 그녀를 한눈에 알아보았지만 그녀는 나를 기억하지도 못했다. 그녀는 완진히 망가져서 말도 제대로 못했으나 눈빛만은 여전히 형형했다. 나는 매일 남편의 뒤를 좇았고, 남편이 일주일에 두번 그 빌딩에 들른다는 것을 알게 되었다. 나는 그를 더 가까이 쫓아가지 못해 몇층으로 가는 건지는 알아내지 못했고, 멀찍이 서서 그가 언제 그곳을 나오는지 확인했다. 남편이 돌아가면 주차장으로 가 친구를 만났다. 남편이 그 빌딩에 가지 않는 날도 친구의 주차장으로 찾아갔다. 나는 매일 그녀와 함께 시간을 보냈다. 어렸을 때 그녀와 함께 지냈던 아주 잠깐의 시간이 너무 행복했기에 다시 같이 있으면 그런 시간을 되찾을 수 있을 것 같았다. 그러나 그녀는 나라는 친구도, 함께 보냈던 시간도 전혀 기억하지 못했다. 심지어 자기가 왜 자살 기도를 했는지조차 기억하지 못했다. 난 그녀에게 나와 함께 보냈던 시간의 기억을 되살려주고 싶어 그 시절의 이야기를 계속 들려주었다. 사실 나도 잘 기억나지 않지만 그녀의 과거 속에 나를 끼워 넣고 싶었다. 그녀는 경청했고, 나는 중학생 시절로 돌아간 것 같은 기분에 모처럼 즐거운 마음이 들었다. 그렇게 되니 남편이 어디를 가건, 무엇을 하고 다니건, 표정이 변하건 말건 나와는 별 상관없는 일인 것처럼 느껴졌다. 나도 그가 모르는 삶을 살고 있었기에 억울할 것도 없었다.

시간이 조금 지나자 그녀는 더이상 내 말을 귀 기울여 듣지 않았고, 믿는 것 같지도 않았다. 아니, 그게 진짜건 아니건 자기와는 별 관계없다는 태도였다. 그녀는 나를 조금씩 밀어내고 있었다. 어린 시절에도 그녀는 내가 조금 가까이 가려고 하면 다른 아이들과 같은 거리로 밀어냈다. 그래서 그런지 그녀에겐 친구들은 많았지만 단짝이 없었다. 나는 단짝이 되고 싶었지만 그녀는 곁을 주지 않았다. 그러나 이제는 외롭고 힘든 신세가 되었으니 기댈 만도 한데 여전히 곁을 주지 않았고 경계를 확실히 그었다. 나는 그녀가 야속하면서도 혼자서도 씩씩한 그녀가 부럽기도 했다.

시간이 조금 흐른 뒤, 그런 처지가 되고도 그렇게 당당하고 고고한 태도를 보이는 이유를 알게 되었다. 그녀는 이미 오래전에 그림책 작가가 되어 활동하고 있었다. 나는 그 사실을 안 순간 그녀가 쳐놓은 경계 밖으로 내동댕이쳐져, 발로 짓밟힌 기분이 들었다. 나는 서점에서 그녀의 책 세권을 샀다. 세권 모두 자신의 이야기였고, 고통을 극복해나간 이야기였다. 자신에게 무슨 일이 있었는지 잘 기억도 못하는 주제에 달관한 듯한 태도를 보여 비위가 상했다. 게다가 곳곳에 등장하는 철없고 마음 약한 인물은 나를 그린 것 같아 기분이 나빴다. 나는 무정한 그녀에게 시련을 주고 싶어 어린 시절 그녀에 관한 루머를 인터넷 여기저기에 올렸다. 나쁜 소문이라는 것은 파급 효과가 커서 그냥, 그런 일이 있었다던데, 나는 잘 모르겠어,라고 하기만 해도 진실을 조금이라도 담고 있는 양 퍼지곤 했다.

나는 학창 시절 그녀의 주위에 다른 친구들이 접근해 친하게 구는 꼴이 보기 싫어서 그런 말을 한 적이 있었다. 반장과 선생님이 함께 모텔 앞을 지나가는 것을 보았다고, 들어간 건지는 잘 모르겠다고, 그냥 본 그대로라고 단 한번 이야기했을 뿐이다. 그런데 그 이야기는 순식간에 퍼져나갔다. 둘을 길에서 본 건 사실이었고 모텔이 있는 길이긴 했으니 완전히 거짓말은 아니었다. 처음에는 미안한 마음도 있었지만, 시간이 조금 지나자 내가 이야기한 것과는 완전히 다른 이야기가 되어버렸기에 굳이 죄책감을 가질 필요는 없을 것 같았다. 나는 원하던 바대로 모두가 피하는 그녀의 유일한 단짝이 되었고 그녀의 고민을 들어주는 사람이 되었다.

인터넷에 글을 올리고 얼마 지나지 않아 계속 나를 거부했던 반장은 스스로 나에게 전화를 걸어와 그 소문에 대해 알고 있느냐 물었다. 나는 대답해주지 않았고, 더 많은 이야기를 알고 있는 동창들을 만나게 해주었다. 그들과 이야기를 해보면 더 큰 충격을 받게 될 것이었고 자신이 잘못 살았다고 느끼게 될지도 몰랐다. 나는 점점 더 잔인한 마음이 들었는데, 그럴수록 남편과 딸에 대한 집착과 불안이 사라지는 것 같아 그 마음이 커져가는 것을 지켜만 보았다.

내가 지옥을 살게 된 것은 내 마음의 불안과 고독, 두려움, 이런 부정적인 감정들 때문이라는 생각이 들었다. 생각해보니 남편도 내게 그런 말을 한 적이 있었다. 그날이 그가 떠난 날이었고, 딸이 떠난 날이었다. 아니, 어쩌면 그전에 떠난 것인지도 모른다. 문을 열어본 적이 없으니 알 수가 없다. 나는 친구의 일에 집중하는 동안 남편에게 무슨 일이 일어나는 줄도 몰랐고 관심도 없었다. 남편이 내게 할 말이 있다고 했을 때 헤어지자고 할 것이라 생각했다. 그가 거울을 보고 콧노래를 부르는 순간부터 예감하고 있던 이야기였으므로 이제 받아들여야겠다고 생각했다. 그러나 그는 예상과 달리 상담을 받아보자고 했다. 자기가 한달 정도 먼저 받아보았는데, 많이 좋아진 것 같다며 함께 가보자고 했다. 남편이라면 몰라도 내가 상담 받아야 할 이유는 없었다.

"이상한 건 당신이야. 여태까지 약속 지키느라 고생했어. 이제 당신이 필요 없으니까 떠나도 돼. 연서랑 나랑 둘이면 충분해."

나는 오래전 딸과 함께 집을 떠나 있던 시간이 얼마나 행복했는지 그에게 이야기했다. 사실 정말 비참한 나날이었으나, 그에게는 엄청나게 즐거운 일이었던 것처럼 이야기했다. 남편은 눈물을 흘리며 그땐 정말 미안했다고, 하지만 딸은 이미 오래전에 우리 곁을 떠났으며 그것은 돌이킬 수 없는 일이라고 정신 차리라 했다. 남편에게 우울증이 있다는 것을 눈치채긴 했지만 상담을 받으면서도 이렇게 정신 빠진 소리를 할 줄은 몰랐다.

"아무리 방에 처박혀 있는 딸이라지만 없는 사람 취급하는 것은 너무하지 않아? 아빠라면 그러면 안 되는 거잖아."

남편은 연서의 방문 앞으로 가서 손잡이를 잡았다. 그는 앞을 가로막는 나를 떠밀어내고 방문을 열었다. 나는 그 안을 보지 않으려고 고개를 돌렸다. 그는 내 얼굴을 양손으로 잡고 방 안으로 끌고 들어갔다. 나는 눈을 질끈 감았다. 유아용 침대와 토끼 그림 담요, 하트 무늬 벽지, 말 그림 블라인드, 드레스를 입은 돌 사진…… 들여다보지 않아도 그 방에 무엇이 어느 위치에 있는지 다 알고 있었다. 딸이 언제부터 부재했는지, 내가 언제부터 그 사실을 알고 있었는지 도무지 알 수 없었다. 나는 딸아이의 죽음을 뒤늦게 다시 알게 되는 고통스러운 시간에 갇혀서 한동안 나가지 못했다. 그리고 그뒤로 따라오는 빈방들을 다시 경험했다.

마지막 방은 남편의 소지품이 모두 사라진 방이었다. 상상만으로도 견딜 수 없는 일이었는데 막상 닥치고 보니 아무 일도 아니었다. 더는 의심할 사람도, 잡아두어야 할 사람도 없다고 생각하자 오히려 안심이 되었고, 마음이 차분해졌다. 너무 평온한 기분이 들다보니 이상하게 불안했고 곧 무슨 일이 벌어질 것만 같았다. 나는 휴대폰만 챙겨들고 밖으로 나왔다. 생각해보면 휴대폰마저 두고 나왔어야 했다. 산책로를 걷는 길에 중학교 동창들의 전화를 받았고, 나는 유원지로 가고 있다고 대답했다. 어쩌면 무슨 부탁을 하거나 돈을 빌리기 위해 찾아올지도 몰랐다. 그런 일이 아니면 아무도 나를 찾아오지 않았다. 그들이 큰 위로가 되지는 않겠지만, 그래도 찾아와주었으면 했다. 샌들을 질질 끌다보니 발에서 피가 나 간신히 걸었다. 유원지 주차장에서 친구들이 내리는 것을 먼발치에서 보고 있었는데, 그 뒷일은 알 수 없다. 어쩌면 나는 그들에게 살해당해 버려졌거나 나 스스로 죽음을 선택했을 수도 있다. 아니면 산책로에서 살인범을 만나 산기슭에 묻혔을 수도 있다. 나는 그것이 남편이 만들기로 했던 영화 시나리오의 내용이었는지, 진짜 나의 마지막인지 알 수 없었다. 명확한 것은 어떤 경우라도 가능한 일이며, 나를 그렇게 만든 것은 나라는 사실이다.

언제인지 모르겠지만 결국에 나는 유원지에 도달했다. 그곳에는 가족들이 모여 있었다. 오빠는 아홉살, 동생은 세살이었다. 엄마는 동생을 안고 회전목마에 앉아 있었고 나는 울타리 밖에 서 있었다. 아빠는 사진을 찍느라 이리저리 돌아다녔다. 흥겨운 음악과 함께 색색의 전구가 번쩍이며 회전목마가 돌기 시작했다. 엄마와 동생을 태운 말은 나에게서 멀어지더니 회전 기둥 뒤로 사라졌다. 나는 그들이 다시 돌아오지 않을 것 같은 기분이 들어 눈을 질끈 감았다. 눈물이 나서 감은 것은 아니었다. 눈을 뜨니 세살 딸아이가 혼자 흰 유니콘 위에 앉아 있었다. 손목과 목이 까만 때로 절어 있는 흰색 블라우스를 입고 발이 다 들어가지 않는 작은 구두 한짝을 신은 채로 나를 보고 웃으며 손을 흔들었다. 아이의 입 주위에는 시커먼 짜장 국물이 묻어 있었다. 나는 입을 닦아주고 구두 한짝을 마저 신겨주기 위해 필사적으로 회전목마를 따라 함께 돌았다. 아이를 태운 목마는 나로부터 금세 멀어져 기둥 뒤로 숨어버렸고, 다시 돌아오지 않았다. 나는 회전목마를 따라 빙글빙글 돌면서 모두가 사라져버린 기둥 뒤를 생각했다. 가만히 있으면 가끔 돌아오기도 하는 그것들을 기다리지 못하고 동동거리며 회전목마를 따라 달렸지만 결코 기둥 뒤편으로 갈 수 없었다. 내가 도착하면 그곳은 이미 기둥 뒤가 아니었기에 영원히 도달할 수 없는 미지의 영역이었다. 그것은 내가 만들어낸 커다란 지옥이었다. 아니, 그것이 지옥이 아니라 내 몸, 내 마음을 가진 나 자신이 지옥이었다.

지옥 속에 있기도 하고, 지옥이기도 한 이상한 존재는 딸아이의 구두를 들고 서서 빙빙 돌아가는 빈 회전목마 저 너머를 바라보고 있었다. 광대들의 퍼레이드가 지나가고, 마술쇼가 끝날 때까지, 음악이 끝날 때까지 아무것도 돌아오지 않았고, 나는 죽어서까지 너무도 나인 채로 그곳을 좀처럼 벗어날 수 없었다.

그 밑, 바로 옆

1

할머니가 저세상으로 떠났다. 그리고, 그래서, 결국, 나는 홀로 땅속에 남았다. 왕복 팔차선 콘크리트 도로 속, 햇빛이 닿지 않는 복개천변의 판잣집 안.

불이 꺼진 방에는 온기가 없었다. 문을 열어 불을 켤 때까지도 할머니가 방에 있을 거라고 생각하지 못했다. 할머니는 두꺼운 겉옷을 껴입은 채 이불도 덮지 않고 누워 있었다. 가슴에 두 손을 포개 얹은 모양이 꼭 잠든 것 같아서 나는 할머니 옆에 앉아 투정을 부리듯 말했다. '할머니, 언제 들어온 거야. 이렇게 추운데 어떻게 주무셔?'

할머니는 대답은커녕 숨도 쉬지 않는 것 같았다. 할머니의 콧구멍 밑에 손가락을 가져가도 숨결을 느낄 수 없었다. 할머니의 이마도 뺨도 손등도 방바닥처럼 냉골이었고 옷 속에도 온기가 전혀 없었다. 가슴이 철렁 내려앉았다. 그럴 때 어떻게 하라는 이야기를 들은 적이 있었던 것 같은데 아무것도 생각나지 않아 할머니의 가슴팍을 손바닥으로 내려치기만 했다. 나보다 머리 하나만큼 작고 덩치도 반쪽밖에 안 되는 할머니의 몸이 이불 밑 땅속으로 푹, 푹, 박혀 들어가는 것 같았다. 나는 할머니에게 죄를 짓는 기분이 들어 내리치던 걸 멈추었다.

올해 일흔넷이 된 할머니가 나보다 먼저 돌아가시는 게 당연하다고 생각하고는 있었으나 이렇게 일찍은 아니었다. 고생을 많이 한 할머니는 비슷한 연배의 노인들보다 주름살은 많았지만 머리카락은 아직 검고, 허리도 굽지 않았다. 그래서 나는 할머니가 또 장난을 하는 줄 알았다. 어린 시절 가끔 할머니는 가만히 누워 죽은 척을 했다. 처음에는 할머니가 장난을 치는 거라고 생각했으나 아무리 흔들어대고 간지럼을 태워도 꿈쩍도 않았기에 할머니가 돌아가신 게 분명하다고 속곤 했다. 눈물 콧물 범벅이 되어 대성통곡을 하다보면 할머니는 '까꿍, 또 속았지롱' 하고 벌떡 일어나 나를 끌어안고 온몸에 뽀뽀를 해대며 데굴데굴 굴렀다. 나는 할머니의 가슴팍에 눈물 콧물을 닦으며, '할머니, 죽으면 안 돼' 하고 엉엉 울었다. 할머니는 죽지 않을 거라고 대답하는 대신 이렇게 말했다.

"난 너보다 먼저 죽을 거야. 하지만 그땐 네가 어른이 될 테니까,

울지 않을 수 있을 거야. 걱정하지 마."

그런 말은 귀에 들어오지도 않았고 위로도 되지 않았다. 나는 할머니가 돌아가시는 상상만 해도 심장이 얼어붙는 것 같아 그땐 나도 따라 죽어버릴 거라고 다짐했다. 그런데 막상 할머니의 죽음을 맞고 보니 상상했던 것과는 달랐다. 아직 어른이 된 것도 아닌데, 정말 눈물이 나지 않았다. 꼭 할머니가 다시 일어나 '요놈, 또 속았지?' 하고 웃을 것 같아, 누워 있는 할머니에게서 눈을 뗄 수 없었다. 그러나 한참을 기다려봐도 할머니는 일어나지 않았다.

할머니는 동태처럼 차갑고 딱딱해졌다. 할머니의 품에 다시 한 번 안겨보고 싶었지만 구부러진 양팔은 펴지지 않았다. 나는 할머니의 손과 팔을 열심히 주물렀다. 그러면 다시 몸에 피가 돌지 않을까, 하다못해 팔을 펴서 나를 마지막으로 안아주기라도 하지 않을까 하는 생각에 할머니의 팔과 다리를 힘껏 주물렀다. 봄이 가까워오는데 늦추위가 닥쳐 집 안은 여전히 한겨울처럼 추웠지만 내 몸은 금세 후끈후끈해졌고 두꺼운 솜점퍼 속으로 땀이 흥건히 차올랐다. 할머니의 몸도 조금 따뜻해지는 것 같았다. 그러나 그것은 나의 착각이었을 뿐, 내 손에서 멀어지는 곳은 곧 얼음장처럼 차가워졌다. 내 힘으로 도저히 할머니를 되살릴 수 없다는 것을 깨닫고 할머니의 죽음을 인정하기로 했다.

불을 끄고 가만히 누워 할머니의 몸에 내 몸을 밀착시켰다. 아주 어렸을 때도 캄캄한 집에 혼자 누워 있어도 무섭지 않았는데 처음으로 혼자라는 사실이, 이 집이 무서워졌다. 눈을 감고 왜 하필 오늘 이런 일이 일어난 것일까 생각해보았다.

생각해보면 어제는 여느 때와 조금 달랐다. 기분 나쁘게 운이 너무 좋았다. 퇴근하던 새벽에 상가 공중변소에 떨어져 있던 만원짜리 한장을 주웠다. 나는 출근할 때 그 돈을 할머니에게 건네며 찜질방에 가서 오랜만에 따뜻하게 주무시고 오늘 아침에 돌아오시라고 했다. 언 몸을 좀 녹이면 겨우내 낫지 않던 감기몸살이 조금 차도를 보일지 모른다고 생각했다. 진작 찜질방에라도 보내드렸어야 했는데 그럴 수 없었다. 할머니가 갑자기 쓰러진 지난가을 이후 나는 식당 일을 시작했지만 돈은 쉽게 모이지 않았다. 여기도 저기도 처음 일을 하는 어린애라며 얕보고 제때 돈을 주지 않았다. 아쉬운 소리를 해야 선심 쓰듯 찔끔찔끔 돈을 주곤 해 겨우 두끼 식사를 해결하기에도 빠듯했다. 돈은 있으니 넣어두라고 하는 할머니에게 말 좀 들으라고 버럭 화를 내며 방바닥에 돈을 집어던지고 나왔다. 그래야 할머니가 내 말대로 찜질방에 갈 거라고 생각했기 때문이었지 진짜 화가 난 건 아니었다.

햄버거 가게 일이 끝나고 식당으로 출근하는 초저녁 시간에 짬을 내 잠깐 집에 들렀을 때도 집이 비어 있어서 할머니가 정말 찜질방에 간 줄 알았다. 오랜만에 따뜻한 밤을 보낼 할머니를 생각하면 일을 하다가도 콧노래가 절로 나왔다. 겨우 그 정도로도 효도를 한 것 같아 내 자신이 너무 대견하게 느껴졌다. 그 밤에는 누가 술을 따르라고 해도 용서할 수 있을 것 같았다. 식당 일이 끝난 새벽, 인색한 주인 아줌마가 무슨 바람이 불어서였는지 말라비틀어진 무

반토막과 돌덩이같이 꽁꽁 언 쇠고기 한덩이를 비닐봉지에 싸주었다. 나는 뜨뜻한 쇠고기 뭇국을 끓여놓고 느지막이 할머니를 모시고 와야겠다는 생각에 발걸음이 가벼웠다. 돌아오는 길에 할머니의 낡은 리어카가 늘 서 있던 자리가 비어 있는 것을 보았다. 그곳에 원래 아무것도 없었고 앞으로도 영원히 없을 것 같은, 너무 당연한 풍경이라 뜬금없이 서글퍼졌다. 그때만 해도 나는 할머니가 또 새벽 댓바람부터 리어카를 끌고 폐지를 주우러 나간 줄 알고 화를 내기만 했을 뿐, 할머니에게 무슨 일이 일어났을지 전혀 예상하지 못했다.

아니, 어떻게 할머니가 방에서 혼자 쓸쓸하게 죽어가는 순간에도 까맣게 모를 수가 있는 건지. 그토록 둔해빠진 내 자신이 원망스러웠다. 만일 내가 할머니의 피가 섞인 진짜 손녀였더라면 멀리 있었다 해도 할머니의 죽음을 어렴풋이 짐작할 수 있지 않았을까 싶어 가슴이 아팠다. 이 작은 방에서 나 없이 홀로 죽음을 맞았을 고독한 밤을 상상하니 할머니가 너무 불쌍했다. 할머니에게 마지막으로 해준 것이 화내고 소리친 일뿐이라 정말 미안했다. 그제야 눈물이 주룩주룩 끊임없이 흘렀다. 울다 지쳐 잠이 들었다가 다시 일어나 울고, 또 까무러치듯 잠을 잤다.

얼마나 시간이 지났는지 모른다. 잠이 든 새, 할머니는 나를 향해 돌아누워 구부러진 팔로 내 등을 쓰다듬었다. 나는 이것이 꿈이라고 생각하고, 깰까봐 가만히 누워 움직이지 않았다. 할머니는 익숙한 손길로 내 등을 쓸고, 머리를 쓰다듬고, 엉덩이를 톡톡 두들겼다.

"견아. 어서 일어나 여기서 나가야지."

나는 할머니의 목소리에 소스라치게 놀라 눈을 떴다. 사방이 암흑이라 한치 앞도 보이지 않았다. 몸에 갑자기 한기가 스며들어 소름이 돋았다. 나는 할머니의 구부러진 팔에 포박되듯 안겨 있어 몸을 움직일 수 없었다. 나도 모르게 몸이 바들바들 떨렸다.

"여긴 너무 추워. 이것 봐라, 이렇게 떨지 않니. 그냥 있으면 얼어 죽어. 여기서 나가야 해."

목소리가 너무 똑똑히 들려 할머니가 되살아난 줄 알았다. 살아난 거냐고 묻자 할머니는 그런 건지 뭔지 잘 모르겠다며 웃었다.

"왜 웃고 그래?"

이 마당에 웃다니 너무 어처구니가 없어 할머니에게 화를 내버렸다.

"아니, 그냥…… 너무 미안해서 그러지."

할머니는 시무룩한 목소리로 대답했다.

"살아나면 되는데 뭐가 미안해? 할머니, 죽지 말란 말이야."

나를 끌어안고 있는 할머니의 굽은 팔에서 간신히 빠져나와 불을 켰다. 할머니는 모로 누운 채 눈을 뜨고 있었다. 몸을 만져보니 차갑고 딱딱한 그대로였는데 어떻게 돌아누웠는지 이상했다.

"죽을 때가 된 것 같긴 했어. 며칠 전부터 자꾸 꿈에 남편이 보였거든. 진작 너 살 집을 마련했어야 했는데, 이렇게 빨리 가게 될 줄은 몰랐네. 이제 너도 갈 곳으로 가야지."

가만 보니 할머니는 입도 뻥긋거리지 않고 말을 하고 있었다. 나는 이게 무슨 상황인지 알 수 없어 두려웠다. 무서워도, 내가 곧 죽는다 할지라도, 이런 식으로라도 할머니와 함께 있을 수 있다면 좋겠다고 말하고 싶었는데 아무 말도 나오지 않아 그저 떼를 쓰며 울어버렸다.

"할머니, 가지 마, 나 혼자 두고 가지 말란 말이야. 나도 죽어버릴 거야."

할머니 없이 세상을 살아갈 용기가 나지 않았다. 할머니는 엄마이자 아빠이자 나의 세계였다. 모로 누운 할머니의 시신은 아주 냉정했다. 내가 통곡해도 눈물 한방울 흘리지 않았고, 아주 차분하게 자기 할 말을 이어나갔다.

"울지 마, 견아. 밖에 다 들리잖아. 내가 죽었다는 걸 알면 다들 널 가만 놔두지 않을 거야. 지금부터 내 말 잘 들어."

할머니는 조용한 목소리로 먼저 깨끗한 내복과 흰색 투피스로 갈아입혀달라고 했다. 뒤늦게 온 추위 때문에 빨래를 일주일 넘게 하지 못해서 깨끗한 내복은 없을 것 같았고, 흰색 투피스도 본 적이 없었다. 서랍장을 뒤져보니 할머니가 언제 준비했는지 맨 위 칸에 잘 개어놓은 레이스가 달린 아이보리색 내복과 낡았지만 깨끗한 흰 투피스가 들어 있었다. 나는 할머니의 옷을 벗겼다. 작고 앙상한 몸 곳곳에 커다란 자주색 반점이 보였다. 나갔다가 어디서 맞고 들어온 게 아닐까 싶어 할머니에게 물었다.

"할머니, 어디 나갔다 왔던 거야?"

할머니는 못 들은 척 아무 대답도 하지 않았다.

"할머니, 어떻게 해서 죽은 거야?"

아무리 물어봐도 할머니는 그날의 일에 대해서 아무것도 모르는지 대답하지 않았다. 나는 할머니의 주머니를 뒤져 전날 아침에 준 돈을 찾아봤지만 주머니는 텅텅 비어 있었다. 할머니가 찜질방에 가려다 누군가에게 돈을 뺏기고 맞은 게 아닐까, 그것으로 인해 돌아가시게 된 게 아닐까 하는 의문이 생겼다. 리어카가 보이지 않았던 것도 마음에 걸렸다.

할머니의 몸에는 멍이 가실 날이 없었다. 할머니는 낮에는 청계천에서 헌옷 노점상을 하고 밤에는 폐지를 주웠는데, 툭하면 단속반이나 폐지 줍는 노인들에게 맞았다. 키도 작고 힘도 없어서 화풀이 상대가 되는 것 같았다. 어렸을 때는 당하고 있을 수밖에 없어서 할머니와 부둥켜안고 울곤 했지만, 내가 열세살쯤 되자 웬만한 여자 어른뿐 아니라 노인들보다 더 커져서 가만 있지만은 않았다. 단속반 남자들에게는 아무리 해봐도 힘으로 이길 수가 없어 분이 풀릴 때까지 욕을 퍼부었고, 할머니가 모아놓은 폐지에 손을 대거나 할머니를 해치는 노친네들의 리어카를 뒤집어엎어버렸다. 할머니는 내가 그러는 것을 싫어했지만 나는 도저히 참을 수가 없어 할머니가 보이지 않는 곳에서 반드시 보복을 하곤 했다. 내게 당한 사람들은 그들 말로 '막돼먹은 년'에게 더러운 꼴을 또 당하고 싶지 않아서 그런 건지 멀리서 혀만 찰 뿐, 다시는 할머니에게 해코지를 하지 않았다. 만약 누군가가 할머니를 돌아가시게 만든 거라면, 나는 지구 끝까지라도 쫓아가 복수할 터였다.

나는 할머니에게 깨끗한 옷을 입히고 바로 눕혔다. 깨끗한 흰 양말을 간신히 찾아 양쪽 발에 신기고 이불을 덮어주었다. 할머니는 여전히 눈을 뜨고 있었다.

"견아, 삼촌한테 맡겨놓은 돈이 있어. 내가 다 가져오라고 했다고 해. 절대 내가 죽었다고 하면 안 된다. 돈을 가지고 오면 해야 할 일이 또 있어."

할머니는 내가 잠깐 다른 곳으로 눈을 돌린 사이 눈을 감아버렸다. 조용한 방에 배가 꾸르륵거리는 소리만 울려 퍼졌다. 할머니가 돌아가셨는데도 배가 이렇게 고프다는 사실이 부끄럽고 죄스러웠다.

할머니를 혼자 두는 게 영 찜찜했지만 한편으로 할머니와 함께 있는 것도 무서웠기에 심부름을 하기로 했다. 방문을 열자 시궁쥐들이 새어나가는 불빛을 피해 기둥 뒤편의 어둠 속으로 줄행랑을 쳤다. 날이 추워 하수구 악취와 곰팡내가 심하지는 않았지만 빈속이라 구역질이 났다. 방의 불을 끄자 더러운 세상은 거짓말처럼 완벽한 어둠에 덮여버렸다. 나는 지상을 향하는 구멍을 찾아 능숙하게 걸었다. 복개된 개천 양쪽에는 높다란 축대가 있었는데, 우리 집 앞쪽, 그러니까 을지로 방향 축대에는 내 키만 한 구멍이 나 있었다. 문을 뒤에 두고 남동쪽으로 스무걸음. 오랜 세월 이곳에 살다보니 굳이 플래시가 없어도 방향과 거리를 가늠할 수 있게 됐다. 매년 구멍까지 가는 걸음 수가 줄어들었는데, 열여섯살 이후 그대로인 걸 보면 나도 다 자란 게 분명했다. 구멍의 끝까지 들어가 의류도매상가 지하 이층과 연결되는 문을 열었다. 지하 이층은 점포를 보수하고 남은 자재를 쌓아놓은 조그만 창고 같은 곳이라 늘 불이 꺼져 있었다. 할머니는 이 통로가 상가의 경비 할아버지가 땅속 사람들을 위해 뚫어준 거라고 했다. 그도 왕년에는 이쪽 사람이었는데, 운 좋게 경비로 취직해 돈을 모아서 지상으로 이주한 최초의 인물이었다. 그가 아니었다면 사람들은 여전히 80년대처럼 맨홀을 통해 오갈 수밖에 없었을 것이다.

지하 일층으로 올라가자 상인들이 점포 정리를 하고 있었다. 새벽 장사를 끝낸 그들은 눈에 잠이 가득한 채로 점포를 닫느라 내게 관심을 주지 않았다. 우리는 장사가 끝난 아침 시간과 영업을 시작하기 전인 해질 무렵에 드나들곤 했기에 사람들 눈에 띄지 않을 수 있었다. 눈에 띄기 쉬운 어린 시절에는 출입 시간을 철저히 지켰지만 이제는 크게 신경쓰지 않는다. 대부분의 사람들은 지하에 사람이 산다는 것을 상상조차 못하지만, 시장에서 잔뼈가 굵은 상인들은 땅속에 사는 사람들을 귀신같이 알아보고는 아예 사람 취급도 하지 않았고, 눈도 마주치려 하지 않았다. 나이 많은 경찰 아저씨들 몇몇도 우리의 존재를 알고는 있었는데, 가끔 관리비 명목의 돈을 받아가는 대가로 입을 다물어주어서 이곳에서 쫓겨나지 않고 집 걱정 없이 살 수 있었다.

2

밖으로 나와보니 세상이 희부윰했다. 고층 쇼핑몰 꼭대기에 매달린 거대한 조명은 완전히 꺼지지 않고 낡은 의류도매상가로 둘러싸인 광장과 상가 사이 골목을 희미하게 비추고 있었다. 먹자골목 포장마차 상인들은 남은 음식들을 박스에 담고 가판에 포장을 덮어씌우는 중이었다. 매일 퇴근하면서 보는 풍경인데도 무척 낯설게 느껴졌다. 새벽에 집에 들어가 잠깐 있다 나온 것 같았는데 꼬박 하루가 지났다. 땅속에서는 시간을 가늠할 수가 없다. 낮의 태양도, 밤의 조명도 우리 집을 비춰주지 않는다. 시멘트 벽돌로 사방을 막아놓고 문만 뚫어놓았을 뿐, 창도 없고 난방도 안 되는 상자 같은 집이지만, 그래도 콘크리트 도로가 복개천 전체를 뚜껑처럼 덮고 있어서 바깥보다 덜 춥고 덜 더워 살 만했다. 노숙을 하다가 우연히 이곳을 알고 들어와 집을 짓고 살게 된 코끼리 아저씨가 말하길, 길바닥이나 쪽방 따위와는 비교할 게 못 된다고 했다. 도로를 떠받친 기둥이 일정한 간격으로 서 있는 것 말고 동굴과 다를 게 없는 복개천 속에 우리 집 말고도 스무채가 넘는 시멘트 벽돌집이 한 마을을 이루고 있었다. 처음에는 열채도 안 됐는데 언제부턴가 도시의 철거민이나 노숙자, 실종자 들이 모여들어 이렇게 많아졌다. 이곳의 주민들은 이곳을 개미촌이라고 불렀다. 할머니는 사람들이 무식해서 부끄러운 줄도 모르고 그렇게 부른다고 했다. 먼 옛날, 청계천이 하늘을 보고 흐르던 시절, 천변의 판잣집조차 들어갈 형편이 안 되는 빈민 중의 빈민들이 똥물이 넘쳐나는 하류 천변의 제방에 굴을 파고 판자를 얼기설기 엮어 집을 짓고 살았는데, 그곳을 개미촌이라고 불렀다고 했다. 할머니는 우리가 사는 곳이 개미촌이라고 불리는 것을 무척 수치스러워했다.

밝은 세상에 집도 많은데 우리는 왜 하필 시궁창 같은 개미촌에 살아야 하는지 궁금했다. 이런 질문을 하면 할머니는 우리가 어떻게 이곳에 살게 되었는지, 왜 떠날 수 없는지 이야기해주곤 했다. 할머니의 이야기는 본인의 이야기이도 했지만 이 마을의 역사이기도 했다. 나는 데려다 키운 아이라 할머니의 피를 물려받지 않은 생판 남이라는 사실이 늘 신경쓰이고 슬펐는데, 할머니의 옛날이야기를 듣고 있으면 피보다 더 진한 과거의 시간을 그대로 물려받은 것 같아 마음이 놓였다.

할머니는 평양 출신인데, 열아홉에 결혼을 해 대가족을 이룬 시집에서 살다가 이듬해 할머니 내외만 월남을 했다. 서울에 겨우 자리를 잡고 살 만해지자 곧 전쟁이 터졌다. 북한군이 쳐내려온다는 소문이 들려오자 사람들이 술렁거리기 시작했다. 망설이다가 뒤늦게 삼팔선을 넘느라 죽을 고생을 했던 할머니 내외는 앞뒤 재지 않고 얼른 짐을 꾸려 피난을 떠났다. 남쪽으로 가다가 며칠 전 건너온 인도교가 폭파되어 많은 피난민들이 죽었다는 소식을 듣고 정신이 아득해졌다. 할머니는 떠날 일이 있으면 무조건 빨리 떠나는 게 이득이고, 망설임은 인생에 아무 보탬이 되지 않는다고 내게 늘 말하곤 했다. 할머니는 피난길에 남편과 헤어졌다. 목적지도 없이 계속 남쪽으로 내려가고 있었기에 어디로 가면 만날 수 있을지 알 길이 없었다. 할머니는 부산까지 갔는데, 그곳에서도 남편을 찾을 수 없었고 그뒤로도 평생 만나지 못했다고 했다. 옛날에 텔레비전에서 했다던 '이산가족찾기 캠페인'에 계속 나갔는데도 못 찾은 걸 보면 난리통에 죽은 게 분명하다고 믿었다.

전쟁이 끝나자 할머니는 다시 서울로 돌아와 오간수 다리 근처 판자촌에 자리를 잡고 남편을 찾아다녔다. 그때 청계천에는 더러운 똥물이 넘쳐났고 천변에 수많은 판잣집들이 다닥다닥 붙어 있었다. 할머니는 그곳에서 꽈배기를 만들거나 담배를 말아 팔았는데, 부지런해서 그런지 하는 일마다 잘됐다. 이웃들은 할머니를 작고 약한 과부라고 얕보았다. 일이 잘되는 기미가 보이면 온 가족을 동원해 같은 장사에 뛰어드는 바람에 할머니는 뒤로 밀려나 밥을 굶기 일쑤였다. 할머니는 재봉틀을 하나 사서 미국에서 기부받은 헌옷들을 떼어와 솜씨 있게 수선했다. 밤에는 수선을 하고 낮에는 노점을 차려놓고 옷을 팔았다. 재봉틀이 있다고 해도 솜씨까지는 따라할 수 없는 일이라 아무도 할머니의 일을 넘보지 못했다. 할머니는 조금씩 모은 돈으로 판잣집을 하나둘 야금야금 사서 세도 놓아가며 자리를 잡고 살았다. 살 만하다 싶어졌을 무렵, 복개 공사를 한다며 천변의 판자촌을 모두 철거하고 관악산 밑의 낙골로 쫓아내는 통에 또다시 빈털터리가 되었다. 그곳에서는 먹고살 길도 막막했고 향수병까지 생겨 복개 공사가 끝난 뒤 청계천으로 되돌아왔다. 그러나 청계천은 큰 도로 속에 파묻혀 예전의 그곳이 아니었다. 할머니처럼 청계천 시절을 잊지 못해 돌아온 사람들이 적지 않았는데, 그들이 도로 밑으로 숨어들어 벽돌을 조금씩 날라다 지은 집 몇채가 마을의 시초였다. 할머니는 이 마을에서 가장 오래 산 사람이었다. 할머니와 함께 처음 이곳에 왔던 사람들은 대부분 나이가 들어 죽거나 더 좋은 집으로 떠났다. 할머니는 여기 살아서 나를 만날 수 있었고 또 좋은 일만 있었으니 떠나고 싶지 않다고 했다. 나는 그 좋은 일이라는 걸 본 적도 들은 적도 없었지만 왠지 할머니의 마음을 알 것 같기도 했다.

삼촌이 출근하려면 아직 몇시간 남았기에 무엇을 해야 하나 생각하다가 그제야 햄버거 가게와 식당에 무단결근한 것을 깨달았다. 앞으로 한동안 일할 수 없을 것 같아 그만두는 게 낫겠다 싶었다. 햄버거 가게는 일당을 주는 곳이라 안 나가면 그만이었는데 식당에서는 한달치 돈을 못 받았다. 모두 퇴근하고 주인 아줌마가 뒷정리를 할 시간이라 식당이 문을 닫기 전에 얼른 찾아갔다. 주인 아줌마는 지폐와 동전을 세다가 나를 보더니 금고를 닫아버리고는 늦게 뭣하러 왔느냐고 소리 질렀다. 집에 일이 생겨 이제 왔다고 말하는데 갑자기 눈물이 났다. 아줌마는 기가 막힌다는 듯 코웃음 치며 '쑈'하지 말라고 앙칼지게 소리쳤다. 나는 할머니가 돌아가셨다고 말하고 싶었지만 절대 밖에 알리지 말라는 할머니의 당부를 떠올리고 입을 다물었다. 나는 앞으로 못 나올 것 같으니 그동안 밀린 돈을 달라고 했다. 무슨 돈? 하고 아줌마는 금시초문이라는 듯 나를 쳐다보았다. 월급날을 며칠씩 밀려 주는 바람에 한달일한 것을 못 받았다고 이야기하니, 그런 적 없다고 딱 잡아뗐다. 나는 일을 시작한 달부터 지금까지 몇월 며칠에 돈을 받았는지 달력을 짚어가며 말했다. 아줌마는 그런 걸 네가 어떻게 기억하느냐며 비웃었다. 나는 다 기억한다고, 오개월 동안 일주일씩 늦춰 주는 바람에 한달이 비게 된 걸 다 알고 있다고 했다. 아줌마는 뜨끔했는지, 자기는 몰랐다고 확인해보고 주든지 할 테니 일단 가라고 했다. 그러더니 그 좋은 머리로 학교는 왜 안 다니냐며 빈정거렸다. 넌 머리가 좋아서 훌륭한 사람이 될 수 있을 거라고 말하던 할머니가 생각나 마음이 아팠다. 내가 세살쯤 되었을 때 혼자 한글을 깨치고 신문이나 전단지를 줄줄 읽자, 개미촌 사람들은 내가 신동이라며 할머니에게 애 잘 가르쳐서 호강하시라고 난리들이었다고 했다. 그러나 나는 학교 문턱에도 가지 못했다. 주소가 없는 개미촌에, 주민등록번호도 모르는 나를 위한 취학통지서 같은 게 올 리가 없었다. 할머니도 애써 취학통지서를 찾아주지 않은 걸 보면 학교에 보낼 생각이 없었던 것 같았다. 나도 가난한 할머니가 키워주는 것만으로도 고마워서 학교 같은 건 생각해본 적도 없다. 그래도 할머니가 폐지를 주울 때 소설책이나 교과서를 따로 챙겨다준 덕택에 아주 까막눈은 아니니 그걸로 괜찮았다.

"제 계산이 맞으니까 지금 주세요."

배가 너무 고파 밥이라도 한그릇 준다면 돈은 안 받아도 그만이다 싶었다. 모든 게 다 귀찮아져서 돌아갈까 했는데 아줌마가 내게 욕을 퍼부었다.

"아니, 이 도둑년이 음식 빼돌린 거 눈감아줬더니 누굴 바보로 아나. 아주 당당하네."

"훔친 적 없어요. 전 그런 일을 하는 사람이 아니에요."

그곳에서 내가 가져간 것은 맹세코 오래된 쇠고기 한덩어리와 말라비틀어진 무 반토막뿐이었다. 그것도 아주 오래되어 버릴 때가 된 것을 아줌마가 생색을 내며 직접 담아준 것이다. 아줌마는 자꾸 나를 도둑으로 몰아갔다. 나는 내 이야기는 들으려고도 하지 않고 딴청을 피우는 아줌마의 앞치마를 잡아끌었다.

"이 도둑년이 이제 때리려고 하네."

아줌마는 앞치마를 끌어당기며 소리를 바락바락 질러댔다.

"훔친 적 없다니까. 내 돈 내놔. 남의 돈 떼먹는 게 도둑년이지."

나도 앞치마를 필사적으로 끌어당겼다. 아줌마가 화를 내고 욕을 하면서 경찰을 부르겠다고 난리를 부리는데, 주인 아저씨가 식당으로 들어왔다. 아저씨는 내 팔을 우악스럽게 잡아채 문밖으로 내치며 윽박질렀다.

"어린 게 지 할머니같이 거지 근성은 있어 가지고. 한번만 더 와봐, 그냥 확 갖다 처넣을 테니까."

거지 근성이라니, 할머니처럼 열심히 살아온 사람에게 거지 근성이라니. 할머니의 인생을 모욕하는 것만은 용서할 수 없었다. 반드시, 어떻게든, 꼭 복수하리라고 다짐했다.

나는 삼촌 사무실로 발을 옮겼다. 사무실은 상가에서 큰길 건너 새로 생긴 건물의 삼층에 있었다. 말이 사무실이지 책상 두개가

ㄱ자로 빠듯하게 놓여 있는 작은 방이다. 나는 어린 시절부터 할머니를 따라 그곳에 가끔 가곤 했다. 할머니는 그가 옛날에 옆집 살았던 가족의 막내아들이라고 했다. 그 가족은 할머니와 함께 개미촌에 들어와 살다가 내가 이곳에 왔을 무렵 고가도로 옆의 삼일아파트로 이사를 했다. 그는 상고를 나와 대부업자 사무실에서 일을 제대로 배웠다고 했다. 독립해 사무실을 낸 그는 백화점이나 제화 상품권을 아주 싸게 사들여서 이문을 남겨 파는 자잘한 일에서부터 사채놀이까지 했다. 할머니는 돈이 모이는 족족 삼촌에게 맡겨 일수를 놓았다. 할머니가 직접 일수를 놓았다면 이자는 고사하고 원금까지 떼어먹힐 게 분명했지만, 삼촌의 돈을 떼어먹을 만큼 간이 큰 사람은 아무도 없었다. 할머니는 그를 아들처럼 믿었고 그도 할머니에게 싹싹하게 대했다. 그는 나에게도 다정히 대해주었지만 커다란 덩치에 맞지 않게 말이 너무 많고 경박해 보여 정이 가지 않았다. 그래도 얼마 되지 않을 게 분명한 할머니의 돈을 귀찮게 생각하거나 떼어먹지 않고 잘 굴려준다고 하니 나쁜 사람은 아닌 것 같았다.

삼촌은 이미 출근해 커피를 마시고 있었다. 그는 나를 보고 아침 일찍 무슨 일이냐며 놀라는 기색이었다. 삼촌을 보니 다시 눈물이 터질 것 같았다. 삼촌에게 할머니가 돌아가셨다고 말하고 펑펑 울고 싶었지만, 당신의 죽음을 절대로 알리지 말라는 할머니의 말을 생각하고 눈물을 꾹꾹 삼켰다. 그리고 삼촌에게 할머니가 이른 것처럼 말했다.

"할머니가 돈 다 가져오래. 전부 다. 급하게 쓸 일이 있대."

"난 또 아주머니한테 큰일이 생겼나 했다. 그런데 그 돈을 다? 몸도 아픈 사람이 돈 쓸 데가 어딨지? 무슨 일 있는 거야? 아님 혹시 이놈, 거짓말하는 거 아냐?"

삼촌은 의아하다는 듯 묻더니 장난으로 꿀밤을 때렸다. 참고 있던 눈물이 터져 나왔다. 그는 장난이었다며 나를 달래는데, 눈물이 쉽게 그치지 않았다. 그는 무슨 일이 있냐고 자꾸 물어봤다. 나는 할머니가 얼른 가져오라고 했는데 안 믿어줘서 그랬다고, 빨리 안 가져가면 혼날지도 모른다고 훌쩍거렸다. 삼촌은 그렇게 빨리는 안 된다고 하다가 다시 울음이 터질 것 같은 내 얼굴을 보고 이내 말했다.

"어휴, 알았다. 이따가 오후에 다시 와라. 무슨 일인지 숨기지 말고 좀 알려줘."

나는 큰길을 건너 새로 생긴 쇼핑몰 광장으로 갔다. 광장은 어느새 사람들로 붐비기 시작했다. 할머니가 시킨 일을 끝냈으니 이제 내가 해야 할 일을 할 차례였다.

할머니에 대해 곰곰이 생각해보니 어떤 일이 있었는지 대충 짐작할 수 있을 것 같았다. 할머니의 몸에 난 멍을 보면 리어카를 빼앗기고 맞았는지 모른다. 그렇게 생각하니 그게 사실인 것 같아 속이 터져 나갈 것 같았다. 나는 할머니의 리어카를 찾아 헤맸다. 도로변을 따라 길게 서 있는 의류도매상가 사이사이, 상가 뒷골목…… 뒤지지 않은 곳이 없었다. 폐지를 줍는 노인들과 지게꾼들의 리어카를 확인했지만 할머니의 리어카는 보이지 않았다. 그들도 할머니를 보지 못했다고 하는데, 할머니를 한번씩 때린 전적이 있는 사악한 노친네들의 말을 곧이곧대로 믿을 내가 아니었다. 상가 입구에서 커피를 파는 노파에게 어제 우리 할머니를 보았느냐고 묻자, 요즘 들어 통 못 봤다며 안부를 물었다. 할머니가 늘 자리를 펴고 헌 옷가지를 팔던 자리를 지나가는데, 도로를 따라 길게 늘어서 있던 노점상들이 모두 흔적도 없이 사라졌다. 그 많은 노점상들이 전부 단속에 걸려 들어가지는 않았을 텐데 이상했다.

멀리서 시끄러운 소리가 들려왔다. 수많은 사람들이 고가도로 밑에 길을 막고 앉아 하늘을 향해 주먹질을 하며 소리를 질러댔다. 어떤 사람들은 꽹과리와 징을 치고 북과 장구를 쳤다. 싸우는가 싶었는데 어떻게 보면 잔치를 하는 것 같기도 해서 가까이 가보니 아는 얼굴들이 보였다. 할머니 옆에서 신발 깔창이나 만보기 같이 두서없는 잡동사니를 팔던 정구 아저씨는 머리에 붉은 띠를 두르고 청계천 복원 결사반대, 노점상 철거 결사반대, 우리의 생존권을 보장하라, 하며 목청 터지게 소리치고 있었다. 놀랍게도 개미촌 사람들 한 무리도 '청계천 복원 결사반대'라고 쓰인 피켓을 들고 있었는데, 어떤 소리도 지르지 않고 침침하고 서글픈 눈으로 앉아 있기만 했다. 환한 세상에서 본 그들은, 아니 우리들은 너무 더럽고 침울해 이 나쁜 일들이 모두 우리 탓인 것처럼 보이게 만들었다.

나는 겁이 나 무리에서 빠져나와 상가의 삼층 외부 계단 층계참 난간으로 올라갔다. 아래를 보니 자동차도로는 양방향으로 완전히 꽉 막혀 꿈쩍도 하지 않았고, 그 가운데 시커먼 머리들이 바글바글 모여 있었다. 잠시 후, 경찰들이 뛰어들어 시위대를 흩어놓으려고 했지만 모두 꿈쩍 않고 구호를 외쳐대자 몸싸움이 시작됐다. 나는 오가는 발길질과 주먹질을, 터지는 피를, 걷잡을 수 없이 점점 커지는 폭력을 계속 보고 있을 수 없어 바닥에 주저앉았다. 그러다가 나도 모르게 잠이 들었는데, 꿈속에서 단속반이 '노점상 결사반대' 구호를 외치며 할머니의 가슴팍에 발길질을 해댔다. 할머니의 가슴팍에서 선홍색 피가 터져 나왔다. 나는 계단을 오르내리는 손님들의 발길에 채여 잠에서 깨어났다. 먼 하늘이 붉게 물들기 시작하고 있었고 도로 위의 시위대는 흔적도 없이 사라져 있었다. 모든 게 꿈이었는지도 모르겠다고, 정말 그랬다면 좋겠다고 생각했지만 그럴 리가 없었다.

사무실로 돌아가 삼촌에게 청계천 복원이 뭐냐고 묻자, 그는 청계천을 뒤덮은 도로와 고가도로를 걷어내고 깨끗한 물이 흐르는 하천으로 되돌리는 거라고 대답했다.

"뭐야. 왜 덮었다가 까뒤집었다가 난리야. 그러면 우리는 어떻게 되는 건데?"

"다 떠나야지. 곧 공사 시작될 텐데. 개미촌 사람들은 불법 점유를 한 거라 보상금도 못 받으니 갈 데도 없을 거야. 그래도 너흰 돈이 있어서 다행이야. 할머니한테 고마워해야 돼. 아, 그래서 다 찾아간다는 거였구나."

그는 수수께끼가 풀렸다는 듯 무릎을 쳤다. 나는 어질어질했다.

할머니도 돌아가신 마당에 집까지 떠나야 한다니 감당이 되지 않았다. 할머니가 혹시 이걸 알고 시위를 하러 나갔던 거 아닐까, 하다가 할머니의 건강 상태를 떠올리고 고개를 절레절레 흔들었다. 삼촌은 내게 통장과 카드를 내밀었다. 할머니 이름이 쓰여 있는 통장이었다. 나는 통장을 펴보고 난생 처음 보는 어마어마한 액수에 놀라 입을 다물지 못했다.

"이 많은 돈이 다 뭐야?"

"많긴, 작은 아파트 한채 살 돈밖에 안 돼. 잃어버리지 않게 조심해서 가져가라. 수수료는 뗐다고 전해드려. 현금카드는 못 쓰겠으면 잘라버리고."

나는 통장을 티셔츠 주머니에 넣은 뒤 점퍼의 모자를 쓰고 지퍼를 턱까지 채웠다. 그리고 집까지 앞만 보고 달렸다.

할머니는 이불을 덮은 그대로 눈을 감은 채 누워 있었다. 내가 들은 할머니의 목소리가 헛것 아니었을까, 죽어 있는 할머니가 내게 무슨 말을 할 수 있을까 모든 게 의심스러웠다. 내가 너무 충격을 받아 이상한 소리를 들은 것일지도 모른다고 생각했다. 할머니 옆에 앉아 할머니의 손등에 내 손을 포개고 눈을 감았다. 가만 있지 말고 무슨 말이든 해주세요, 속으로 말을 걸었다.

"고생했어, 아가. 저기 서랍 제일 위 칸 오른쪽 구석에 도장이 있고 그 밑에 메모지가 있어. 비밀번호는 네가 온 날 0805고. 그리고 맨 밑 칸에 보따리 하나 있어. 그거랑 통장 가지고 메모지에 적힌 주소로 찾아가."

할머니는 나도 모르는 새 또 눈을 뜨고 있었다. 입도 열지 않고 어떻게 말을 하는 건지 알 수가 없었다.

"가서요?"

"가면 거기서 다 알아서 해줄 거야. 통장은 보여주지 말고, 네 몫으로 삼분의 이를 남기고 나머지를 찾아서 현금으로 줘. 날이 밝으면 얼른 찾아가. 그리고 절대로 다시 돌아오지 마."

나는 할머니 가슴에 머리를 묻고 엎드려 눈을 감았다. 할머니도 눈을 감았다. 이제는 눈물도 나오지 않았다.

3

지하철을 탔다. 청계천, 종로, 을지로, 동대문이 내가 가본 곳의 전부라 길을 잃게 될까 걱정스러웠다. 잃어버리지 않도록 점퍼 속 주머니에 통장과 도장을 넣고 보따리를 들었다. 메모지에는 주소 하나가 적혀 있었고 그곳으로 가는 경로와 약도도 그려져 있었다. 지하철을 타고 가다가 시의 북쪽 경계에 위치한 역에 내렸다. 팔번 출구를 찾아 지하철역 밖으로 나가자 약도에 표시된 파라다이스 극장이 나왔다. 극장을 뒤로하고 사백 미터 정도 직진하라고 했는데 그게 어느 정도 거리인지 짐작이 가지 않았다. 한참을 걷다보니 약도에 표시된 제민약국이 보였다. 약국을 끼고 오른쪽으로 들어가면 된다고 했다. 골목으로 들어가니 약도와는 전혀 다른 지형이 나타났다. 나는 대문에 쓰인 주소를 확인하며 이 골목 저 골목 한참을 돌아다녔다. 집들이 모두 삼사층 정도 되는 비슷한 모양의 다세대주택이어서 같은 곳을 계속 빙빙 돌고 있는 듯한 기분이 들었다. 한시간쯤을 헤매던 끝에 높은 다세대주택 사이에 끼어 있는 납작한 단층집을 발견했다. 대문에 적힌 주소를 보니 내가 찾던 집이 맞았다. 내 키 정도밖에 되지 않는 나지막한 대문이 조금 열려 있어 문틈으로 마당을 들여다보았다. 한쪽 구석에 세워 놓은 작은 세발자전거의 안장에 반사된 햇빛이 내 눈을 찔렀다. 문득 돌아가고 싶은 기분이 들었지만, 햇살 가득한 마당이 따뜻해 보여 문을 살며시 열고 들어갔다.

"계세요? 아무도 안 계세요?"

미닫이문이 열리고, 안에서 뚱뚱하고 인상 좋은 할머니가 나왔다. 쨍한 햇살이 대청마루 깊이 들어서 있었다. 햇빛이 닿는 벽에는 가족들의 역사가 기록된 크고 작은 액자가 걸려 있었다.

"누구니?"

"견이라고 하는데요, 저희 할머니께서 보내셨어요."

"너희 할머니가 누군데?"

"이병옥씨요."

뚱뚱한 할머니는 안방 쪽을 향해 소리쳤다.

"영감, 나와봐요. 이병옥이란 사람 알아요? 애가 하나 찾아왔는데."

머리카락이 듬성듬성한 백발의 노인이 방문을 벌컥 열고 나오며

물었다.

“네가 어드렇게 이병옥이를 아네?”

“당신이 아는 사람이구만요.”

나는 들고 온 보따리를 할아버지에게 내놓았다.

“저희 할머니신데요. 이 집에 전해드리랬어요.”

할아버지는 보따리를 내려놓고 당혹스러운 얼굴로 나를 바라보았다.

“네가 이병옥이 손녀딸이네?”

나는 고개를 끄덕였다. 데려다 키운 아이라고 굳이 말할 필요는 못 느꼈다. 할아버지는 고개를 끄덕거리며 보따리를 풀어보았다. 보따리 안에는 작은 아이옷이 들어 있었다. 뚱뚱한 할머니는 옷을 들고 잠시 서 있더니 곧 오열하기 시작했고, 할아버지는 미친 인간이라며 누군가를 심하게 욕했다. 옷을 자꾸 풀썩이다보니 종이 한 장이 떨어졌는데 할머니의 글씨로 ‘미안합니다’라고 쓰여 있었다.

할머니는 다짜고짜 발목을 보자고 하더니 내 바짓단을 걷어 올리고 양말을 내렸다. 뒤꿈치 쪽 발목에 난 시커먼 점을 침 묻힌 손가락으로 박박 문질렀다. 시커먼 때가 밀려 부끄러워서 발을 뺐다. 할머니는 내 발밑에 쓰러져서 엉엉 울었다.

“소정아.”

할아버지도 나를 끌어안고 울었다. 나는 영문을 몰라 우두커니 서 있었다. 둘은 나를 터뜨릴 기세로 번갈아 안아가며 불쌍한 것, 딱한 것, 그들이 생각해낼 수 있는 모든 비루한 단어들로 나를 불렀다. 조금 진정이 되자 할머니는 어정쩡하게 붙어 서 있는 나에게 태어난 지 얼마 안 된 손녀를 잃어버렸는데 그 손녀가 나인 것 같다고 자초지종을 설명해주었다. 할아버지는 어딘가로 전화를 걸어 소정이가 살아 왔다고 했다. 할아버지는 내게 물었다.

"이병옥이는 어데 있네? 그 간나는 어데 있는 거이네?"

보따리만 내놓을 것을, 할머니 이름을 말한 것을 후회했다. 그들은 내 이름이 소정이며, 두돌 때쯤 혼자 대문 밖으로 나가 사라지는 바람에 영영 잃어버렸다고 했다. 열심히 찾아봤지만 찾을 수 없어서 내가 죽은 줄 알았다고 했다. 할아버지는 계속 우리 할머니를 욕했는데, 할아버지 내외가 하는 말을 종합해보니 할아버지는 전쟁 때 헤어져 다시 못 만났다던 할머니 남편이었다. 내가 들어온 것과는 달리 할머니는 남편과 '이산가족찾기 캠페인'에서 만났는데, 그땐 이미 할아버지가 가정을 꾸린 뒤였다고 했다. 할아버지는 할머니가 그런 자기를 원망해서 나를 유괴했다고 생각했다. 할아버지 내외는 내가 이렇게 된 게 자기들 탓이라고 미안하다, 미안하다, 하며 나를 붙들고 자꾸 울었다. 내가 도대체 어때 보이기에 이렇게 됐네, 저렇게 됐네 하며 말들이 많은 건지 기분이 썩 좋지 않았다. 할머니가 이들을 다시 만났을 때 그 심정이 오죽했으면 그런 일을 했을까? 할머니가 제대로 복수를 한 걸 보면 난 할머니의 손녀인 게 맞았다.

전화를 하고 얼마 지나지 않아 사람들이 집으로 하나둘씩 찾아들었다. 가장 먼저 도착한, 나를 닮은 여자와 할아버지를 닮은 남자가 나의 부모라고 했다. 보는 사람마다 내 발목의 점을 만졌고, 침을 묻혀 문질러 보기도 했다. 그들은 내 발목에서 밀리는 때를 보고 당황하며 내 행색을 살피더니, 내가 아주 고생을 하며 자랐다고 생각하고 불쌍하게 여기는 것 같았다. 나는 내 부모가 정말 반가웠고 좋은 사람들인 것 같아 다행이라고 생각했다. 그뿐이었다. 이상하게도 아무도, 아무것도 궁금하지 않았다. 모든 사람들이 입을 모아 내 할머니를 아무것도 모르는 아이를 유괴해 학대한 인간이라고 욕했고, 할아버지에 대한 비뚤어진 복수심이 무섭다며 혀를 찼다. 나는 할머니가 불쌍했다. 이미 가정을 꾸린 할아버지를 만났을 때 느꼈을 배신감과 외로움을 상상하면 가슴이 시렸다. 할아버지만을 기다린 세월은 보상받을 수 없었을 테니 할머니가 순간 잘못된 생각을 할 수도 있었겠다 싶었다. 하지만 할머니는 선량한 사람이고, 단지 외로웠을 뿐인데, 쓸쓸했을 뿐인데, 그래서 이런 짓을 저질렀지만, 그토록 나를 사랑했고, 나는 너무 행복하게 자랐는데, 나는 정말 괜찮은데, 내가 괜찮다는데, 이게 죄가 되는 걸까? 나는 아무것도 모르는 사람들이 우리에 대해 막말하는 것을 견딜 수가 없었다. 내가 청계천에 있었다면 이 사람들에게 욕을 한바가지 해주었을 텐데, 여기서는 그러면 안 될 것 같아, 할머니 얼굴에 먹칠을 하게 될 것 같아 꾹 참고 얌전히 있었다. 그들은 할머니를 찾아 죄를 묻고자 내게 할머니의 행방을 물었지만 나는 할머니는 떠났다고, 과거의 일이니까 그냥 묻어두면 좋겠다고 부탁했다. 그들도 다시 할머니와 엮이는 것이 찝찝하다며 찾는 것을 그만두자고 했다.

내 부모님은 그들이 사는 신도시의 아파트로 나를 데려갔다. 아파트 단지는 개미촌과 비교할 수 없을 정도로 밝고 깨끗했으나 말할 수 없이 추웠다. 나에겐 여동생과 남동생이 하나씩 있었는데, 초등학생인 두 아이들은 나를 언니, 누나 하고 따랐다. 아니, 따르려고 노력하는 것 같아 기특했다. 착한 애들을 보니 부모님도 괜찮은 사람인 것 같았다. 엄마는 아이를 낳을 때마다 육개월씩 쉬어본 게 다였다는 직장에 휴직계를 내고 당분간 나와 함께 지내기로 했다. 아빠도 큰일이 없는 한 퇴근하자마자 집으로 돌아왔다. 나는 부모님 앞에서 착하고 똑똑한 아이인 것처럼 행동했다. 그들이 안심해야 나도 마음이 편했고, 내 잘못된 행동으로 할머니가 욕을 먹는 것도 싫었다. 따뜻하고 깨끗한 집과 맛있는 음식이 있고, 읽어보지도 못했던 수많은 책이 있었지만, 나는 불편하고 공허했다. 사실 그것들은 견딜 수 있었는데 난생 처음 느끼는 한기만은 도저히 견디기 어려웠다. 무릎과 팔꿈치를 비집고 지나가고, 뼛속으로 들락날락하는 한기였다. 거위털 점퍼를 입어도, 양털 담요를 덮고, 알파카 이불을 뒤집어써도, 그것을 피할 수가 없었다. 한기는 원래 나와 한몸인 양, 몸 깊은 곳에서 슬그머니 기어나갔다가 다시 들어오곤 했다. 난생 처음 간 대학병원에서도 한기의 원인을 모르겠다며, 나는 충분히 건강하다고 했다.

이런 이해할 수 없는 한기가 수상해 이 모든 게 꿈이 아닐까 의심을 해보았다. 생각해보면 상상해본 적도 없는 가족과 집이 생긴 게 너무나 수상했다. 조금이라도 허술한 부분이 있었다면 그냥 믿어버릴 뻔했는데, 너무 완벽해서 의심을 할 수밖에 없었다. 어느날 이불 더미 속에서 오들오들 떨며 잠이 들었다가 눈을 떴는데, 내 집에서 냄새나는 담요를 덮고 누워 있었다. 나는 이불을 차고 벌떡 일어나 앉았다. 옆에 누운 할머니가 끙 하고 신음소리를 내며 잠을 깼다. '할머니, 나 정말 무서운 꿈 꿨어.' 할머니는 나를 끌어당겨 다시 눕히고 말했다. '다 괜찮다. 자고 나면 다 꿈이야.' 할머니의 숨은 온풍기처럼 훈훈했고, 내 머리를 쓰다듬는 손은 손난로처럼 따끈했다. 할머니는 이불을 꼭 덮어주며 다시 나를 잠 속으로 밀어 넣었다. 나는 자지 않으려고 애썼지만, 두번 다시 깨어나지 못할 꿈 속으로 빠져들었다. 틈도 없는 두터운 이불 속으로 파고들어온 한기가 겨드랑이를 쑤셔대며 잠을 깨웠다. 나는 믿을 수 없는 청결함, 믿을 수 없는 향기, 믿을 수 없는 부드러움의 일부가 되어가고 있었다. 나는 뺨을 세게 비틀어보았다. 역시나, 아팠다. 아파도 너무 아팠다. 차라리 아프지 않다고 자기암시를 걸어 이곳의 삶이 꿈이라고 믿는 편이 낫겠다 싶었다. 다시 집으로 돌아간다면 이 추운 꿈에서 깨어날 수 있을 것 같았다. 비록 난방이 되지 않는 차가운 집이지만 그곳에서는 지금껏 이토록 추위에 떨어본 적이 없었다. 그러니까 진작 집으로 돌아갔어야 했다. 할머니가 보고 싶었다. 장례도 치르지 않고 할머니를 그냥 두고 온 게 후회됐다. 할머니의 말을 너무 잘 들은 것도 문제였다. 사실 이곳에 온 첫날부터 돌아가고 싶지 않았던 적이 없었는데, 애써 그런 마음을 떨쳐내곤 했다. 늘 그려보던 부모와 이런 곳에서 한번 살아보고 싶다는 욕심이 가장 컸고, 돌아간다 해도 할머니도 없이 혼자 살아야 할 앞날이 막막했던데다가, 이게 무슨 상황인지 또 무엇을 어떻게 해야 할지 혼란스러웠기 때문이다.

뒤늦게 할머니의 이야기가 생각났다. '떠날 일이 있으면 무조건 빨리 떠나는 게 이득이고, 망설임은 인생에 아무 보탬이 되지 않는다.' 내 인생에 도움이 되는 것은 할머니의 이야기뿐이었다. 나는 옷을 챙겨 입고 장롱 깊숙이 넣어놓은 통장과 도장을 주머니에 넣었다. 그들에게 돈을 찾아 건네주라는 할머니의 이야기가 뒤늦게 생각났는데, 그렇게 하지 않았다. 할머니에겐 미안했지만, 할머니에게 그 돈이 사죄의 의미라는 걸 알지만, 나는 그들에게 할머니의 돈을 건네주고 싶지 않았다. 그것은 그냥 돈이 아니라 할머니의 인생이라는 것을 잘 알고 있기 때문이었다. 이 일이 할머니의 인생을 모두 걸어 사죄할 만큼 그렇게 잘못한 거라고 생각하지 않았다.

나는 해뜨기 전 집을 나와 첫 지하철을 타고 청계천으로 돌아왔다. 하늘이 부옇게 밝아오자 건물 꼭대기의 커다란 조명이 슬며시 어두워졌다. 개미촌에서 나올 때는 늦겨울이었는데 어느덧 봄이 끝나가고 있었다. 의류상가 광장 구석 화단에서 주먹 크기의 돌을 골라 손에 들고 포장마차 골목으로 갔다. 전봇대에 달린 노란 등 하나가 골목을 간신히 밝히고 있었다. 영업이 끝난 식당엔 불이 꺼져 있었다. 나는 잠긴 유리문의 손잡이 쪽을 향해 힘껏 돌을 던졌다. 생각보다 쉽게 낡은 유리문의 한 귀퉁이가 깨져나갔다. 깨진 구멍 안쪽으로 손을 넣어 잠긴 문을 열고 들어갔다. 냉동실에는 토막을 쳐놓은 대구와 손질해놓은 고등어, 국거리로 잘라놓은 고깃덩어리, 약간의 해물 등이 들어 있었고 냉장고에는 야채가 들어 있었다. 나는 커다란 비닐봉지를 찾아 받지 못한 월급만큼 음식물을 쓸어넣었다. 분한 마음에 유리문을 박살낸 것이 마음에 걸려 조금 덜어놓고 나올까 하다가 나를 모함하고 할머니를 욕했던 주인 아줌마의 얄미운 입술이 생각나 그냥 나와버렸다. 비닐봉지를 둘러메고 의류도매상가 B동으로 갔다. 상인들 대부분이 퇴근한 상가 안은 어두침침했다. 영업이 끝난 점포들에 천을 덮어 씌워놓거나 셔터를 내려놓아 을씨년스럽기까지 했지만 이곳을 떠나 있었어도 여전히 같은 풍경이라 마음이 놓였다. 지하 일층으로 내려가는데 경비 할아버지와 마주쳤다.

"견이 오랜만이구나. 할머니는 아직 아프시냐? 철거 전에 얼른 나아야 할 텐데."

나를 견이라고 부르는 목소리를 들으니 마음이 놓였다. 개미촌이 철거되리라는 건 변하지 않는 사실인 것 같았다. 나는 그에게 대답 대신 비닐봉지를 건넸다. 식당에서 받은 식재료가 너무 많아 가져다 드셨으면 한다고 하자, 손사래를 치며 받지 않으려 했다. 비닐봉지에 든 모양새가 좋지 않아 조금 미안했지만 뭐라도 주고 싶은 마음이 들었다. 경비 할아버지는 고맙다며 봉지를 들고 위층으로 올라갔다.

개미촌은 여전히 칠흑같이 검었고 누구의 목소리 하나 들려오지 않았다. 아마 벌써 많은 사람들이 떠났을 것이다. 나는 어둠 속에서 익숙하게 우리 집 방문 손잡이를 찾아 열었다. 방에서는 죽어도 잊지 못할 것 같은 이상한 악취가 났지만, 나도 평생을 악취 속에서 살았으니 이 정도쯤은 견딜 수 있어야 한다고 생각했다. 할머니는 눈을 감고 누워 있었다. 얼굴과 손이 시커멨고, 눅눅히 젖은 이불에서 썩은 내가 심하게 풍겼다. 만신창이가 되었지만 보고 싶은 얼굴이었다. 동태처럼 딱딱해 움직이지 않았던 할머니는 이제 흐물흐물해졌다. 잘못 건드렸다간 물크러질 것 같아 마음대로 만지지도 못했다. 나는 이것을 할머니라고 할 수 있을까 고민하다가, 다시 할머니가 말을 하게 될지도 모른다고 생각했다. 할머니의 입에서 나오는 말, 그 자체가 할머니였다.

나는 할머니 곁에 누워 잠이 들었다. 할머니가 슬며시 모로 돌아누워 물컹거리는 손바닥으로 내 뺨을 어루만지고, 다 떨어져나가기 일보직전인 팔로 나를 꼭 안아주었다. 할머니는 '견아' 하고 내 이름을 불렀다. 그러고는 아무 말 하지 않았지만, 무슨 말을 하려는지 나는 이미 다 알고 있었다.

엔터 샌드맨

* 샌드맨(Sandman): 눈에 모래를 뿌려 잠이 오게 하는 요정. 잠귀신.
** 엔터 샌드맨(Enter Sandman): 1991년에 발표된 메탈리카 5집의 타이틀곡.

1

자유게시판의 4892번 글은 신고된 여러 글 중 하나였다. 수십통이 넘어가는 쪽지에는 글 번호와 신고 사유가 적혀 있었다. 신고된 글 중 다수가 광고성이거나 싸움을 조장하는 것이었는데, 4892번 글은 사이트의 성격과 맞지 않다는 이유로 신고되었다.

'굿바이 샌드맨'은 도시 괴담이나 공포, 미스터리, 오컬트를 다루는 사이트였다. 그것은 지수가 회사에 다니던 시절 썼던 글을 모아놓은 블로그에서 시작되었다. 고등학교를 졸업하고 5년이 지나 전문대학에 진학했던 지수는 졸업과 함께 휴대폰 콘텐츠 제작회사에 취직했다. 그곳에서 그녀는 2G 휴대폰에 서비스되었던 짧은 이야기를 썼다. 그녀는 무서운 이야기 담당이었고, 수많은 도시 괴담을 각색하고 재창작했다. 지수는 자신이 쓴 글들을 비롯해, 자료 수집을 하면서 해외 사이트에서 찾아낸 괴담의 번역본과 자신이 본 미스터리 공포물의 리뷰를 개인 홈페이지에 올리곤 했다. 그때만 해도 방문객은 많지 않았지만 그들은 지수의 글에 공감의 댓글을 달거나 자신이 체험하거나 전해 들은 이야기를 남기기도 했다. 매일같이 불면에 시달리던 지수는 댓글을 읽고 일일이 답을 해주면서 밤을 보내곤 했다. 무서운 이야기 속에 있으면 지수는 자신이 겪은 일 역시 스스로 만들어낸 이야기들 중 하나인 것 같은 기분이 들었고, 세상이 원래 끔찍한 곳이라 그런 일을 겪은 것이 엄청난 일은 아닌 것일지도 모른다고 생각했다. 매년 적자를 보던 회사가 업종 변경을 해 퇴직을 하기 전까지만 해도 홈페이지는 그녀의 밤 일부를 차지하고 있었을 뿐 큰 의미는 아니었다.

퇴직을 하고 결혼을 한 뒤 한동안 잊고 있다가 오랜만에 홈페이지에 들어가보고 그녀는 깜짝 놀랐다. 그사이 늘어난 방문객들은 자유게시판에 글을 올리며 그녀가 돌아와 새로운 이야기를 풀어놓기만을 기다리고 있었다. 인터넷이 상용화되자 방문객이 기하급수적으로 늘고 자료 역시 많아졌기에 그녀는 도메인을 구입해 홈페이지를 다시 열었다. 그녀처럼 밤에 잠들지 못하는 사람들이 '굿바이 샌드맨'에 모여들어 글을 올렸다. 남들이 체험했다고 하는 기이하고 무서운 일들은 지수에게 이상한 안도감을 주었고 그들과 연대감을 느끼게 해주었다. 이혼을 하고 혼자 살게 되면서부터 '굿바이 샌드맨'은 그녀의 삶 전부를 차지하게 되었다. 남편도 자식도 없고 만나는 사람조차 없었지만 지수는 전혀 외롭지 않았다. 이십 대 시절처럼 삶이 두렵거나 공허하다고 느낄 겨를도 없었다. 글을 쓰기 시작했을 무렵 지수는 새로운 아이디어를 찾아 여러 자료와 다른 사람들의 이야기를 흘끔거리기도 했으나 이제 그러지 않아도 충분히 새로운 이야기를 써낼 수 있었다. 지수는 사람들이 무엇을 무서워하는지 잘 알고 있었고, 평범한 소재를 어떤 식으로 이야기할 때 공포를 유발하는지도 알게 되었다. '굿바이 샌드맨'은 7년 만에 회원과 비회원을 합쳐 일일 방문객 수가 삼천명이 훌쩍 넘어가는 사이트로 발전했다. 하루에 올라오는 글의 수가 적지 않았고 댓글이 수없이 달리곤 했지만 지수는 하나 놓치는 법이 없었다. 신고를 하면 즉시 처리되고 사소한 문의에도 곧바로 답글이 달렸기에, 회원들은 관리자가 분명 여러명일 것이라고 생각했다. 잠은 거의 자지 않고 앉아서 잠깐 졸곤 하는 지수의 수면 습관은 홈페이지 관리자로서 큰 미덕이 되었다.

신고된 4892번 글은 이미 읽고 넘겨버린 것이었다. 글의 작성자는 자신이 대형 사고를 일으킨 범인이라고 고백했다. 피해자 행세를 하며 그것을 숨긴 채 살아왔지만 결국 그 대가로 아내와 자식을 잃었고, 자신도 곧 죽음으로 속죄를 할 생각이라고 써놓았다. 네 줄 남짓했던 그 글은 써놓은 분량만큼의 정보도 전달하지 못하는, 부실한데다 감상적이기까지 한 요약본 같았다. 지수는 게시판에서 사춘기 아이들이 쓴 것 같은 이런 글들을 자주 보곤 했다. 예를 들자면 자신에게 귀신을 볼 수 있는 능력이 있다든가, 임사체험이 나 유체이탈 같은 기이한 경험을 했다는 이야기들과 미제 살인 사건의 범인이 자신이라든가, 자기 아버지가 어떤 사건의 범인인 것을 알고 있다거나, 범죄나 자살을 예고하는 종류의 글이었다. 모두 허세 가득한 글이긴 했으나 기이한 이야기에는 많은 사람들이 흥미를 보이며 자신의 체험을 댓글로 달아 서로 공유했던 반면, 실제 범죄와 관련된 글에는 악의적인 댓글이 달리기 시작해 어느새 싸움으로 번지곤 했다. 세월이 지나면서 회원들은 자체적으로 여러 가지 이유를 들어 후자의 글을 금지하는 규칙을 만들었다. 이제 그런 글은 게시판에 올라오기가 무섭게 신고되어 사라지기에 회원들의 눈에는 잘 띄지 않았다. 지수는 4892번 글에 담긴 위악적인 허세가 회원들의 심기를 건드렸을 거라고 생각했다. 댓글도 달리지 않았던데다 내용도 위험해 보이지 않아서 그냥 두어도 상관없을 것 같았지만, 신고가 들어온 이상 글을 삭제할 수밖에 없었다. 지수는 그후로 몇번 같은 글을 게시판에서 보았고, 신고 여부와 관계없이 지우곤 했다. 얼마 뒤에 신고된 4976번 글을 읽지 않았다면 지수는 삭제했던 그 글들을 대수롭지 않게 생각했을 것이다. 4976번 글에는 4892번 글에 뭉뚱그려져 담겨 있던 이야기가 자세히 드러나 있었다.

2

4976 22년 전 참사의 범인입니다. 작성자 : 샌드맨

22년 전 5층 건물이 붕괴되어 수많은 사람들이 죽은 사건을 기억하십니까?

철거를 앞둔 건물이 한순간에 무너지면서 지하의 뮤직비디오 감상실 '뮤직 스테이션'에 있던 십여명의 청소년들이 사망했습니다. 그 사고의 원인은 건물의 부실 공사와 노후로 인한 붕괴였습니다. 그 건물은 주택만 지어왔던 십장 출신 업자가 날림으로 처음 지은 빌딩이었는데 붕괴될지도 모른다는 진단을 받고 곧 철거될 예정이었습니다. 다른 층의 임차인들은 모두 나갔지만, 권리금이 아까웠던 지하의 음악 감상실만 남아서 계속 영업을 하고 있었습니다.

그 당시 저는 고등학교 3학년이었습니다. 저는 수학능력평가를 본 첫 세대였는데 그 해에만 두번의 시험을 보았습니다. 두번째 수능과 내신에 반영되는 마지막 중간고사가 끝난 뒤, 논술고사를 보지 않는 학생들은 결석을 하거나 출석만 부르고 학교 밖으로 나갔다가 종례시간에 맞춰 들어가곤 했습니다. 저도 연극영화과 연출 전공으로 진학을 할 생각이어서 논술고사를 준비하지 않아도 됐기에 학교를 자주 빠져나와 그 건물에 있는 뮤직 스테이션에 가곤 했습니다. 물론 진짜 모범생들은 그러지 않았겠지만, 대부분의 아이들이 그랬고 학교에서도 슬쩍 눈감아주곤 했습니다. 이렇게 장황하게 쓰는 이유는, 사고 현장에서 사망한 학생들이 결코 문제아

들이 아니라는 것을 알리고 싶어서입니다. 사고 후 매스컴은 사망자가 대부분 고등학생과 재수생이라는 것에 초점을 맞추었고, 사고가 십대의 탈선과 방종으로 인해 초래된 것처럼 몰아갔습니다. 뉴스는 그 당시 유명했던 뮤직비디오 감상실들을 취재해, 대낮에 으슥한 감상실에 드나드는 재수생이나 고등학생들을 인간 말종으로 취급하고 그들이 술과 담배도 모자라 본드와 마약에까지 손을 대고 있다고 매도했습니다. 그로 인해 유가족과 생존자들은 큰 고통을 겪어야 했기 때문에 꼭 해명을 하고 싶었습니다.

어린 분들은 뮤직비디오를 왜 감상실에서 보았는지 의아하게 생각하실지 모릅니다. 지금은 휴대폰으로 무엇이든 찾아 볼 수 있지만, 그 시절은 어떤 자료든 구하기 힘들었던 때입니다. 해외 뮤직비디오나 아트 비디오를 구하는 것이 힘들었던데다 큰 화면으로 보려면 프로젝터가 필요했는데, 그것 또한 고가였기에 개인이 쉽게 구입할 수 없었습니다. 저는 69년 우드스탁 비디오를 보려고 그곳에 처음 갔습니다. 큰 스크린에 비치는 뮤직비디오를 보면서 낯선 사람들과 함께 노래를 부르던 것이 생각납니다. 담배를 한두개비 피우거나 팝콘에 맥주 한병 정도 먹었던 것이 죽어도 쌀 만큼 잘못된 일이었는지 지금도 잘 모르겠습니다. 넉달 정도 뒤, 대학생이 되었을 때 담배를 물고 길거리를 활보하거나 말술을 마시고 길에서 자는 대학생을 문제아라고 생각하는 사람이 아무도 없다는 것을 알고 얼마나 이상했는지 모릅니다.

그날 오후 뮤직 스테이션에서는 데니스 호퍼의 '이지 라이더' 감상회가 있을 예정이었습니다. 영화감독이 꿈이었던 저는 그 전설적인 영화를 보기 위해 그날 점심시간에 학교 담을 넘었습니다. 우드스탁, 지미 핸드릭스, 재니스 조플린, 이지 라이더. 그 시절 저의 키워드였습니다. 그곳에 들어가기 전 담배를 피우기 위해 건물 뒤편으로 돌아갔습니다. 교복을 입고 큰길에서 담배를 피울 정도로 대범하지 않았기 때문입니다. 그곳에서 아르바이트를 하던 형 한명과 함께 담배를 피웠습니다. 건물 뒤편에는 조리용 LPG 가스통과 에어컨 실외기, 폐가구와 수리할 때 쓰고 남은 합판 같은 것들이 쌓여 있어 아주 지저분했습니다. 담배를 피우고 내려가 노래를 다섯곡 정도 듣고 난 뒤에 가스 폭발음이 들리고 건물이 미세하게 흔들렸습니다. 대부분의 사람들처럼 저도 대수롭지 않게 생각했는데, 한두명이 문을 향해 뛰어나가자 다른 사람들도 일어나기 시작했습니다. 문밖은 이미 불바다였고 연기가 자욱했기에 아무도 밖으로 나가지 못했습니다. 아무 이상 없던 천장이 단번에 무너져 내렸고, 사람들은 피하기는커녕 비명조차 지를 틈도 없이 잔해에 매몰되고 말았습니다. 저는 국민학교 때 지진 대비 훈련을 했던 것이 생각나 건물 귀퉁이의 테이블로 기어들어가 웅크렸습니다. 천장이 무너져 내렸지만 테이블 상판 덕에 갈비뼈가 부러지고 전신 타박상을 입은 정도로 끝날 수 있었습니다. 저는 이틀 동안 건물 잔해에 매몰되어 있다가 구조되었습니다.

그 당시에 건물 붕괴로 인해 전기가 누전되고 가스가 폭발한 것이라는 이야기를 들었습니다. 저는 석연치 않았습니다. 천장이 무너지기 전 이미 불이 난 상태인 것을 보았거든요. 저는 그 불이 어디서 온 것인지 뒤늦게 깨달았습니다. 저는 담배를 제대로 끄지 않고 손가락으로 튕겨버리는 습관이 있었습니다. 건물 뒤편에는 불에 탈 만한 것들투성이였고, 바삭바삭

하게 마른 낙엽들이 바람을 타고 굴러다니고 있었습니다. 건조한 날씨 때문에 얼굴과 손이 버석거려 여러번 비볐던 것도 기억합니다. 정말 고의는 아니었고 그때 당시는 정말 몰랐지만, 분명히 제 잘못으로 인한 사고였습니다. 늦게라도 자수를 해야 했겠지만 저는 너무 어렸고 비겁했기에 두려웠습니다. 함께 담배를 피웠던 형도 죽어서 제가 그곳에서 담뱃불을 튕겼다는 것을 알고 있는 사람은 아무도 없었습니다. 저만 입을 다물면 다 괜찮아지고, 곧 잊어질 줄 알았습니다. 물론 지금쯤 사람들은 그 사고를 잊었을 것입니다. 유가족들도 잃은 가족을 생각하는 시간이 많이 줄어들었을 것입니다. 하지만 저는 여전히 사고 현장에 있습니다. 잠자리에 누워 눈을 감으면 멀리서 가스 폭발하는 소리가 들리고 천장이 무너져 내립니다. 제 몸은 콘크리트 덩어리에 압박을 당해 숨을 쉴 수가 없습니다. 멀리서 사람들의 신음 소리가 들리다가 하나둘 사라집니다. 그것은 매일 밤 반복되는 일입니다. 저는 지금도 밤에 잠을 못 잡니다.

그 이후 이 나라에서는 상상도 못했던 큰 사고들이 많이 일어났고, 전 어떻게든 도움이 되고 싶어 그 현장으로 뛰어가곤 했습니다. 죽어도 좋다고 생각했고 누군가를 살려야겠다고 생각했지만, 현장에 가까이 접근하는 것도 쉽지 않았습니다. 제가 할 수 있는 일이라고는 캠코더로 현장을 기록하는 것뿐이었습니다. 저는 영화감독이 되지 못했습니다만, 지금도 큰 사고의 현장마다 뛰어다니며 기록하는 일을 하고 있습니다. 그곳에서 사람을 구하는 데 뛰어들기도 했지만 사람을 구하지는 못했습니다. 그럼에도 저는 최소한의 속죄를 하며 살아가고 있다고 착각했습니다.

저는 얼마 전 아내와 자식을 잃었습니다. 제가 받아야 할 벌을 가족이 받았다는 것을 깨달았습니다. 제가 속죄하는 일이라고 생각했던 것들은 자기만족이었을 뿐 정말 아무것도 아니었습니다. 하지만 죽은 사람들에게 용서를 구하는 방법을 모르겠습니다. 제가 열번, 스무번 죽을 수 있다면 그렇게 하겠습니다만, 그것도 모자랄 것이라는 사실을 알고 있습니다. 많이 모자라지만 그래도 죄를 알리고 죽는 것이 가장 큰 속죄라고 생각합니다. 열번은 못 죽더라도 한번은 죽겠습니다. 살아 있어 죄송했습니다.

re) 내다리내놔 : 무섭지도 않고, 감동도 없고……

re) 고담고담 : 범죄자는 감방으로, 관심종자는 병원으로 ㄱㄱ

re) 니등뒤 : 이런 사이트에 들어와서 왜 이런 글을 올리는지 이해가 안가구요, 사죄의 글인지도 잘 모르겠구요, 감상적인 태도와 자기연민 말고는 느껴지지 않구요

ㄴ re) 충공깽 : 그런 짓 하고 지금껏 잘 살아온 것 자체가 공포

ㄴ re) 너의목소리가들려 : 죽고 기사 뜨면 그게 괴담 ㄷㄷㄷ

re) 엄마로보이니 : 이 글은 곧 성지가 됩니다.

3

지수는 은하와 함께 구조되었다. 둘은 서로의 손을 꼭 잡은 채 건물의 잔해에 매몰된 상태로 일주일을 버텼다. 은하는 지수와 유치원부터 함께 다닌 친구였다. 둘은 언제나 붙어 다녔고, 말다툼 한 번 하지 않았다. 유순한 성격의 은하가 외골수에 고집이 센 지수를 많이 이해하고 양보했기 때문이었다. 지수는 은하와 같은 초등학교를 가기 위해 은하의 집으로 주소지를 옮겼고, 고등학교까지 같은 학교를 다녔다. 은하는 만화를 좋아하는 아이였다. 은하는 언니의 만화책을 학교에 몰래 가지고 가 친구들과 돌려보곤 했다. 은하의 교과서와 노트의 공백에는 공주들의 얼굴이 그려지곤 했고, 쉬는 시간마다 연습장을 들고 그림을 그려달라고 하는 아이들 때문에 화장실을 가지 못할 정도였다. 고등학교 때 그들은 연합 만화동아리에 가입했다. 은하를 따라 들어간 지수는 그림을 잘 그리지 못했지만 스토리 작가 역할을 톡톡히 해냈다. 부원들은 매달 동인지를 만들기 위해 뮤직 스테이션에서 모임을 가지곤 했다. 그날은 마지막 동인지 모임이 있었는데, 부원들이 학교에 나오지 않거나 무단이탈해 다른 날로 연기되었다. 지수는 논술고사 준비를 하느라 학교에 남아 있었고, 은하는 미술학원에 있었기에 취소 연락을 못 받고 모임 장소로 갔다. 다른 아이들처럼 낮 시간의 자유를 만끽하고 싶었던 그들은 약속 시간보다 두시간 먼저 그곳에서 만나 선배와 친구들을 기다리기로 했다. 뮤직비디오를 실컷 보고, 만화도 그리며 단 하루의 일탈을 즐길 생각이었지만, 무언가를 즐겨보기도 전에 그런 일을 당하고 말았다.

그들이 구출된 뒤에야 연락을 받을 수 있었던 부모들은 아이들이 살아 돌아온 것만으로도 다행이라며 안심했다. 그들은 다시 학교로 돌아가 학교를 무사히 졸업했다. 당시 대학에 만화과가 없어 차선책으로 시각디자인과로 진학하려 했던 은하는 대학을 가지 않고 동아리 선배인 만화가의 문하생이 되었다. 부모님의 뜻에 따라 법학과로 진학하려던 지수도 방향을 틀어 문예창작과로 진학했다. 둘은 죽음이 먼 곳에 있지 않다는 것을 체험했기에 정말 하고 싶은 것을 하며 살기로 했다. 몇년간의 문하생 생활을 마치고 은하는 만화 월간지 공모전에 당선돼 만화가가 되었다. 학교를 졸업한 지수는 스토리 작가이자 어시스턴트 역할을 하며 은하와 함께 일했다. 매달 두개의 잡지에 연재하는 것이 쉽지 않았지만 둘이 한조가 되어 일하는 것이 즐거웠다. 마감을 하고 나면 함께 목욕탕에 다녀와 뮤직비디오를 보며 맥주를 마셨다.

부모들은 서른이 훌쩍 넘도록 결혼도 하지 않고 둘이 사는 것을 걱정했으나 둘은 그 생활이 만족스러웠고 더 바라는 것이 없었다. 둘은 서로가 아니면 함께 지낼 엄두가 나지 않았다. 그들은 불면에 시달렸고, 항상 집 안의 불을 켜두었다. 불을 끄고 누우면 뜨겁고 축축한 땅 속에 엎드려 있던 그 시간으로 돌아가 있는 것 같아 숨을 쉴 수가 없었다. 둘은 밤에 작업을 했고, 밝은 한낮이 되어야 안락의자에 앉아 잠시 졸곤 했다. 그들은 더이상 뮤직비디오 감상실에도 가지 못했다. 비디오 감상실이 점점 늘어났지만 대부분 지하에 있어서 갈 엄두가 나지 않았으므로 거금을 들여 프로젝터를 사고 거실 벽에 스크린을 걸었다. 새로운 뮤직비디오를 구하는 것이 쉬운 일은 아니라, 그들이 좋아하는 비디오를 복사해 반복해서 돌려 보곤 했다.

온 동네가 갑자기 정전된 어느 밤, 둘은 암흑 속에 갇혀서 한발자국도 움직이지 못했다. 현관 신발장 서랍에는 초가 들어 있고 거실 서랍에는 플래시가 들어 있다는 것을 알고 있었지만, 둘 다 책상 앞에 앉아 벌벌 떨기만 했다. 그들은 어둠 속을 더듬어 서로의 손을 찾아 꼭 잡았다. 땅속에서처럼 서로의 손은 큰 안도감을 주었다. 손을 맞잡고 그들은 불이 켜지기를 기다리며 그날 일어났던 사고에 대해 이야기했다. 그날 그들이 온전히 본 비디오는 겨우 엑스재팬의 '엔드리스 레인'과 건스 앤 로지스의 '노벰버 레인' 뮤직비디오뿐이었다. 메탈리카의 '엔터 샌드맨' 전주가 시작되고 얼마 지나지 않아 기타 소리 너머로 건물 전체를 흔드는 묵직한 진동음을 들었다. 'Sleep with one eye open. Gripping your pillow tight. Exit light, enter night, take my hand. We're off to never never land…… something's wrong…… (정신 바짝 차리고 잠들렴. 베개를 꼬옥 껴안고 있어. 빛이 물러가고, 밤이 찾아오지. 내 손을 잡아. 우린 네버랜드로 떠나는 거야…… 뭔가 잘못됐어……)' 정말 뭔가 잘못되었던 것인지 후렴구를 배경으로 연쇄적인 폭발음이 들려왔다. 은하는 그 소리들이 비디오에 삽입된, 악몽으로 진입하는 효과음인 줄 알았다고 했다. 지수가 심상치 않음을 알아채고 자기 손을 잡고 문을 향해 뛰기 시작할 때까지도 은하는 메가데스는 보고 가야 하는데, 하고 물정 모르는 생각을 했다며 깔깔거리고 웃었다.

"그때 네가 내 손을 잡고 카운터 밑으로 뛰어들지 않았더라면 난 우왕좌왕하다 죽었을 거야. 너는 생명의 은인이야."

"맞아, 꼭 악몽 속으로 들어가는 것 같은 기분이 들더라. 아마 네 손을 잡고 있지 않았더라면 그렇게 오래 버티지 못했을 거야. 너랑 이야기를 나눠서 정신을 차릴 수 있었어."

"우리가 무슨 이야기를 했더라."

"노래를 불렀지. 그리고 함께 기도도 했어."

"우리는 종교도 없는데 어디에다 대고 기도를 했을까?"

"엔터 샌드맨 가사에 기도문 같은 게 있잖아. 기억 안 나? '하나님. 이제 잠자리에 드오니, 제 영혼을 지켜주시길 기도드립니다. 만약 깨어나기 전 제가 죽는다면 부디 이 영혼을 거두어주시옵소서.' 잠깐, 이걸 왜 내가 기억을 하고 있지?"

은하는 잠이 들었는지 대답이 없었다. 지수도 따가워지기 시작하는 눈을 꼭 감았다. 그들은 서로의 손을 꼭 잡은 채 사고 이후 처음으로 어둠 속에서 잠이 들었다. 그러나 그것도 잠시뿐이었다. 지수는 은하가 소리를 지르며 자신의 손을 마구 흔들어대는 것을 느꼈다.

"지수야, 일어나. 정신 차려야 돼."

눈을 떴을 때 지수의 눈앞에는 여전히 시커멓고 깊은 어둠이 놓여 있었고, 육중한 무언가가 납작 엎드린 그녀의 등을 무자비하게 짓누르고 있었다. 그녀의 몸은 녹아내릴 것처럼 뜨겁고 답답했다. 고개를 돌릴 수 없었지만 오른손이 배 밑에 깔려 있다는 것을 알 수 있었다. 그러나 은하의 손을 잡고 있던 왼손에는 아무 감각이 없어 도무지 어디로 뻗어 있는지 알 수 없었다. 사방에서 사람들의 웅성거리는 소리가 들리기 시작했다.

"김은하씨 거기 있어요? 살아 있어요? 조금만 버텨요. 소리라도 질러봐요."

지수는 안간힘을 써 대답을 하려 했지만, 꺽꺽거리는 소리만 겨우 낼 수 있을 뿐이었다. 지수의 감은 눈 속으로 빛이 쏟아져 들어왔고, 동시에 온몸을 누르던 육중한 무게감이 사라졌다. 지수는 금방 공중으로 날아오를 것 같았는데 왼손을 무언가가 꽉 잡고 있어 바닥에서 벗어날 수 없었다. 사람들은 지수를 꽉 잡고 놓지 않는 손 하나를 발견했다. 더이상 맥이 뛰지 않는 그 손목의 주인 위로 콘크리트 잔해가 켜켜이 쌓여 있어 지수를 구조해낼 수 없었다. 구조대원들은 지수에게 산소마스크를 씌우고 그 손을 떼어내려고 안간힘을 쓰다가 손가락을 다 부러뜨리고서야 겨우 분리해낼 수 있었다. 아름다운 만화를 그리게 되었을 은하의 손가락은 더이상 세상에 없었다.

4

사고 생존자는 지수와 지훈 둘뿐이었다. 그들은 병실에서 처음 서로의 얼굴을 보았다. 이틀 만에 구조된 지훈은 잔해 더미 속에서 자신과 이야기를 나누었던 여자아이의 이름과 학교를 이야기하며 그녀가 아직 살아 있음을 알렸다. 그러나 그 목소리가 어느 방향에서 들렸는지 분간을 못하고 엉뚱한 곳을 가리켜 구조하는 데 나흘이 더 걸렸다. 지수가 구조되었다는 이야기를 전해들은 지훈은 지수가 깨어나기만을 기다렸다.

"약속을 지킬 수 있어 다행이야. 내가 안지훈이야."

지수는 그의 목소리가 자신과 잠시 이야기를 나누었던 목소리라는 것을 기억하는 동시에 은하와 지냈던 긴 세월이 모두 땅속에 엎드린 채로 꾼 꿈이라는 사실을 깨달았다.

"나는 양지수. 그게 무슨 약속이었지?"

지훈은 눈이 휘둥그레지더니 침상에 붙어 있는 이름표를 확인하고는 물었다.

"김은하는 어디 있어?"

이름을 듣기가 무섭게 지수는 눈물을 뚝뚝 흘렸고, 지훈도 소리 없이 울었다.

뜨거운 어둠 속에서 지훈이 정신을 차리고 소리를 질렀을 때 돌아오는 소리들은 도무지 알아들을 수 없는 비명들이었다. 그 소리들은 서서히 사라지고 아주 가까운 곳에서 들려오는 단 한명의 목소리만 남았다. 지훈은 '김은하'라고 하는 목소리와 통성명을 했다. 그곳에서 죽을 게 분명하다고 생각했던 지훈과는 달리 '김은하'는 당연히 구출될 것이라고 믿었다. '김은하'는 멀리서 자신들을 구하러 온 구조대의 소리가 들린다고 했는데, 지훈의 귀에는 '김은하'의 목소리와 이명만 들릴 뿐이었다. 지훈은 숨을 쉴 때마다 가슴이 찢어지는 듯한 고통을 느꼈고, 자신이 얼마 버티지 못할 것 같다는 생각이 들었다. '김은하'는 잠이 오기 시작하는 지훈에게 노래를 부르자고 했다. '김은하'는 갑자기 '엔터 샌드맨'의 도입부 기타 리프를 '딩 딩딩딩 딩-' 하고 부르기 시작했다. 지훈도 처음에는 드럼 프레이즈를 '툭툭툭툭' 하고 장난스럽게 시작했지만 이내 진지해져서 끝까지 진지하게 불렀다. 둘은 중간에 삽입된 기도까지 다 외우고 있는 서로를 확인하고 너도 공부와는 담을 쌓았겠구나 하며 웃었다. 둘은 입으로 불러 외웠던 기도문을 한줄씩 해석하다가, 이곳에 매몰되기 전에 그 노래를 듣게 되어 종교가 없는 자신들이 기도라도 할 수 있게 되었다며 다행이라고 했다. 둘은 구출되지 못하더라도 간절한 기도 덕분에 신이 영혼을 거둬가줄 거라는 데 동의했다. 그래도 혹시 먼저 구출되는 사람이 있다면 남은 사람을 꼭 구해내기로 약속했다. 밖으로 나가면 제일 먼저 하고 싶은 것에 대해 이야기하던 중 '김은하'가 사라졌다. 볼륨을 줄이듯 서서히가 아니라 스위치로 전원을 꺼버린 것처럼 갑자기 사라졌다. 그녀의 이름을 소리쳐 불렀지만 아무 대답도 들려오지 않았다. 지훈은 정적 속에서 홀로 버티며 자신은 다른 고통이 아니라 외로움 때문에 죽게 될 거라고 생각했다. 시간이 흐른 뒤 그 방향에서 아프다고 외치는 여자아이의 비명이 들려오자 그는 반가운 나머지 흐느꼈다. 다시 들려온 것은 '김은하'가 아닌 지수의 목소리였지만 그는 고통 때문에 목소리가 조금 변했을 뿐 사라지기 전과 같은 목소리라고 생각해 다시 이름을 묻지 않았다. 다시 돌아온 목소리와 함께 '엔터 샌드맨'을 불렀고, 그 목소리 또한 가사를 모두 알고 있었기에 다른 사람일 거라고 상상하지 못했다. 지훈은 '김은하'를 구하지 못했다는 자책감에 눈물이 멈추지 않았다.

"미안해. 약속을 못 지켜서."

"은하는 살아 있어. 내 친구라서 잘 알아. 여기는 아니지만 하여튼 살아 있어."

지수의 말을 들은 지훈은 그곳이 어디인지 알면 당장 달려갈 기세였다. 그러나 지수에게서 은하와 함께했던 시간에 대한 이야기를 들은 지훈은 지수의 손을 꼭 잡고 안쓰러운 눈으로 바라보았다. 지수는 은하와 십여년 함께 지냈던 꿈속의 시간이 현실 같았고, 자신만 살아남은 이 시간은 악몽 같았다. 세상의 겉모습은 그대로인 것처럼 보였지만 사실은 현실을 그대로 복제해놓은 모조품이라는 생각이 들었다. 그도 그럴 것이 부모도 언니도 미묘하게 달라졌다. 대하는 태도는 비슷했지만 뉘앙스가 달라진 것을 지수는 느낄 수 있었다. 언제나 지수를 지지해주었던 부모는 그녀를 경멸했고, 지수를 누구보다도 깊이 이해해주었던 언니는 그녀를 한심하게 생각했다. 지수는 어차피 깨어나면 모두 사라질 헛된 것들이라 생각했기에 그들이 어떻건 상관없다고 생각했다. 지수는 이 나쁜 꿈에서 깨어나기 위해 깊이 잠들었다가 깨어나고 싶었지만, 잠이 살짝 들기라도 하면 묵직한 덩어리가 등을 내리눌렀고 무언가가 왼팔을 아프게 잡아당겨 금세 깨어나곤 했다. 극심한 불면을 얻은 지수는 은하와 함께 지내던 일들을 밤마다 기억해 써내려갔다. 그 삶은 십년에 육박하는 세월이었기에 모두 기억할 수가 없었으나 어렴풋이 떠올리는 것만으로 행복한 기분이 들었다.

글을 쓰고 있으면 집 앞으로 지훈이 찾아왔다. 그 역시 잠을 통 못자는데다 밤이면 방에 혼자 있는 것마저 힘들어 밖으로 나가곤 했다. 지수는 그와 함께 매일 밤길을 산책했는데 그것이 유일한 외출이었다. 그들은 가로등이 환하게 켜진 대로변을 해가 뜰 때까지 걸으면서 이야기했다. 자신들이 좋아했지만 이제는 하지 않는 것들과 별것 아닌 비밀에 대해 이야기하곤 했다. 지훈은 아버지와 한증막에 가는 것을 좋아했지만 더이상은 하지 않았고, 시끄러운 음악을 듣지 않게 되었다. 특히 메탈리카의 '엔터 샌드맨'은 사고의 배경 음악 같아서 듣지 않는다고 하며 웃었다. '김은하'와 불렀던 '엔터 샌드맨'과 그녀를 구해내지 못한 것에 대한 죄책감에 대해서는 말하지 않았다. 지수는 늘 무언가를 열심히 했지만 이제는 아무것도 하지 않는다고 했다. 이 세계는 자신이 꾸는 악몽의 세계이므로, 곧 깨어나 은하를 만날 거라는 생각을 여전히 하고 있다고 지훈에게 고백했다. 그렇게 말하면서 지수는 '너도 헛거야'라고 말하는 것 같아 지훈에게 미안한 기분이 들었다.

아무리 생각해봐도 지수는 자신이 살고 있는 곳이 진짜 세계 같지가 않았다. 이곳에서는 믿을 수 없는 사고가 너무 자주 일어났다. 무너질 수 있는 것들은 모두 무너져 내렸고, 폭발하거나 뒤집히고 추락하는 일들이 반복되었다. 거대한 백화점이 무너져 수많은 사람이 매몰되었다는 뉴스를 접했을 때 지수는 이런 세계가 현실일 리 없으며 자신이 자각몽 안에 있다는 것을 확신했다. 이 세계는 자신이 경험했던 무너지는 건물의 이미지가 만들어낸 가짜 세계이고 꿈에서 깨어나면 사라질 거라는 이상한 결론에 도달했다. 여기서 깨어날 방법을 도무지 찾을 수 없었지만 해볼 수 있는 것은 다 해보고 싶었다. 은하와 함께 있던 그 밤처럼 어둠 속에서 깊은 잠에 빠지면 다시 그곳으로 돌아갈 수 있을 것 같았다. 지수는 그 밤 찾아오지 않는 지훈의 호출기에 번호를 남겼다. 982(음성메시지가 없던 시절에 쓰던 '굿바이'라는 의미의 숫자 용어). 통화라도 하고 싶었는데, 그에게서는 아무 연락이 없었다. 이 꿈에서 깨면 그가 없는 세계로 갈 것이기에 마지막 인사라도 하고 떠나고 싶었다. 지수는 병원에서 처방해주었지만 효과가 없어서 먹지 않고 남겨둔 수면제를 먹었고 한번도 꺼보지 않은 전등을 껐다. 몸은 물에 젖은 솜처럼 늘어지는데 정신은 점점 말똥해졌다. 약을 조금씩 더 먹어봐도 잠은 오지 않고 감각만 예민해져 온갖 소리를 다 들을 수 있었다. 거실 건너편에서 들려오는 부모님의 이야기 소리, 옆집 아이의 노래 소리, 멀리 지하철이 지나는 소리, 앰뷸런스가 달려가는 소리, 사고 현장의 비명과 굉음, 구조대원들의 긴박한 목소리, 그 모든 것들이

귓속으로 빨려 들어와 머리가 부풀어오르는 것 같았다. 지수는 그렇게 견디다가 머리가 터지기라도 하면 여기서 깨어날 수 있을 것 같았다. 그러나 그 소음들 가운데서 '엔터 샌드맨'의 전주를 찾아낸 그녀는 천장이 무너져 내리는 환영과 잔해에 깔리는 환각에 사로잡혀 자신도 모르게 소리를 질러댔다. 비명을 지르며 창틀 위로 올라서고 있는 그녀를 본 부모는 병원에 입원시키는 것이 딸을 살리는 일이라고 생각했다. 그녀가 죽으려고 한 것이 아니라고 설명했으나 아무도 믿지 않았다.

그가 면회 오기만을 기다리던 지수는 편지를 받았다. 현장에서 구조를 돕고 있어 자리를 비우기 힘들다며, 찾아올 때까지 잘 지내고 있으라는 편지였다. 그리고 마지막에 어쩌면 굳이 편지를 보낸 이유였을지 모르는 한 문장이 쓰여 있었다. '이게 현실이야.' 봉투 속에는 사고 현장을 찍은 여러장의 사진이 동봉되어 있었다. 지수는 그 끔찍한 폐허 속에 자신이 있었다는 사실과 몸으로 경험했던 고통과 공포가 여전히 생생히 살아 있는 것을 보며 어쩌면 이 세상이 가짜가 아닐 수도 있다고 생각했다.

퇴원을 하고 이 세계의 시민으로 살아가는 동안 입에 담을 수 없는 끔찍한 참사가 여러번 일어났다. 그때마다 지훈은 현장으로 달려가 구조 활동을 도왔고, 지수에게 사진과 동영상을 보내왔다. 사진과 동영상은 우편에서 이메일로, 휴대폰으로, 점점 진화된 형태로 전송되었다. 그것들은 지수에게 그런 고통이 실재했고, 이 세계가 명백한 현실이라는 것을 상기시켰다. 매번 현재화되어 생생하게 살아 올라오는 부정적인 감정과 감각들은 역설적으로 그녀가 이 삶을 긍정하도록 만들었다. 생활의 변화 역시 이 삶이 꿈이 아니라는 것을 오랫동안 지치지 않고 증명해주었다. 지수는 은하와 함께했던 삶에서는 본 적 없는 것들을 종종 목격하게 되었다. 1998년 히데가 죽고 엑스재팬이 해체됐다. 1999년에는 종말론자들의 집단 자살 소동이 일어났다. 음악 감상실이 폐장되고, 인터넷에서 언제든지 보고 싶은 비디오를 찾아 볼 수 있게 되었다. 지수는 죽은 히데의 뮤직비디오를 보았고 뚱뚱한 중년이 된 액슬 로즈와 머리카락을 짧게 자른 메탈리카 멤버들의 인터뷰를 보았다. 서른살이 되기도 전에 만화 잡지가 폐간되고 웹툰이 등장했다. 은하의 작품이 연재되던 잡지들은 모두 세상에서 사라진 것들이었다. 지수는 은하와 함께했던 삶이 어린 시절 자신이 아는 것들을 조합해 만든 꿈이었다는 것을 인정할 수밖에 없었다. 이 삶에서 벗어날 수 없고, 은하가 죽었다는 것을 이미 알고 있었으나, '어쩌면 그게 아닐지도 모른다'는 실낱 같은 희망은 쉽사리 버려지지 않았다.

그런 세월을 지내고 나니 지수는 모든 것이 자신이 겪은 일들이 아니라 마치 3인칭의 시선으로 지켜본 사건처럼 기억되었다. 꿈꾸었던 것과 실제 겪은 것이 모두 뒤죽박죽 섞여 있었는데, 자신이 일하면서 지어낸 무서운 이야기만큼도 실감이 나지 않아 어느 것도 실제로 일어난 일이라고 믿기 어려웠다. 그것은 뮤직 스테이션이 서 있던 장소를 지나갈 때 느꼈던 감정과 아주 유사했다. 건물이 있던 자리는 원래 아무것도 없었던 것처럼 넓은 길이 되어 있었다. 모든 것을 덮어버린 콘크리트 포장도로 위로 사람들이 평온하게 지나다니고 있었다. 꿈같이 기이한 풍경이었다.

5

지수는 '샌드맨'이 지훈이라는 것을 확신했다. 사고 현장에서 일어난 일을 자세히 알고 있고, 영화감독 지망생이었던 사람이 그 말고 있을 리가 없었다. 살아남은 것은 둘뿐이니 당연한 일이었다. '엔터 샌드맨'을 들을 수 없게 된 둘은 하필 그 시간에 그 음악을 틀어 모두를 영원한 잠에 빠지게 만든 디제이를 원망했다. 둘은 엉뚱하게도 극심한 불면의 원인을 거기서 찾았다. '샌드맨이 못 들어오는데 어떻게 잠을 자겠어. 그놈도 그때 죽은 게 분명해.' 돌팔이 점쟁이처럼 말하는 지수의 말은 농담이라기엔 함량 미달이었고, 진담이라기엔 지나쳤다. 그러다가, 구조된 것이 둘뿐인데 그걸 농담이라고 하고 앉아 있는 자신들의 행동이 부끄럽고 죄스러워 입을 다물었다. 어색한 침묵을 깨고 지훈이 말했다. '내가 너의 샌드맨이 되어줄게.' 평소라면 입에 담기 부끄러운 문장이었겠지만, 그 순간 그 장소에서 청혼 멘트로는 적절했던 것인지 지수는 장난으로 받지 않고 말 그대로를 받아들였다. 두 사람 모두 누가 누구를 구제할 수 없을 정도로 엉망이었으나 지훈 쪽이 조금 더 나았고, 둘이 함께 밤거리를 산책할 수 있다면 평생 같이 살아도 좋을 것 같아 지수는 결혼을 결심했다. 그러나 함께 살면서 알게 된 것은 서로가 고통을 공유할 수 있는 유일한 사람인 동시에 그 사고를 잊지 못하게 하는 존재라는 사실이었다. 그들은 지수가 직장을 퇴직하고 결혼해 딱 십년을 함께 살고 헤어졌다.

그들이 헤어진 것이 처음은 아니었다. 열아홉살에 만난 그들은 결혼을 한 스물일곱살까지 여러번 헤어졌다가 다시 만나곤 했다. 결혼하기 전 둘은 연인이 아니었으므로 헤어졌다고 할 것도 없었다. 한동안 연락을 하지 않은 것도, 다시 연락을 한 것도 지훈이었다. 길면 일년, 짧으면 한달도 되지 않아 지훈은 다시 지수의 집 앞으로 찾아왔다. 지훈의 연락처가 집 전화에서 호출기로, 휴대폰으로 바뀌는 동안 지수는 한 자리에 그대로 있었다. 지수는 이혼도 어쩌면 그때와 다를 바 없을 거라고, 그가 다시 돌아올지도 모른다고 생각하며 둘이 함께 살던 집에서 평소처럼 지냈다. 그러나 그는 다시 돌아오지 않았고 연락도 하지 않았다.

지수는 홈페이지에 그가 방문할 거라고 생각해본 적이 없었기에 적잖이 당황했다. 지훈은 지수의 홈페이지를 말도 안 되는 가짜 이야기를 모아둔 쓰레기장 같은 사이트라고 하며 노골적으로 싫어했다. 그는 지수의 일상을 장악해버린 그 가짜 세계가 위험할 뿐 아니라 언젠가는 지수가 그쪽으로 완전히 도피해버릴지 모른다고 생각했다. 그는 싸워서라도 그녀를 끌어내고 싶었기에 그곳에 흠집을 내야 했다. '진짜 무서운 건 저런 가짜 이야기가 아니라 우리가 단둘이 살아남아서 여전히 그날 속에 있는 거잖아.' 지수는 화내지 않고 그가 그렇게 생각하는 것도 당연하다며 고개를 끄덕거렸다. 지훈은 그녀의 관대함을 자신에 대한 사랑으로 받아들였으나 사실 지수는 그가 어떻게 말하건 간에 신경쓰지 않았고 다툼으로 인해 시간을 빼앗기고 자신의 마음이 불편해지는 것이 싫었을 뿐이다. 지수의 유일한 관심사는 '굿바이 샌드맨'이었다. 얼굴도 모르는 사람들의 거짓일지도 모르는 이야기들이, 자신이 지어내는 이야기가, 또 그것에 줄줄이 달리는 댓글이 그녀의 공포와 외로움을 덜어가주었다. '굿바이 샌드맨'의 관리자인 그녀에게 불면은 장애가 아니라 초능력이었다. 지수는 밤 산책을 나가자는 지훈에게 말했다.

"나를 돌보지 않아도 돼. 불면과 공포는 이제 스스로 감당할 수 있을 정도로 괜찮아졌어."

"괜찮아졌다니 기쁘다."

지훈은 그다지 기뻐 보이지 않았고 버림받은 사람처럼 쓸쓸한 표정을 지었지만 지수는 깊이 생각하지 않았다. 지수는 지훈이 언제 나가는지, 무엇을 먹고 입고 다니는지 전혀 신경쓰지 않았고 그가 집에 들어오지 않아도, 한참 후 거지꼴로 돌아와도 아무 말 하지 않았다. 그럴 이유가 있을 거라고 생각했고, 그에 대해 깊이 알게 되어 골치 아파지는 것이 싫었다.

지훈이 헤어지자고 했을 때에도 지수는 그날이 올 줄 알았다는 듯 고개를 끄덕였을 뿐 이유를 묻지 않았다. 지수는 그동안 곁에 있어주었던 그에게 고마움을 느꼈고 오래전 은하와 헤어졌을 때처럼 모든 일에는 끝이 있기 마련이라는 생각을 했다. 지수는 겨우 이제 괜찮아지기 시작했으나 그는 오래전부터 괜찮아 보였고, 자신보다 나은 사람이라고 생각했기에 헤어지고 나면 그가 더 잘 살 수 있을 거라고 생각했다. 그러나 솔직히 말하자면 미안하게도, 그가 홈페이지에서 이야기를 나누고 있는 사람들처럼 많은 이야기를 가진, 살아 있는 사람이라는 생각이 들지 않았고, 곁에 있으나 없으나 마찬가지였으므로 어찌 되든 상관없었던 것이다.

지수는 지훈이 언젠가 그 모든 참사의 진짜 범인이 자신이라고 이야기했던 것을 이제야 기억했다. 그는 다리를 지나가다가 교각 이음새의 철판을 떼어버린 적이 있다든가, 백화점 옥상에서 겅중거리고 뛰어다니다가 바닥에 금이 가게 만든 적이 있다든가, 외가가 있는 광역시의 지하철을 탔다가 누군가에게 라이터를 건네주었다거나 하는 것이 자신이 범인인 이유라고 했다. 그래서 그는 한 사람 정도는 자기 손으로 살려야 하는 게 마땅하다고 했다. 그녀는 얼마나 괜찮아져야 이런 이야기를 할 수 있을까, 과연 자신에게 그런 날이 올까 하는 생각과 지훈은 이미 그날에서 벗어나고 있구나 하는 생각에 휩싸여 쓸쓸해지곤 했다. 어디선가 사고가 날 때마다 그는 현장으로 달려가곤 했기에 누군가를 살리겠다는 염원을 이루지 않았을까 싶었는데, 게시판에 올라온 글을 보면 그렇게 하지는 못했던 것 같았다. 지수는 지훈이 건물 붕괴 사고가 자신의 부주의 때문에 일어난 것이라며 미안하다고 말했던 것은 기억하지 못했다. 그를 사로잡고 있던 그 말은, 말도 안 되는 농담들 속에 숨겨져 있었기에 지수는 대수롭지 않게 넘겨버렸다.

지수는 그가 댓글을 기대하고 있을까 싶어 어떻게 해야 할지 고민했다. 사이트의 성격에 맞지 않는다는 공지를 올리고 글을 지워버리려다 다시 읽어보았다. 지수는 그가 자신에게 사인을 보내는 것이 분명하다고 생각했다. 죽고 싶지 않다고, 자기를 좀 잡아달라고, 자신이 지훈의 호출기에 982를 보냈을 때와 같은 마음을 행간에서 읽었다. 그리고 그 안에서 더 강렬한 메시지를 찾아냈다. 아내와 자식을 잃은 그는 다시 제자리로 돌아오고 싶다고 간절하게 사인을 보내는 듯했다. 지수는 이제 와 그가 죽는다고 해도 마음속에서 이미 죽은 사람이나 마찬가지였기에 아무 상관이 없을 것 같았으나 그에게 목숨을 빚졌으므로 외면해서는 안 된다고 생각했다. 고민 끝에 그에게 메일을 보냈다.

〈어찌 됐든 당신은 나를 살렸어. 내가 살아 있는 한 그 사실은 변하지 않아. 당신이 죽는다고 변하는 것은 없으니까 너무 자책하지 마. 그동안 당신이 어떻게 지냈는지 모르고 궁금하지도 않아. 다만 그 불행한 일들에 대해서는 위로의 마음을 보낼게. 시간이 지나면 다 잊을 수 있을 거야. 내가 다른 것은 해줄 수 없지만 밤 산책은 함께할게. 외로워지면 우리가 살던 집으로 언제든 찾아와.〉

이제 메일을 훔쳐볼 아내가 없으니 조심해서 보낼 필요가 없었고, 딱히 숨겨야 할 마음 같은 것도 없었다.

그가 떠나고 두달 정도 지난 뒤 그에게 전화를 건 적이 있었다. 그의 전화번호는 없는 번호였고 직장도 그만두었다고 했다. 그녀가 아는 연락처는 이메일뿐이라 간단하게 메일을 썼다. 〈바뀐 전화번호를 알려줘. 아니면 전화해줘.〉 단 한줄이었다. 통화가 되면 이제 돌아오라고 할 생각이었다. 하루도 지나지 않아 사진이 첨부된 답장이 왔다. 100이라고 쓰인 떡케이크 뒤편에 머리카락이 없는 아기를 안은 지훈과 젊은 여자가 함께 앉아 웃고 있는 사진이었다. 〈남편에게 연락하지 말아주세요. 저희에겐 아들이 있어요.〉 사진과 두줄의 문장이 지수가 다른 곳에 정신을 팔고 있던 사이에 일어난 모든 일들을 요약해주고 있었다.

사진 속의 여자는 지수도 몇번 만났던 이빛나라는 여자였다. 그녀는 신입 보조작가였는데 회사와 지수의 집 사이에 산다는 핑계로 지훈의 차를 자주 얻어 탔다. 지수는 지훈의 승용차 보조석에 앉아 있던 그녀를 처음 보았다. 그녀는 눈을 마주치고 웃으며 인사만 할 뿐, 뒷자리로 옮겨 앉을 생각을 하지 않았다. 지수는 어린애에게 예절까지 가르치는 것이 귀찮아져 아무 말 않고 뒷자리에 앉았다. 빛나는 지수를 아랑곳하지 않고 지훈에게 아무것도 모르는 철부지처럼 굴며 지수와 띠동갑이라는 것이 신기한 일인 양 떠들어댔다. 지훈의 입에서 '아무것도 모르는 순진한 빛나, 불쌍한 빛나'라는 말이 나왔을 때 지수는 피식 웃고 지나갈 것이 아니라 둘의 관계를 눈치채고 사납게 굴었어야 했던 게 아닐까 하고 후회했다. 뒤늦게 배신감과 분노로 널뛰는 마음을 어찌할 바 몰라 지수는 다시 밤거리를 걸어다녔다. 결혼 전에 그와 함께 걸었고, 결혼 후에 그가 혼자 걸었을 그 길은 지수에게 아무런 감흥을 주지 않았다. 그 길이 품고 있는 세월, 그곳에서 둘이 끊임없이 나눈 이야기, 그 모든 것들이 훨씬 오래전부터 별 의미가 없었던 것임을 깨달았다. 그리고 부부에게 일어난 아침드라마 같은 그 일이 둘이 멀어지게 된 이유가 아니라, 최악이긴 하나 가장 도달하기 쉬운 결과였다는 것을 깨달았다. 그녀가 수십번도 더 바라본 사진 속 그의 얼굴이 그를 알게 된 이래로 가장 행복해 보여서, 아기의 얼굴이 그와 너무 닮아 있어서, 자신과는 그런 행복을 함께 가질 수 없다는 것을 알고 있었으므로, 지수는 그를 자신의 삶에서 완전히 떼어냈다. 오랫동안 지니고 있어 도무지 크기를 알 수 없었던 이상한 미안함이 겨우 떨어져나간 뒤에야 지수는 미안함이 그에게 향하던 가장 큰 인간적인 감정이었다는 것을 알았다. 지수는 가끔 그가 다시 돌아오지 않는다는 것을 상기했으나 그것은 그에 대한 미련이 아니라 그와 함께 보낸 청춘에 대한 아쉬움이었다. 그런 마음 또한 담담하게 받아들여야 한다고 생각했다. 은하가 없는 삶이 아무렇지 않아진 것처럼 머지않아 지훈이 없는 삶도 아무렇지 않아지리라 믿었다. 정말 그랬다. 그렇게 되기까지 은하의 부재를 인정하는 것보다 훨씬 짧은 시간이 걸렸다.

6

메일을 보낸 다음 날 밤, 현관벨이 울렸다. 찾아올 사람이 아무도 없었기에 인터폰을 받으러 가지 않았다. 가족들이 집에 찾아올리는 없었고, 연락하는 친구도 없었다. 혹시 사이비 종교인들의 포교활동인가 싶어 아무런 응답을 하지 않았다. 벨소리는 몇번 더 울리다가 그쳤다. 시간이 한참 지난 뒤에야 지수는 지훈이 아니었을까 하는 생각에 메일함을 열어보았다. 그는 아직 그녀의 메일을 확인하지 않은 상태였다. 그녀는 그가 아무 연락도 없이 불쑥 찾아올 만큼 뻔뻔한 사람은 아니라고 생각했다. 지수는 그가 이미 죽어 메일을 확인하지 못하는 것은 아닌지 아주 잠깐 걱정을 했으나, 결국 자기가 보낸 메일이 그의 결정에 어떤 영향도 미치지 못할 것이라는 것을 깨달았다. 전화라도 하고 싶었지만 번호를 몰랐고, 어디에 사는지 알 수 없어 찾아가볼 수도 없는 관계였으므로 자기가 무언가를 할 수 있을 거라고 생각하지 않았다. 다음 날 다시 벨이 울렸을 때 지수는 얼른 인터폰을 켰다. 불이 환하게 들어온 화상 인터폰 화면에는 아무도 보이지 않았고 누구냐고 묻는 소리에 답하는 사람도 없었다. 문을 열어봐도 밖에는 아무도 없었다. 며칠 동안 그런 일이 지속되었다. 엘리베이터가 올라오는 소리가 들리지 않았는데도 벨이 울렸고, 누군지 묻는 말에 아무도 답하지 않은 채 벨만 울려댔다. 지수는 이상한 기분이 들어 인터폰의 전원을 꺼버렸다. 그리고 며칠 뒤 그가 메일을 읽었다는 것을 확인하고 조금 마음을 놓았다. 자신이 그를 위해 할 수 있는 것은 그것이 다이고 그가 만약 죽기를 결심한다면 자신을 한번쯤은 보러 올 거라고 생각했다.

며칠 조용하다 싶더니 다시 누군가가 찾아왔다. 벨이 눌러지지 않아 화가 난 건지 아주 신경질적으로 문을 두드려댔다. 지수는 인터폰 전원 스위치를 누르고 화면을 켰다. 밝아오는 화면 안에는 퉁퉁 붓고 푸석한 여자의 얼굴이 한가득 들어 있었다. 누구인지 몰라 한참을 생각하다가 죽었다는 지훈의 아내인 빛나라는 것을 깨닫는 순간 화면을 끄려 했지만 덜덜 떨리는 손은 자꾸 엉뚱한 버튼을 눌러댔다. 팔년 전 보았던 빛나는 이름처럼 반짝반짝 빛났지만 지금은 이름이 무색하게 어두운 표정이 되어 있었고, 피부는 흑백 화면으로도 표시가 날 정도로 얼룩덜룩했다. '굿바이 샌드맨'을 운영하면서 온갖 무서운 이야기를 다 읽어봤지만 죽은 사람의 얼굴을 마주한 일은 처음이었다. 죽은 아내가 남편의 메일을 타고 찾아오는 것은 상상도 못한 일이었다. 빛나는 계속 문을 두드리고 벨을 누르는 것도 모자라 문을 열라고 소리쳤다. 아파트 전체에 소리가 쩌렁쩌렁 울리자 앞집 노파가 밖으로 나와 왜 그러냐고 빛나에게 물었다. 지수는 인터폰 마이크에 대고 말했다.

"할머니도 보이세요?"

할머니는 얼빠진 표정으로 빛나를 한번 쳐다보더니 지수가 들으라는 듯 말했다.

"안에 사람 있었네. 얼른 열어봐요. 무슨 일인지 모르겠지만서도 찾아온 사람한테 그러는 거 아뉴. 난 또 새댁네가 이사 갔는 줄 알았네. 자 열어요. 어서."

지수는 오지랖 넓은 할머니 때문에 얼떨결에 문을 열었다. 빛나의 머리카락은 반백이었고, 자그마한 몸은 눈 뜨고 못 볼 정도로 말라 비틀어져 포대자루를 뒤집어쓴 것처럼 보였다. 지수가 들어오라고 하면서 슬쩍 잡아끌자 빛나는 힘없이 딸려 들어왔다. 빛나를 집으로 들이는 것을 보고 나서야 이웃 노파는 체머리를 흔들며 자기 집 현관을 닫았다. 빛나는 인사도 생략한 채, 다짜고짜 물었다.

"그 사람을 다시 만난 적이 있지요?"

그녀의 행동은 마치 남편과 외도를 한 상대 여자를 추궁하는 것 같았다. 너무 황당한 상황이라 지수는 그녀가 진짜 사람이 맞는지 의심이 갔다. 그녀가 이토록 생생하게 살아 움직이고 있는데 그는 왜 아내와 자식이 죽었다고 이야기했던 것인지 어이가 없었다. 지수는 할 말이 없어 입을 다물고 있었다.

"이제 와서 그런 메일은 왜 보냈어요? 왜?"

지수는 자신도 그렇게 추궁했어야 했던 걸까 생각했다. 역전된 이 상황에 피식 웃음이 났다.

"웃겨? 남편 죽고 과부된 게 고소해? 어린애랑 둘이 남아 고생하니까 좋아 죽겠지?"

지수는 그가 죽었다는 말이 믿어지지 않아서 아무 말도 할 수 없었다. 누가 죽었으며 누가 살아 있는 것일까, 이런 이야기를 게시판에서 읽어본 것도 같은데 그것 때문에 꾸는 꿈일까? 지수는 빛나에게 무슨 말을 하는 건지 물어보고 싶었다. 당신이 죽은 거 아니었나요? 혹은 그가 죽었어요? 아니면 나는 살아 있는 게 맞나요? 이 모든 게 꿈인가요? 어떤 질문도 이상해서 입을 벌릴 수가 없었다. 지수의 침묵을 견디지 못한 빛나는 주먹으로 제 가슴을 두드리다가 펄펄 뛰며 악을 썼다.

"무슨 말이라도 해봐. 당신은 그 사람이 왜 죽었는지 알고 있는 거지? 난 전혀 모른다고. 메일에 쓴 이야기는 다 뭐야? 자책이 뭐고, 불행한 일들이 뭐냐고. 대체 그게 뭐냐고."

그녀의 눈은 곧 튀어나올 것처럼 충혈되었지만 눈물은 흐르지 않았다. 지수는 그녀를 바닥에 앉히고 물을 한잔 따라주었다. 지수는 묻고 싶은 말이 많았지만 차마 입이 떨어지지 않았다. 물을 마시고 잠시 멍하게 앉아 있던 빛나는 한풀 꺾인 목소리로 말했다.

"언니가 그러는 거 이해해요. 먼저 사과를 했어야 하는 것, 저도 알아요. 그래서 여기만은 오지 않으려고 했어요. 하지만 정말 모르겠는데 물어볼 데도 없어요. 전날까지도 멀쩡하던 사람이 죽었어요. 우리는 늘 운이 좋았어요. 언니한테는 미안하지만, 쉽게 아들도 얻었고 사업도 아주 잘됐고, 정말 좋지 않은 일은 하나도 없었어요. 두달 전, 그러니까 그 사람이 그렇게 되기 일주일쯤 전에 아들이 강에서 익사할 뻔했다가 살아났을 때만 해도 저는 우리 가족을 지켜주는 신이 있다고 생각했어요. 그런데, 왜 이런 일이 일어났을까요. 아이 보는 데 소홀했던 제가 미웠던 걸까요? 말도 안 되는 걸 알지만 그런 생각을 할 수밖에 없는 상황이잖아요. 아이가 죽거나 다친 것도 아니고, 강에 뛰어들어 아이를 구해낸 것도 저였어요. 자기는 발만 동동 굴러놓고서 나한테 왜 이런 걸까요. 저는 그에 대해 정말 아무것도 몰라요."

"헤어지고 연락한 적 없어요. 그 메일은 제가 뭔가 오해를 해서 보낸 거예요. 난 그 사람이 죽은 줄도 몰랐어요. 나도 그 사람에 대해 아는 게 없어요. 하지만 이 모든 게 당신 때문에 일어난 일은 아닐 거예요. 미안해요."

지수는 4976번 글에 대해 이야기할까 잠시 고민하다가 그녀에게 아무 도움이 되지 않을 것 같아 말하지 않았다. 빛나는 지수에게 무슨 말이라도 좋으니 그에 대해 말해달라고 했으나, 지수는 입을 다문 채 지훈의 얼굴을 떠올릴 뿐이었다. 빛나는 원하는 대답을 전혀 듣지 못한 채 돌아가며 지수가 이런 식으로 자신에게 복수하고 있는 것 같다는 생각을 했다.

지수는 그녀가 돌아가고도 한참을 멍하게 앉아 있었다. 그가 어떻게 죽었는지 어디에 묻혔는지, 기일은 언제인지 그런 것들을 물어봤어야 했다고 후회했다. 그가 세상을 떠난 지 두달이 채 되지 않았다는 이야기에 이상한 기분이 들어 홈페이지를 확인했다. 샌드맨의 글이 처음 올라왔던 날도 이미 그가 세상을 떠난 지 한달도 더 지난 뒤였다. 지수는 모든 것이 여전히 현실 같지가 않아서 자신의 뺨을 쳐보았다. 아프게 느껴지는 감각조차 헛것일지 모른다는 생각이 들었다. 그냥 있을 수가 없어 밖으로 나가 무작정 걸었다. 그와 함께 걷던 길을 걸으며 오랜 세월 함께 나눴던 이야기들을 떠올렸다. 아무것도 하지 못하고 발을 동동 굴렀을 그의 마음, 잠을 이루지 못하고 길을 서성거렸던 두 마음, 도무지 어떤 것도 실감할 수 없었던 자신의 마음을 생각했다. 그런 날이 정말 있었는지, 그가 정말 있었던 게 맞는지 믿을 수가 없었다. 이 모든 것이 잔해 더미 속에 엎드린 채로 꾸는 꿈이 아닐까, 은하도 지훈도 둘과 함께 있던 세계도 모두 헛것 아니었나 하는 생각에 혼란스러웠다. 지수는 자신의 뺨에 와 닿던 지훈의 솜털과 한참 만에 돌아온 지훈의 땀 냄새, 둘이 함께 나누던 사소한 농담, 둘이 먹던 형편없는 식사, 둘이 앉아서 졸곤 했던 낡은 가죽소파, 그가 좋아했던 부드러운 무릎 담요를 떠올렸다. 그것은 그녀가 유일하게 속해 있던 아주 사소하고 구체적인 세계였다. 지수는 그 세계가 정말 있었다는 것을 깨달은 동시에 영원히 잃어버렸다. 그에게 한번도 하지 못했던 말, 살아 있는 건 네 덕분이라는 말을 뒤늦게라도 전하기 위해 집으로 발길을 돌렸다.

4976번 글에 댓글을 달기 위해 홈페이지에 접속하자 검은 바탕 화면에 '굿바이 샌드맨'이라는 하얀 글씨가 떠올랐다. 그것은 그에게 보내는 인사처럼 보였다. 지수는 가슴 깊숙한 곳에서 뾰족하게 돋아 올라 온몸으로 가지를 뻗어가다가 눈을 예리하게 뚫고 올라오는 통증을 느꼈다. 눈을 깜박이자 눈물은 나지 않고 모래 알갱이들이 서걱거리며 흘러내렸다. 그것은 사고 이후 처음 느낀 아주 명징하고 단단한 고통이었다.

꾸꾸루 삼촌

그가 들어왔을 때 내가 소스라치게 놀란 것은 겁쟁이라서가 아니고 잠가놓은 줄 알았던 문이 갑자기 열려서였다. 허리까지 오는 긴 머리카락을 늘어뜨리고 시커먼 가죽옷을 입은 사람이 노크도 없이 쑥 들어오는데 놀라지 않을 사람은 없을 것이다. 다섯시쯤 밴드 보컬 오디션을 보러 오겠다는 사람이 한시간이 지나도록 오지 않아 반쯤 포기한 채 졸고 있던 나는 문이 열림과 동시에 반사적으로 세대의 기타 중 무기가 될 만한 플라잉 브이를 골라 들고 공격자세를 취했다. 내가 생각해도 너무 어설퍼 곧 곤죽이 되도록 얻어맞게 될 것 같았다. 얼마 전 작업실 인근 다른 밴드의 연습실에 강도가 들어 혼자 있던 기타리스트를 폭행하고 악기와 장비를 모두 털어간 사건이 있었기에 긴장하고 있던 터였다. 기타리스트는 목숨을 겨우 부지할 정도로 맞아 고막이 터지고 눈이 멀어 더이상 음악은커녕 일상생활조차 제대로 할 수 없게 되었다. 범인이 아직 잡히지 않은데다 계속 근처 연습실이나 작업실에 비슷한 일들이 일어나고 있으니 문단속을 잘하라는 말을 한두번 들은 게 아니었다. 내가 이 덩치에 당할 것 같냐면서 신경쓰지 않는다고 허세를 부렸지만, 사실 가뜩이나 겁이 많은 나는 그때부터 강도에게 두들겨 맞는 악몽을 자주 꾸었다. 그 고통이 어찌나 생생하던지 꿈을 꾸고 난 뒤에는 꼼짝도 못할 정도로 몸이 아파 몸져눕곤 했다. 하나뿐인 현관문을 꼭 걸어 잠그고 지내며, 창문이 없는 지하에 살아 천만다행이라고 생각했다. 당연히 잠겨 있을 줄만 알았던 문이 벌컥 열린 순간, 내가 문을 마지막으로 언제 열었는지, 언제 잠갔는지 전혀 기억하지 못하고 있다는 것을 깨달았다. 밖이 보이지 않는 지하 작업실에 틀어박혀 있다보니 나도 모르게 시간의 흐름에서 약간 벗어나 있는 듯했다.

"철완이, 니가 돌부처였어?"

비음이 강하고 깊은 울림이 있는 목소리, 앞머리를 돌아 코로 빠져 나오는 목소리가 나를 불렀다. 놀란 마음에 차마 얼굴도 똑바로 보지 못했으나 그가 삼촌이라는 것을 단번에 알았다. 그 미끌미끌한 목소리로 '꾸꾸루 꾸꾸꾸' 하는 노래, 1970년대에 활동했다던 '세부엉'이라는 팀의 노래를 습관적으로 부르곤 해 '꾸꾸루 삼촌'이라 불렀던 내 하나뿐인 외삼촌. 태어나면서부터 들었던 삼촌의 목소리를 내가 알아듣지 못할 리가 없었다. 나는 시커먼 침입자가 강도가 아닌 삼촌이라는 사실에 잠시 안도했다가, 곧 더 무서워졌다. 가족 모두가 여러모로 수소문해봐도 생사조차 확인할 수 없었던 삼촌이 갑자기 나타나다니. 게다가 부모님도 모르는 내 작업실에, 삼촌이 떠난 뒤에 생긴 내 별명을 부르며 나타나다니. 어쩌면 삼촌도 그것들과 같은 존재일지도 모른다는 생각이 번쩍 들자 온몸의 털이 바짝 일어섰다.

불쑥 찾아와 자신의 불우와 불운을, 고독과 빈한함을 하소연하다가 흐느껴 울고는 볼일이 끝났다는 듯 덤덤한 얼굴로 쌩하게 돌아가는 그것들. 또다시 찾아와 똑같은 이야기와 울음을 반복했던 그것들. 그것들을 영혼이나 유령, 귀신으로 불러야 할지도 모르겠는데, 또 어쩌면 그런 게 아닐지도 모른다. 처음에 찾아온 그것이 사람인 척하고 소파에 척 앉았을 때, 난 정말 오디션을 보러 온 사람인 줄 알았다. 악기도 없이 몸만 온 그것이 노래도 하지 않고 제 이야기만 술술 풀어놓는데 나는 이상하다는 생각도 못하고 거기에 빠져 시간이 가는 줄도 몰랐다. 그것이 갑자기 아이처럼 울음을 터뜨리고 나서야 정신이 번쩍 들었다. 주위를 둘러싼 공기가 기묘하게 차가워져 있었고 시간의 흐름도 이상했다. 그것들이 나타나면 시간이 제멋대로 흘렀다. 시간이 많이 흘렀다 싶었는데 오분도 채 지나지 않았거나, 잠깐 지나갔나 싶었는데 서너시간이 훽 지나가 있었다. 이상하게 차갑고 비합리적이며 형용할 수 없이 무서운 시간이었다. 그것들의 이야기는 견딜 만했는데, 아니 재미있기까지 했는데, 그것들이 울기 시작하면 오줌을 지릴 만큼 무서웠다. 나는 울음소리가 듣기 싫어 되는대로 음악을 틀었는데, 울 만큼 울다가 그치고는 자신을 위로해주어 고맙다고 말하며 두 손으로 내 손을 꼭 잡았다. 그러고 나면 그것은 돌아가 다시 찾아오지 않았다. 나는 나름의 퇴치법을 알게 되어 기뻤으나 하나가 가니 다른 것이 또 찾아왔다. 그것들이 왜 나에게 붙었는지 알 수 없었지만 어쨌건 오는 족족 음악을 틀어 그것들을 돌려보냈다. 이렇게 말하니 내가 대단히 대담한 퇴마사라도 된 것 같지만, 정말 무서워서 죽을 지경이었다. 무서운 걸로 따지면 강도가 더하지만 이건 성격이 조금 달랐다. 그것들에게서 온 모든 이야기들은 마치 내게 이식된 것처럼 생생하게 느껴졌는데, 인생의 비의를 모두 알게 된 듯해 더이상 살고 싶지 않은 기분이 들곤 했다. 무슨 일을 하더라도 모두 부질없다는 생각, 불행해질 거라는 생각으로 귀결되었다. 그래도 왜 그런 건지 그것들의 이야기를 안 들을 수가 없었다. 나는 이야기에 귀 기울이지 않으려고 음악을 이것저것 대충 틀어댔는데, 그것들은 마치 자신에게 맞는 음악을 찾아준 것처럼 감동에 젖어 고마워했다. 나는 한번 온 것이 다시 오지 않는 것만으로도 만족스러웠다. 삼촌이 난데없이 갑작스럽게 나타난 것을 보면 어쩌면 자기 이야기를 들려주러 나타난 그것이 아닐까 싶었다. 여차하면 한대 치고 도망갈 생각으로 기타를 든 채로 계속 엉거주춤 서 있었다. 삼촌은 내 미간의 정중앙에 떡 박혀 있는 시커먼 점을 보았는지 큽, 하고 웃음을 삼켰다.

"왜 그러고 서 있어? 이 점은 또 언제 생긴 거야. 내 것만 하네."

점은 삼촌이 떠나고도 한참이 지난 뒤에 생겼다. 대학 졸업할 무렵 새로 생긴 점은 처음엔 모래알보다 더 작았는데 나도 모르는 새 조금씩 자라며 불룩하게 튀어나와 멀리서도 보일 정도로 커졌다. 점은 나라는 존재를 뒤덮을 정도로 강렬해 내 이름도 지우고 돌부처라는 별명까지 덤으로 얹어주었다. 점과 별명은 나를 우스꽝스러운 사람으로 만들었다. 한쪽 콧바람으로 촛불 열개를 한꺼번에 끌 수 있을 것 같고, 이로 중형차 한대 정도는 가뿐히 끌어당길 수 있을 것 같은 이미지는 별 수고도 없이 쉽게 얻어졌다. 웃기는 사람인 줄 알았는데 정말 재미없는 사람이라 실망했다고, 여자 후배들이 말하는 것을 듣고 그날로 점을 빼버렸다. 그러나 그 자리에 점이 다시 자라나 완두콩만 하게 툭 불거졌다. 어쩔 수 없이 난 그 점을 받아들였고, '돌부처'라는 별명을 이름 대신 쓰기 시작했다.

내 점은 삼촌의 왼쪽 콧구멍과 윗입술 사이에 난 커다란 점만큼이나 컸고, 그래서 삼촌에 대한 기억으로 가는 통로 역할을 했다. 부모님은 내 점이 삼촌의 점하고 크기와 색깔과 생김새가 똑같다며 신기해했는데, 엄마는 그게 아주 불길하다며 어쩌면 삼촌이 객사했는지도 모르겠다고 했다. 나는 점이 다 똑같이 생겼지 그게 어떻게 그렇게 연결되냐고 어처구니없어했지만 아버지는 그 말에 고개를 끄덕였다. 내게 삼촌의 행방을 좀더 수소문해보라는 아버지에게 소리소리 질렀다.

"삼촌이 죽어서 주인 잃은 점이 나한테 날아와 붙었대요? 말도 안 되는 말씀 좀 하지 마세요. 예전에도 한번 이런 적 있었잖아요.

어디 처박혀 잘 살다가 어슬렁거리고 나타나겠죠. 오면 오는 거고, 말면 마는 거고. 원래 그런 인간이니까 잊으세요."

돌아오지 않는 삼촌 때문에 집은 점점 초상집 분위기가 되어갔고, 나는 그게 지겨워 작업실을 얻어 집을 나왔다. 내가 중학생 시절에도 삼촌은 이년 정도 집을 나갔다가 돌아온 적이 있었다. 처음에는 그때처럼 돌아올 거라고 생각했는데, 연락이 끊기고 몇해가 지나자 삼촌에게 무슨 일이 있는 게 분명하다는 생각이 들어 무연고 사망자 명단까지 찾아봤지만 찾을 수가 없었다.

훗날 삼촌과 친구들이 함께 활동했던 밴드 '그림형제'가 어느 음악평론가에 의해 재조명되면서 나도 잡지에 그들에 관한 글을 쓰느라 다른 멤버들을 만나가며 삼촌의 행방을 수소문해보았는데 여전히 묘연했다. 난 그때 삼촌이 정말 세상을 떠났을지 모른다고 생각했다. 삼촌은 술을 많이 마시지는 않았지만, 일단 조금이라도 마시면 아무 데서나 픽픽 쓰러져 자는 버릇 때문에 퍽치기에 아리랑치기, 부축빼기 등 안 당해본 것이 없었다. 엄마가 피떡이 된 삼촌을 경찰서, 응급실 같은 곳으로 여러번 찾으러 갔던 것을 생각해보면, 삼촌이 멀쩡하게 살고 있을 거라 믿는 게 더 부자연스러웠다. 막상 삼촌을 마주하고 보니 내가 그간 삼촌이 죽었다고 생각하며 살았다는 것을 깨달았다.

"라면이랑 계란 있냐?"

집 나간 지 이년 만에 돌아왔던 삼촌이 중학생이었던 내게 처음 했던 말과 같았다. 삼촌다운 그 말을 들으니 긴장이 풀어져 자리에

풀썩 주저앉았다.

"취사 금지."

삼촌을 무슨 말로 맞아야 할지, 예전에 존댓말을 썼는지 반말을 썼는지 가물가물해 명사로 대답했다.

"이 자식, 새침하게 굴기는."

삼촌은 비호처럼 달려들어 헤드락을 걸며 겨드랑이 냄새를 풍겼다. 삼촌은 오래전 단 한번 있었던 전성기 때처럼, 헤비메탈을 하는 후배들도 부끄러워하는 긴 생머리를 하고, 거기에 어울리는 징이 잔뜩 박힌 검은 가죽재킷과 가죽바지를 입고, 웨스턴부츠까지 신고 있었다. 게다가 머리에는 미러 코팅이 된 레이밴 선글라스를, 왼쪽 검지에는 커다란 해골 은반지를 끼고 있었다. 삼촌은 명백히 단단한, 게다가 냄새까지 풍기는 실체였다. 헤아려보지 않아도 삼촌은 이제 그런 차림을 하기엔 너무 늙고 배가 나왔는데도 그 꼴이었다. 그나마 다행인 건, 내가 마지막 보았을 때처럼 이 대 팔 가르마를 타고 나비넥타이에 반짝이가 주렁주렁 박힌 수트를 입지 않았다는 거다. 오랜 시간 가족들의 애를 태웠던 그가 아침에 집을 나간 사람처럼 아무렇지도 않게 돌아와 가장 먼저 라면의 안부 따위를 묻다니. 기타를 든 김에 한대 갈겨주고 싶은 기분이 들었지만, 그동안 무슨 일을 하고 다닌 건지 자기 나이보다 십년도 더 들어 보이는 삼촌이 안쓰럽기도 해 그냥 제자리에 기타를 내려놓았다.

삼촌은 그날부터 내 작업실에서 함께 지냈다. 부모님께 좀 가보라고 해도 이미 다녀왔다며 내 소파를 침대 삼아 자리를 차지하고 누워 빈둥거렸다. 계속 라면 타령을 하면서 직접 사오지도 않고 내게 심부름을 시키려고 했다. 그러나 나는 밖으로 나갈 수 없었다. 삼촌은 짐작할 수 없겠지만, 나는 문을 겨우 나갈 수 있을 뿐, 그 좁은 계단으로 올라갈 수는 없는 몸이다. 몇년 전 나는 사고로 몸을 다쳐 육개월가량 누워 있었는데 그때부터 살이 찌기 시작했다. 그래도 이 작업실에 들어올 무렵에는 100킬로그램이 조금 안 되는 정도였는데 이제는 200킬로그램이 넘는 거구가 되었다. 작업실에 틀어박혀 작곡을 하고, 이메일로만 곡을 보내고 글을 보냈기에 아주 오랫동안 밖으로 나가지 않았다. 이태 전 추석에 집에 가려고 밖으로 나가다가 나는 깜짝 놀랐다. 문을 겨우 통과할 수 있었지만, 밖으로 가는 계단은 문의 폭보다도 더 좁아 양쪽 벽 사이에 몸통이 꽉 끼어 앞으로 걸어갈 수가 없었다. 옆으로 몸을 돌려도 보았는데, 조금 헐거워지긴 했지만 계단을 올라갈 수 없었다. 벽 사이에 낀 몸을 겨우 빼내고 뒷걸음질 쳐 작업실로 들어오느라 고생을 하고 나서는 아예 밖으로 나가려는 시도를 하지 않았다. 살이 빠지면 당연히 나갈 수 있을 거라고 생각했지만 그뒤로도 살은 더 쪘다.

살이 모든 불운의 시작인 것 같았다. 그것들이 찾아온 것도 살이 찌고부터이고, 내가 작곡한 노래가 더이상 먹히지 않는다며 아무도 사지 않게 된 것도 살이 찌고부터였다. 나는 이 꼴을 보여주기 싫어 부모님에게 작업실의 위치도 가르쳐주지 않았고, 다시 성공하면 연락하겠다고 호기 있게 말하고 오랫동안 연락하지 않았다.

부모님은 나마저 잃고 싶지 않다며 성공 따위가 다 무슨 소용이냐, 행복하게만 지내면 되는 거 아니냐며 나를 설득하려고 했다. 그러나 미미하게나마 성공의 맛을 본 나로서는 그 말이 어불성설이라는 것을 안다.

나는 삼촌이 완전히 무너졌을 무렵 대학에 진학했다. 삼촌에게 많은 영향을 받았지만 삼촌처럼 실패하지 않기 위해 하루가 48시간인 것처럼 부지런히 공부하고 일했다. 나는 대학 재학 중에 PC 통신 동호회에 음악, 미술, 영화 등의 리뷰와 평론을 올리면서 지명도를 얻었다. 낮에는 도서관에서 공부하고, 밤에는 학교 앞 락까페에서 판돌이라고 불리는 디제이로 활동했다. 삼촌 덕택에 어린 시절부터 수없이 많은 음악을 들었고, 삼촌이 놓고 나간 레코드판이 차고 넘쳤던지라 나는 그것만으로도 그 일대에서 유명해졌다. 내가 거는 음악들은 반응이 좋았기에 락까페 주인들이 너도나도 불러대는 바람에 한창 때는 하룻밤에 다섯군데 이상을 돌기도 했다. 대학원에 입학하면서 디제이와 동호회 활동을 모두 그만두고 문화평론가로 활동하기 시작해 매스컴에도 가끔 출연했다. 게다가 대학원을 졸업한 선배가 나를 필진으로 영입해 만든 대중문화예술 전문 무가지 '컨템폴라리'가 성공해 판매 부수도 꽤 많았고, 돌부처라는 예명으로 꽤 지명도 있는 락밴드 '아미타'의 기타와 작곡을 담당했으니 내 나이치고는 성공한 편이었다. 그러나 세기말을 지나면서 학교 앞의 락까페는 인디밴드의 공연장이나 클럽으로 업종을 전환했고, 입심 좋은 스타급의 문화평론가들이 등장했다. 또 무가지 대부분이 그랬듯 '컨템폴라리' 역시 스폰서들을 잃고 폐간되었고, 더이상 아무도 우리 밴드의 노래를 듣지 않았다. 어차피 졸업을 하면 밴드는 그만둘 생각이었기에 아쉬울 것도 없었다. 난 계속 글을 써서 새로 생긴 웹진이나 잡지사에 기고했지만 아무 곳에서도 실어주지 않았다. 시간강사 자리라도 얻어보려고 했는데 그것도 쉽지 않았다. 일이 이렇게 되어 완전히 풀이 죽은 나에게 부모님은 어차피 돈도 안 되는 일이었는데 뭐 어떠냐고, 이 기회에 좋은 직장에 취직을 하라고 했다. 나는 부모님이 내가 돈을 벌었으면 해서가 아니라, 재능 없는 녀석이 애를 쓰는 게 불쌍해서 그러는 것을 알고 있어 더 비참했다.

나는 다시 밴드를 조직해 활동하는 것이 가장 쉽게 재기할 수 있는 방법이라고 생각했다. 그러나 밴드 멤버는 좀처럼 모이지가 않았다. 오디션을 보겠다고 들락거리는 사람들은 많았지만 악기를 제대로 다루거나 노래를 할 줄 아는 사람이 거의 없었다. 간혹 한둘 괜찮은 사람이 있긴 했는데, 다른 멤버가 들어올 때까지 기약 없이 기다릴 수 없다며 그쪽에서 거절했다. 당장 활동할 수 없다 해도 나는 허송세월하지 않고 작업실에만 들어앉아 기획사에 보낼 음악과 우리 밴드의 음반에 넣을 음악을 작곡했다. 정식 음반 하나를 내고도 남을 만큼의 음악이 완성되었지만 밴드는 아직 다 꾸려지지 않았다. 나는 그 노래들을 그것들에게 틀어주곤 했는데, 열이면 열 모두 감동하는 것을 보니 밴드만 조직되면 재기하는 것은 시간문제였다.

삼촌은 소파에 비스듬하게 누워 내게 시종일관 걱정스러운 시선을 보냈다. 의자 위에 겨우 얹혀 곧 흘러내리게 생긴 살덩어리들을 걱정하는 건지, 할 일 없이 빈둥거리는 것처럼 보여 그러는 건지, 뭐라고 말하지 않았으나, 너 어쩌다가 이렇게 됐냐고 하는 말소리가 들리는 것 같았다. 삼촌에게 나도 음악을 하고 있다고, 락밴드를 했는데 지금은 사정상 해체됐지만, 다시 하려고 준비하고 있으니 한심하게 쳐다보지 말라고 했다. 지금 잠시 침체기를 겪고 있지만 그동안 내가 이뤄놓은 성공적인 커리어가 사라지는 게 아닌데다, 곧 재기할 것이기에 왜 이렇게 됐냐, 혹은 왜 이렇게 사냐,라는 질문의 형태를 띤 비난은 어울리지 않는다고, 삼촌이 떠나 있는 동안 내가 어떻게 살았는지도 모르면서 단지 지금 지하에 처박혀 작업을 하는 다 망가진 모습만 보고 지레 판단한다는 건, 삼촌의 경솔한 성품을 그대로 드러내는 거라고 일침을 가했다.

"난, 아무 말도 안 했다. 삼촌이 조카 쳐다보는 게 잘못된 거냐?"

꾸중을 들은 꼬마처럼 금세 풀이 죽은 삼촌을 보니, 나도 밖에서 잔뜩 따온 구슬과 딱지를 자랑하는 꼬마가 된 것 같아 몹시 부끄러웠다. 하지만 부정할 수 없는 건 삼촌은 완전히 실패한 인생이고, 나에겐 아직 기회가 남아 있다는 사실이다.

함께 지내면서도 삼촌이 그것일지도 모른다는 생각이 문득문득 떠올랐지만 더 깊이 생각하는 것을 그만두었다. 갑자기 무서워졌다가도 예전과 다를 바 없이 음악을 들으며 코를 파고, 엉덩이를 긁어대며 만화책을 읽는 삼촌을 보면 다시 마음이 놓이는 한편, 어떻게 이렇게까지 나이를 먹고도 아무 생각 없이, 아무것도 아닌 인간으로 살아갈 수 있을까 싶어 한심한 마음이 들었다. 나는 삼촌에게 그동안 어떻게 지냈는지 이야기를 해달라고 하고 싶었으나, 혹여 그것들처럼 내게 이야기를 다 털어놓고 나면 떠날까봐 물어보지 않았다. 삼촌이 만약 그것이었다면 내게 이야기를 하지 못해 안달이 났을 것이다. 불우와 불운이라면 삼촌을 넘어설 자가 없었다. 내가 그것들에게 들은 이야기도 삼촌이 겪은 일들에 비해서는 별거 아니었다.

삼촌은 다재다능했고, 낙천적인 성격을 타고 났지만 불운했다. 삼촌의 불운은 삼촌을 낳다가 외할머니가 돌아가신 것에서부터 시작되었다. 삼촌이 세살 때 외할아버지가 사고로 돌아가셔서 삼촌은 완전한 고아가 되었다. 터울이 큰 누나인 내 엄마가 결혼을 해 삼촌을 데리고 살았다. 내가 태어나던 해 삼촌은 열한살이었다. 우리는 마치 형제처럼 자랐다. 아버지는 어렸던 나보다 뭐라도 함께 할 수 있을 만큼 자란 삼촌을 데리고 운동을 하거나 낚시를 하러 다녔다. 삼촌은 몸으로 하는 거라면 뭐든지 금방 배우곤 했기에 아버지는 삼촌을 아주 기특하게 여겨 내가 질투가 날 정도로 칭찬하곤 했다. 삼촌은 특히 그림을 잘 그렸고 노래를 잘했다. 엄마도 노래를 잘하는 것을 보면 집안 내력인 것 같았다. 그 유전자는 용케 내겐 발현되지 않아서 나는 음정, 박자를 맞추는 것만으로도 진땀을 뺐고, 공들여 그림을 그려도 아무렇게나 그렸다고 타박당하기 일쑤였다. 삼촌이 잘하는 것 중에 내가 비슷하게라도 따라 할 수 있는 건 아무것도 없었기에 나는 삼촌이 천재라고 생각했다. 아버지는 삼촌에게 공부만 잘했어도,라고 안타깝다는 듯 한탄하곤 했다. 내가 조금 자란 후 알게 된 사실이지만 삼촌은 공부에는 소질이 없어 등수는 뒤에서 세는 것이 빨랐고, 학교보다 당구장에 더 열심히 출석했다. 내 부모님은 그런 삼촌의 재능을 살려 어떻게든 대학에 보내고 싶어했으나 정작 삼촌은 공고로 진학을 했고, 졸업을 하자마자 군대에 갔다. 삼촌은 인생의 중요한 것들을 내 부모와 상의도 하지 않고 오로지 혼자 결정했다. 내 부모님은 그것을 더이상 자기 인생에 개입하지 말라는 삼촌의 경고로 알고 슬퍼했다.

삼촌은 제대 후에 시내에 있는 오래된 극장에서 교통비만 받고 간판 그리는 일을 배우러 다녔다. 말이 배우는 거지 잡일을 도맡아 하는 것이었다. 일이 없을 때는 대학로에 나가 초상화도 그렸고, 가끔 산으로 풍경화를 그리러 다니기도 했다. 삼촌은 대학에 다니는 친구들을 부러워하지 않았고, 가난해서 미대에 진학하지 못했다며 자랑삼아 이야기하고 다녔다. 난 남들이 내 부모를 나쁜 사람이라고 생각할까봐 삼촌에게 제발 대학에 가서 그림을 배우라고 닦달했다. 삼촌은 그림은 배우는 게 아니라 타고나야 하는 거라고, 자기는 이미 잘 그리는데 쓸데없이 왜 돈을 버리냐고 잘난 척하면서 차라리 그 등록금만큼 벌어 내게 죽을 때까지 햄버거를 사주겠노라고 약속했다. 초등학생이었던 나는 그 말에 혹해 고개를 끄덕였다.

삼촌은 그림을 그리면서 알게 된 친구들과 '그림형제'라는 이름의 밴드를 결성했다. 정말 웃긴 건, 삼촌과 친구들은 동화작가인 그림형제가 정말 동화의 삽화까지 그린 형제인 줄 알고 밴드명을 이렇게 지었다는 거다. 다른 극장에서 간판을 그렸던 배민호는 기타, 대본소 만화가의 문하생이었던 유국성은 드럼, 미대를 중퇴하고 길거리에서 초상화를 그렸던 김영석은 베이스, 그리고 삼촌은 보컬이었다. 각자가 다루는 악기가 있어서 그렇게 시작을 한 건 아니었다. 유국성은 덩치가 가장 크고 만화가에게 하도 상스러운 욕을 듣곤 해 스트레스를 풀기 위해 드럼을 배우게 되었고, 기타를 조금 칠 줄 알았던 배민호와 김영석이 가위바위보를 해 이긴 사람이 베이스를, 진 사람이 기타를 맡게 되었다. 악기를 전혀 못 다루지만 목소리가 좋았던 삼촌은 당연히 보컬을 할 수밖에 없었다. 모두 일이 많은데다 귀찮은 것을 싫어해서 아무도 리더를 하지 않으려고 해, 육개월마다 돌아가며 맡곤 했다.

삼촌의 밴드는 몇년간 짬짬이 연습을 해 1987년에 '장화 신은 고양이'라는 노래로 모 가요제 본선까지 진출했다. 대부분의 멤버가 늘 늦게 퇴근했기에 단 한곡을 연습하는 데도 오랜 시간이 걸렸다. 네가 주인이라고 생각하지만 결국 내가 없으면 너도 못 살 거다, 주인은 필요 없다, 내 두 다리로 당당히 걸어갈 거라는 내용의 노래였는데, 정제되지 않은 거친 가사와 비슷한 멜로디의 반복, 가까이 오는 놈들은 다 두들겨 패주겠다는 기세의 강한 사운드는 듣는 사람을 어이없게 만들었다. 게다가 머리를 허리까지 기르고 징이 잔뜩 박힌 인조 가죽옷을 입고 포효하는 고양이처럼 앙칼진 표정을 짓는 그들의 모습은 가요제를 보던 시청자들에게 충격을 주었다. 얼굴이라도 잘생겼으면 좀 나았을 텐데, 멤버 전원이 평균치가 못 되었다. 게다가 보컬인 삼촌은 키도 짜리몽땅한데다, 코밑의 점 때문에 우스꽝스럽기까지 했다. 하지만 갓 중학생이 된 내 눈에는 삼촌들이 어떤 출전자들보다도 멋져 보였다. 난 삼촌들이 먼 세계로 달아나버린 것 같다는 생각이 들어 갑작스레 슬퍼졌고, 그들이 노래하는 내내 눈물을 흘렸다. '그림형제'는 본선까지 진출하기는 했지만 아무 상도 받지 못하고 탈락했다. 삼촌들은 애초에 상을 받겠다고 나간 게 아니었기에 잠시 섭섭해할 뿐 개의치 않았지만 오히려 내가 분해서 씩씩거리며 상 받은 사람들이 부정을 저지르기라도 한 것처럼 미워했다.

그런데 다음 날부터 정말 놀라운 일이 벌어졌다. 시내의 불법 복사 테이프를 파는 리어카, 속칭 길보드에서는 대상을 수상한 곡보다도 수상곡 모음집에서조차 빠져 있는 '장화 신은 고양이'가 더 많이 틀어졌다. 학교에서는 아이들이 마대 자루와 빗자루를 들고 '그림형제'를 흉내 냈고, 수학여행 장기자랑에서 여러 팀이 '장화 신은 고양이'를 불러댔다. 여기저기서 '그림형제'를 외쳐댔다. 삼촌에게는 돈 한푼 돌아오지 않았지만, 어차피 돈을 벌려고 시작한 일이 아니었으므로 삼촌은 괜찮다고 했다. 정말 괜찮았던 것은 그 노래 한곡으로 다운타운을 점령했다는 사실이었다. 삼촌들은 약간 들뜨기도 했지만 각자 하던 일은 계속하면서 밤마다 공연을 다녔다.

그 기세로 계속 잘 풀렸다면 '그림형제'는 대중음악사에 흐리게

라도 한획을 그을 수 있었겠지만, 삼촌이 그렇게 운이 좋을 리가 없었다. 삼촌들은 일년여 공연을 다니며 모은 돈으로 1집 앨범을 냈는데, 앨범 발매와 동시에 모든 곡이 금지곡이 되었다. 사회 혼란과 풍기 문란을 조장한다, 퇴폐적이다, 상스럽다, 수준 미달이다, 등의 이유로 음반은 시중에 유통되기도 전에 전량 회수되었다. 얼마 안 있어 삼촌이 사라졌고, 밴드도 자연스럽게 해체되었다. '그림형제'는 가요계에 원래 존재하지 않았던 것처럼 흔적도 없이 사라졌다. 그들의 유일무이한 히트곡 '장화신은 고양이'는 정식으로 발매된 음반이 아니었기에 두번 다시 들을 수 없는 곡이 되어버렸다. 지금까지 그 노래를 기억하거나 간혹 밴드명을 아는 사람도 가뭄에 콩 나듯 있지만, 보컬이었던 삼촌의 이름을 아는 사람은 전혀 없을 터였다. 나도 그 음악을 들으면 그 노래를 부른 사람이 삼촌이라는 사실을 믿을 수가 없었다. 내 부모님을 비롯해서 삼촌을 아는 모든 사람들은 '그림형제'의 반짝 인기가 삼촌 인생의 가장 큰 행운이자 성공이라고 했지만 나는 그렇게 생각하지 않았다. 삼촌이 감당할 수 없었던 단 한번의 행운은 삼촌에게 지독한 역마살을 선물했다. 만일 그런 행운이 주어지지 않았더라면, 삼촌이 지금처럼 떠돌이로 불행하게 인생을 보내지 않았을 거다.

돌아온 삼촌은 잠을 자거나 일어나 컴퓨터로 음악을 듣는 일 말고는 아무것도 하지 않았다. 삼촌이 내 컴퓨터로 음악을 찾아 들을 수 있는 것을 보면 나와 같은 시대를 살고 있는 사람인 건 확실했다. 그는 내 하드에 자기가 놓고 갔던 음반들이 고스란히 디지털

화되어 저장돼 있는 것을 보고 좋아하는 것 같긴 했으나 더이상 그 음반들을 듣지 않았다. 그는 옛날 노래가 나오는 라디오를 틀어놓거나 인터넷에서 이 음악 저 음악을 찾아 들었다. 삼촌이 선택하는 음악은 옛날에 듣던 것과 다르게 느리고 조용했다. 나는 컴퓨터에 '그림형제'의 음악이 들어 있다는 사실을 생각해냈다. 유일한 히트곡인 '장화신은 고양이'와 1집 앨범에 실린 여덟곡이었다. (사실 아홉곡이었는데 그 시절 꼭 넣어야만 했던 건전가요는 빼버렸다.) 나는 삼촌이 이제는 희귀 음반이 된 '그림형제'의 음악을 들으면 좋아서 어쩔 줄 모를 거라고 기대했다. 그때처럼 헤드뱅잉을 하며 따라 부를지도 모른다고 생각했는데, 반응은 의외로 덤덤했다. 다 듣고 나서는 남의 음악을 들은 것처럼 말했다.

"아이구 듣고만 있어도 힘들다. 아주 고막 터지겠구만. 나이를 먹어서 그런가 이젠 조용한 게 좋네."

'삼촌은 배신자야. 음악은 철학이고 신념이야. 그런 건 막 버리는 게 아니야. 철학도 없고 줏대도 없어서 삼촌네가 망했던 거야.'

모창가수의 길로 들어선 삼촌에게 고등학교 3학년이었던 내가 식식거리며 했던 말을 다시 해주고 싶었지만, 너무 어린애같이 느껴져서 괜히 삼촌의 옷차림을 타박했다.

"락커도 아닌 주제에 왜 옷을 그렇게 입고 다녀? 이제 아무도 그렇게 안 입어."

"그냥, 그래야 네가 안 내쫓을 것 같아서. 사실 불편해 죽겠다. 바지가 이게 뭐니. 허벅지 터지겠다. 안 입는 옷 있으면 하나 줘."

삼촌이 라면을 사와라, 뭘 사와라 하면서 나를 자꾸 시켜먹으려고 하는 것만 빼면 불편한 게 없는 나날이었다. 삼촌은 틈만 나면 자꾸 나를 밖으로 나가도록 유도했는데, 아마도 내가 살을 빼기 바라고 그러는 것 같았다. 몸이 벽 사이에 낀다는 말은 죽어도 하기 싫었기에 삼촌에게 틱틱거리며 자꾸 나를 시켜먹으려고 하면 내쫓을 거라고 윽박질렀다. 삼촌은 내가 100킬로그램이 막 넘어갈 때 입었던 바지를 헐렁하게 걸쳐 입고는 늙은이를 학대한다고 데굴데굴 구르며 익살을 떨었다. 가죽옷을 벗어버린 삼촌은 나이에 비해 십년 이상 늙어 보였는데 하는 짓은 예전 그대로였다. 그런 그와 함께 있으니 나도 어린 시절로 돌아간 것 같았다. 삼촌이 돌아오기 전까지는 생각만 해도 미워 죽을 지경이었지만 막상 만나고 보니 미워할 수도 없었다. 삼촌이 있어서 그런지 작업실에 강도가 들까 무서웠던 마음도 사라졌고, 나쁜 꿈도 꾸지 않았다. 무엇보다 그것들이 한동안 오지 않아 모처럼 평온한 휴가를 보내는 기분이었다.

아무리 좋았다 해도 어른들 말처럼 입방정을 떨면 안 되는 거였다. 그것들이 안 오네, 하고 자각하기 무섭게 또 그것이 문을 열고 찾아왔다. 아무리 문을 잠가도 그것들과는 전혀 관계없는 일이었다. 그것이 문을 쑥 열고 들어왔을 때 나는 삼촌이 왔을 때처럼 긴가민가 헛갈렸다. 그동안 찾아온 그것들은 남자고 여자고 간에 대부분 젊은 모습이었는데, 이번에는 머리가 하얗게 세고 얼굴에 잔주름이 많은 남자였다. 그는 두리번거리며 앉을 자리를 찾았다.

3인용 소파에 삼촌이 누워 있어서 앉을 자리가 마땅치 않았는지 내 의자를 넘봤다. 나는 어이가 없어 눈을 크게 부라렸는데, 가만 보니 내가 대학 4학년 때 학점을 쉽게 따려고 수강했던 대중음악의 이해라는 교양 과목의 강사와 똑같은 얼굴이었다. 그는 유명한 대중음악평론가였고 저항의 음악에 대한 이야기를 하며 '장화신은 고양이'를 틀어준 적이 있었다. CD도, 레코드도 아니고 상태가 아주 좋지 않은 테이프였는데, 많이 들어 늘어졌는지 내가 기억하는 노래보다 조금 템포가 느렸다. 음악을 듣던 학생들은 촌스럽고 단순 무식한 음악에 별 흥미를 못 느끼는 듯했는데, 강사만 아련한 눈을 하고서는 이들이 진정한 펑크 정신의 소유자였고, 국내에서 이들을 따라갈 밴드는 없다고 단언했다. 그러고 보니 내가 가진 '그림형제'의 노래들은 수업이 끝나고 그에게서 빌려 복사한 것들이다. 그는 자신에게 귀한 음반을 빌려갔던 학생인 나를 알아보지 못했다. 그도 그럴 것이 그땐 60킬로그램이 조금 넘었던 내가 지금은 200킬로그램이 넘어가니, 못 알아보는 것도 당연했다. 나는 혹여 그가 그것이 아니라 내 음악을 듣고 찾아온 평론가가 아닌가 싶어 내가 앉아 있던 의자를 양보하고 바닥에 앉았다. 그는 사양하지 않고 의자에 앉아 안을 두리번거렸다. 나는 그가 떠들 것을 대비해서 '그림형제'의 음악을 틀었다. 자는 줄 알았던 삼촌은 귀를 막고 돌아누웠고, 그는 양쪽 입꼬리가 찢어질 정도로 활짝 웃었다. 나는 그렇게 무섭게 웃는 얼굴은 처음이라 소름이 돋았고 이건 사람이 아니다 싶었다. 삼촌이 좀 봐주었으면 하는 마음에 얼른 삼촌이 누운 소파 옆으로 가 앉았다. 그것은 갑자기 지껄이기 시작했다. 내가 마치 자기 학생이라도 되는 양, 흥분해서 떠들었다.

"들어봐라. 단순하고 연주도 엉망인 거. 코드 세개로 들입다 조지잖아. 박자도 갈수록 느려져요. 초반에 미친 듯이 달리니까 힘이 빠져 뒷감당이 안 되는 거지. 그래도 얘들은 진정성이 있었어. 가사 들어봐. 네명의 멤버가 다 노동자였어. 독재 치하에서 억눌렸던 젊은 것들이 이 노래가 나오니까 아주 환장했지. 너희들이 뭐 알겠니. 야, 필기 그만해. 시험에 안 나와. 이 노래만 나오면 다들 미친놈들처럼 대가리 흔들고 소리 지르고 뛰고 생 지랄들이었거든. 그러니 저기 위에서 가만 놔둘 리가 있나. 대마초 피웠다고 누명 씌워서 굴비 엮듯이 다 잡아갔지. 그걸로 끝이었어. 디 엔드. 다들 잘 봐라. 일이년 사이에 이런 펑크가 유행할 거다. 너희들한테도 희망이 없으니까."

그때도 입이 걸었던 강사는 친일파와 독재정권과 관련된 이야기를 시작하면 침을 튀겨가며 욕하곤 했는데, 그것이 되어서까지도 얼굴이 시뻘게져서 소리소리 질렀다. 잠을 자던 삼촌은 정말 못 참겠다는 듯 벌떡 일어나 앉더니만 조용히 좀 하세요,라고 공손하게 말했다. 나는 삼촌에게도 그것이 보인다는 게 신기했다. 그것은 삼촌이 '그림형제'의 보컬이라는 것을 알아보았는지 두 손을 덥석 움켜잡더니 1집에 실린 '말하는 해골'의 후렴구를 불렀다. 나도 몇번 들어보지 않아 따라 부를 수 없는 노래였다. '우리를 죽여 흙에 묻어도, 우리의 뼈는 진실을 노래할 거야.' 그것이 격정적으로 소리쳐 부르는 노래를 삼촌은 아주 조용히 따라 불렀다. 원곡보다 한 옥타브 낮은 목소리로, 트롯을 부르는 것처럼 미끄덩하고 멜로디컬하게. 그것은 눈물을 줄줄 흘리며 그 부분을 몇번 반복해 불렀다. 그러더니 더는 자신의 이야기는 하지 않고 문 밖으로 걸어 나갔다. 나는 그가 다시 오지 않으리라 짐작했다.

나는 삼촌에게 나를 가끔 찾아오곤 하는 그것들에 관해 말했다. 별별 것들이 많다고, 그것들의 이야기를 듣는 것도 지겨워 죽겠다며 투덜거렸다. 삼촌은 진지한 얼굴로 말했다.

"이런 캄캄한 지하에서 그런 일이 일어난다고 해도 하나 이상하지가 않잖아. 여기서 나가자."

나는 그럴 수 없었다. 이 작업실에 들어오면서 하나 결심한 게 있었는데, 재기하기 전에는 이곳에서 나가지 말자는 것이었다. 재능만 있고 줏대가 없어서 망한 삼촌을 보고 자라 그런지, 내게 재능은 없어도 줏대 하나는 자신 있었다. 그게 꺾인다면 나는 삼촌보다 더 폭삭 망할 게 분명했다. 삼촌에게 이런 말을 하면 기분 상해하거나 한심하게 볼 게 분명하므로 나는 그냥 돈이 없어서 못 나간다고 둘러댔다. 그리고 그것이 떠들던 말로 화제를 전환했다. 그것이 지껄인 말들이 진짜인지 궁금하기도 해서 삼촌에게 대마초 파동에 연루되었던 게 사실인지 물었다. 삼촌은 고개를 끄덕였다. 말도 안 되는 이유로 구속되긴 했지만 자기는 담배조차도 한대 피워 본 적이 없다며 세상에 태어나 가장 억울하고 재수 없었던 일이었다고 회상했다. 내가 중학교 때 여행을 다녀온 게 아니라 감방에 있었던 거냐고 묻자 감방에는 오래 안 있었는데, 가족들에게 해가 될까봐 여기저기 떠돌았다고 했다. 만약 아버지가 찾지 않았다면 그때 집으로 돌아가지 않았을 거라고 했다.

돌아온 삼촌은 어린 내게 브라질의 리우에 갔었다고 거짓말을 했다. '이빠네마 비치'에서 세련되고 늘씬한 여자들을 많이 만났고, 그들과 함께 해가 질 때까지 바닷가에 앉아 기타를 치며 세월을 잊은 채 노래를 부르느라 이제 돌아왔다고 했다. 그리고 거기서 배웠다며 그들의 민요 '꾸꾸루꾸꾸 빨로마'를 불러댔다. 그 노래는 삼촌이 이제껏 불렀던 노래와는 달리 처연하고 고즈넉했다. 삼촌은 그날 이후로 노래를 부르지 않았다.

삼촌은 간판장이로 돌아가 극장 일을 그만둘 때까지 열심히 그림만 그렸다. 예전처럼 주말이면 산으로 풍경화를 그리러 나가거나 가끔 대학로에 나가 초상화나 캐리커처 그리는 일을 했고, 가끔 전시회를 보러 가기도 했다. 음악은 더이상 하지 않고 듣는 것으로 만족했다. 나는 그런 삼촌을 열심히 따라다녔는데, 그 시절이 내 인생에 가장 많은 영향을 주었다. 나는 삼촌과 어슬렁거리던 그 시간을 좋아했다. 처음에는 문외한이었던 내가 삼촌과 함께 이것저것 보고 읽다보니 어느 정도 미술과 음악에 대한 소양도 생겼다. 그 시간을 거치지 않았더라면 내가 미술대학에서 이론을 전공하지 않았을 것이고, 음악 또한 하지 않았을 것이다. 나는 삼촌을 여전히 존경하긴 했으나 그가 밴드를 그만둔 것에 대해서는 반감과 의문을 가지고 있었다. 질풍노도의 중학생이었던 나는, 어떻게 생각해봐도 삼촌의 락 스피릿이 달아나버렸기 때문이라는 결론으로밖에 도달하지 못했다. 나는 금지곡이 된 1집을 팔 수 없게 돼버렸고 그나마 조금 있던 인기도 다 떨어져나가게 되어 밴드를 그만둘 수밖에 없었다는 사실을 알고 삼촌을 불쌍하게 생각했고, 그럴수록 삼촌에 대한 존경심은 조금씩 지워져갔다.

대형 프린트 현수막이 극장 간판을 대체하게 되자 삼촌은 직장을 잃었다. 삼촌과 같은 일을 했던 기타리스트 민호 삼촌도 얼마 안 있어 직장을 잃었는데, 오래전부터 낮에는 극장 간판을 그리고 밤에는 룸살롱에서 오부리(밴드 반주자)로 일하고 있었기에 타격이 크지 않았다. 민호 삼촌은 삼촌과 짝을 이루어 일을 키워나갔다. 삼촌이 술 취한 놈들의 반주를 해주기 위해 저녁이 다 되어 출근할 때, 칠순 잔치 사회를 맡았다며 마이크를 들고 연습을 할 때, 반짝이가 수북이 달린 노란 재킷을 입고 머리에는 포마드를 잔뜩 바른 채로 거울 앞에 서서 트롯가수 모창과 무대 매너를 연습할 때, 그런 반짝이 재킷과 나비넥타이의 개수가 점점 늘어갈 때, 심지어 트롯가수 모씨와 점점 닮아갈 때, 그나마 조금 남아 있던 존경심은 모두 바닥이 나버렸다. 나는 삼촌이 상처를 받기 바라며 그렇게 해서라도 돈이 벌고 싶냐고, 그따위 음악을 하는 게 부끄럽지도 않냐고 공격을 했지만 삼촌은 별일 아니라는 듯 낄낄거리며 대답했다.

"돈 버는 게 부끄러워? 그냥 노는 게 부끄럽지. 음악 있고 무대 있으면 다 똑같아. 나 좋은 거 하는데 좋지 않을 건 뭐냐. 철완아, 이 재킷 나한테 진짜 잘 어울리지 않아?"

자존심 없이 목소리만 살아 있는 인간과는 말도 섞고 싶지 않았다. 삼촌은 민호 삼촌과 전국 방방곡곡을 떠도느라 집에 아주 가끔 들어갔고, 대학생이 된 나는 내 코가 석자라 집에 잘 들어가지 않아 거의 마주치지 않았다. 부모님은 삼촌이 언제 전화를 했고, 돈을 얼마나 긁어모으고 있는지 내게 이야기해주었는데, 나는 그 소리가 듣기 싫었고 관심도 없었다. 이미 삼촌은 내 우상도 뭣도 아닌 지질한 인간이 되어 있었고 남부끄러운 존재일 뿐이었다. 삼촌처럼 되지 않는 것이 내 꿈이 되었고 삼촌이 사라질 때까지 연락도 한번 하지 않았다.

이제와 뒤늦게 대마초 파동에 대해 알게 된 나는 가슴이 쿵 내려앉았다. 삼촌에게 미안한 마음이 드는 동시에 원망스럽기도 했다. 내가 어린애라 할지라도 억울한 일을 당했다고 살짝 귀띔만이라도 해주었다면 좋았을 텐데. 그랬다면 삼촌이 음악을 그만두었을 때, 모창가수를 시작했을 때, 그렇게 맹비난하거나 경멸하지 않았을 텐데. 그리고 다시 우리를 떠나도록 그냥 두지 않았을 텐데. 그러나 이미 지나버린 시간을 돌이킬 수는 없는 노릇이었다.

사람 마음은 아주 간사한 것이었다. 삼촌에게 있었던 일을 알고 나니 그간 쌓여 있던 깨끗지 못한 감정이 눈 녹듯 사라져버렸다. 아무것도 하지 않고 소파와 한 몸이 되어 뒹굴거리는 삼촌이 밉지 않았다. 철없는 애처럼 농담만 하고, 뭐 하나 진지한 구석이 없는 것도 나빠 보이지 않았다. 삼촌이 이곳에 없었을 때, 삼촌을 상상하면 무척 불행하게 살고 있을 거라고 생각했는데, 전혀 그렇지 않아 보였다. 나는 삼촌과 함께 음악을 듣거나 영화를 보았고, 내가 만드는 노래를 들려주었다. 삼촌은 내게 목소리가 좋아졌다고 했다. 몸무게가 늘면서 소리통이 커지니 변성기가 안 지난 애송이처럼 앵앵거리던 목소리에 두께가 생겨 독특해진 것 같다고 했다. 애송이, 앵앵, 이런 말이 듣기 좋지는 않았지만, 칭찬을 들으니 으쓱했다. 나도 삼촌처럼 노래를 잘하고 싶었지만, 목소리가 좋지 않은데다 음을 정확하게 찍어서 부르지 못했기 때문에 보컬이 되는 것은 불가능했다. 나는 차선책으로 기타를 배웠는데, 워낙 재주가 없다보니 남들보다 시간이 배는 걸렸다. 삼촌은 내가 만든 노래가 좋다며 나를 따라 흥얼거렸다. 아직 다 만들지 못한 노래를 함께 부르며 만들어가기도 했다. 삼촌 입을 통해 나오는 멜로디는 내가 작곡한 것이라고 믿어지지 않을 정도로 좋았다. 삼촌은 모든 노래를 잔잔한 보사노바풍으로 탈바꿈 시켰는데, 그것이 나쁘지만은 않았다. 나와 빈둥거리는 것 말고 삼촌이 하는 일은 없었지만 그냥 함께 있는 시간이 좋았다.

그사이 작업실에 몇명의 밴드 지망생이 들렀고, 그것들도 몇 들렀는데, 나는 사람과 그것을 잘 구분하지 못했다. 그도 그럴 것이 모두 붙잡고 하소연을 하거나 징징 우는 게 똑같았기 때문이었다. 나는 그것들의 이야기를 건성건성 듣고 앉아 있다가 노래를 틀어주었다. 삼촌은 그것들을 모두 볼 수 있었고, 그것들이 내게 나쁜 영향을 미치고 있다고 생각하는 것 같았다. 문을 밀고 들어오면 삼촌은 그것들을 밖으로 내쫓으려고 했지만 무서운 기세로 밀고 들어오는 것들에게 밀려 삼촌은 번번이 구석으로 내동댕이쳐지곤 했다. 그것들은 삼촌이 있건 없건 간에 나에게 매달려 이야기를 하고 징징 울었다. 그래도 나는 삼촌이 함께 있었기에 그것들이 더이상 무섭지 않았다. 그것들의 이야기에 깊이 빠지지 않는 방법도 터득했다. 그들이 어떻게 떠들건 간에 처음부터 음악을 틀어놓고 귀 기울이지 않으면 그만이었다. 이제는 그들의 불우와 불운이 나를 힘들게 하지 않았고, 더는 죽고 싶은 기분이 들지 않았다. 오히려 나는 그것들이 내가 작곡한 음악을 듣고 눈물을 줄줄 흘리는 것을 보며 기쁨을 느꼈다. 밴드가 꾸려지지 않아 영영 음반을 내지 못하더라도 내가 만든 노래가 이렇게 누구 혹은 무엇의 눈물, 콧물을 뺄 수 있다면 그것으로 된 거 아닌가 하는 생각이 들었다.

객관적으로 보면 암담한 상황인데도 이토록 평온한 시간이 지속되다니 이상한 일이었다. 시간은 불균질하게 흘렀다. 잠깐 눈을 붙였다 싶었는데 몇시간이 지나 있거나, 오래 잔 것 같은데 오분 정도밖에 흐르지 않을 때도 있었다. 노래 한곡을 불렀을 뿐인데 하루가 지나 있거나, 영화를 몇편 보고 곡을 하나 썼는데도 도통 밤이 오지 않는 경우도 있었다. 이렇게 내 시간을 교란시키는 게 무엇인지 생각해봐도 전과 다른 것은 삼촌 말고는 아무것도 없었다. 나는 삼촌이 그것이 아닐까 하는 의심을 다시 해보았다.

삼촌이 어디서 무엇을 하다 왔는지 무척 궁금했지만, 물어보지 못했다. 만약 삼촌이 그것이라면 내게 모든 것을 말하고 훅 떠나버리고 말 것이라는 생각이 들어 앞으로도 묻지 않기로 다짐했다. 삼촌이 살아 있는 사람이 아니라 그것이라 할지라도 절대로 떠나가도록 내버려두지 않겠다고 결심했다. 이번이 세번째인데, 헤어지고 나면 두번 다시 못 보게 될 것 같았다. 후회하지 않도록 정신을 바짝 차려야겠다고 생각했다. 하지만 아무리 봐도 삼촌이 그것일 확률은 낮아 보였다. 삼촌은 내가 물어본 것에 대해 대답하는 것 말고는 단 한번도 스스로 자기 얘기를 하는 법이 없었다. 아무리 봐도 삼촌은 단단한 몸을 가진 인간이었다.

"철완아, 여기 있으면 안 돼. 이곳에서 떠나자. 그것들이 점점 더 많이 오고 있어."

"자꾸 어디를 가자는 거야?"

"음, 그러니까, 리우로 가자는 거지."

"삼촌도 못 가놓고 뭐라는 거야?"

"아니, 그러니까 가보자는 거지."

나는 삼촌에게 괜찮다고 했다. 그것들은 늘 그렇게 찾아오곤 했고, 나에게 해를 끼치는 것도 아니니까 상관없다고 했다. 삼촌은 내가 여기서 못 나가는 것이 그것들 때문이라고 했다. 삼촌은 뭔가 오해를 하고 있는 것 같았다. 나는 삼촌에게 부끄럽지만 고백을 해야 했다.

"삼촌, 사실 내가 살이 너무 쪄서 계단을 못 올라가. 어차피 앨범 내고 성공할 때까지 안 나가기로 결심하고 들어온 거니까 신경 안 써. 그러니까 자꾸 떠나자고 하지 마. 난 지금이 딱 좋아."

"살이 찌긴 뭘 쪄. 네가 나가려고 마음먹으면 나갈 수 있어. 여기서 이러지 말고, 우리 리우로 가자. 거기서 같이 노래하자. 성공이고 뭐고 그런 거 다 아무 짝에도 쓸모없는 거야."

삼촌의 인생관을 나에게 강요하는 것이 싫었다.

"삼촌, 나도 나의 인생이 있는데, 왜 자꾸 강요해? 나 계속 이곳에서 작업했어. 아무것도 아닌 존재가 되는 게 무서워서 정말 열심히 했어. 조금만 더 가면 되는데 왜 자꾸 그런 소리를 해."

곧 눈물이 떨어질 것 같은 눈으로 나를 쳐다보는 삼촌을 보니 울화가 치밀어 괜한 짜증을 부렸다.

"젠장, 왜 이렇게 안 풀리는 거야. 정말 열심히 했는데, 큰 욕심이 있는 것도 아닌데, 그저 내 이름값을 하고 싶은 건데, 왜 이렇게 운이 없는 거냐고. 사는 게 너무 무서워. 여기서 나가면 죽을 것 같아. 사실은 여기도 무서워. 내가 여기서 죽어 나가도 아무도 모를 거야. 그놈들이 들어와 나를 두들겨 팼을 때 나는 그게 제일 무서웠어. 아무것도 아닌 채로 죽는 거, 아무도 나를 발견하지 못할 거라는 거. 그놈들은 내가 아무하고도 교류하지 않는다는 걸 알고 있었던 거지. 지들도 나름 이쪽에서 활동하는 밴드라고 우리 팀 해체된 것도 알고 있고, 내가 혼자라는 것도 알고 있고."

내가 이야기를 하는 것이 아니라 이야기가 입을 통해 빠져나간다고 하는 편이 맞을 것 같았다. 내 입에서 줄줄 새어나오는 것이 꿈 이야기인지 진짜 내가 겪은 이야기인지 헷갈렸다.

"너무 아팠어. 죽으면 안 된다고, 정신 바짝 차려야 한다고 생각했어. 그래서 아직 여기 있을 수 있는 거야. 아무도 나를 들여다보지 않았지만 혼자 이겨냈어, 나는."

말을 하다보니 눈물이 터져 나오기 시작했다. 울고 싶었던 것은 아닌데 몸속의 수분이 눈으로 모조리 빠져나가는 것 같았다. 삼촌은 내 손을 가만히 잡아주었다.

"삼촌도 도망가지 말고 여기서 제대로 살아. 친구들과 다시 모여서 공연을 해. 내가 공연장도 알아봐줄 수 있어. 다시 예전처럼 음악을 했으면 좋겠어. 나머지 멤버들은 내가 모아줄게."

그러나 삼촌은 고개를 저었다.

"지나간 것에 미련을 두지 마. 그 시간을 통과해서 난 이만큼 와 있는 거야. 그만큼 나는 변했고 모든 것의 의미는 달라졌어. 철완아, 한곳에 붙어서 관성으로 살면 안 돼. 네가 너무 오랜 세월 이곳에 붙어 있으니까 그것들이 너한테 짐을 지우고 도망가는 거야. 모르겠어? 나도 미련 때문에 머뭇거리다가 떠날 시간을 놓쳐버렸어. 돌부처를 찾아가면 이곳을 떠날 수 있을 거라고 해서 찾아왔지, 너를 찾아온 게 아니야. 너는 네가 뭘 하는 건지도 모르고 있는 거지? 너는 왜 아직 여기 있는 거니. 벌써 십삼년이나 지났는데."

어느 정도 삼촌이 그것일지 모른다는 의심을 해보았기에 죽을 정도로 놀라지는 않았고, 그의 이야기는 어차피 그것들이 떠드는 것과 다를 바가 없었기에 귀담아 듣지 않으려 했다. 그런데 내 입에서 나온 말은 무엇이며, 내가 무엇인지 알 수 없어 두려웠다. 무엇으로부터 십삼년이 지났다고 하는 건지도 알아들을 수 없었다.

삼촌은 나에게 난데없이 미안하다고 하며 그것들처럼 혼자 떠들기 시작했다.

"내 재미에 빠져 밖으로 돌아다니느라 네가 어떻게 지내는지 모르고 살았어. 곧 돌아갈 생각이었는데, 네가 그렇게 젊은 나이에 죽을 줄은 몰랐다. 내가 같이 있기만 했어도 너는 그렇게 끔찍하게 죽지는 않았을 텐데. 너를 한달이나 지나 발견하는 일은 없었을 텐데. 정말 미안하다, 철완아. 누나가 네 글들을 모두 스크랩해놓았더라. 네가 우리 팀에 대해 쓴 글을 읽고 나는 다시 음악을 했어. 물론 그 팀 그대로도 아니고, 락도 아니었지만, 평생 음악을 했지. 참, 네가 만들어놓은 곡들 모두 내가 불렀어. 2010년 지나서는 음반은 거의 안 팔리고, 음원이라는 게 팔리거든. 네가 만든 노래가 꽤나 팔렸으니 너에게 부끄럽지만은 않아 다행이야. 맞다, 나, 무대에서 내려오면서 죽었다. 이걸 너한테 꼭 말해줘야겠다 싶었어. 네가 좋아할 만한 이야기잖아. 여기서 너를 만났다는 게 슬프지만 기뻤다. 시간이 좀더 길었으면 했는데, 그것들이 자꾸 찾아와서 더는 안 되겠다."

나는 내가 죽었다는 이야기보다 삼촌이 이곳을 떠난다고 하게 될 것이 더 두려웠다.

"아니야, 괜찮아. 이제는 그것들이 무섭지가 않아. 삼촌이랑 있으니까 괜찮아졌어. 삼촌, 그냥 여기서 함께 지내. 또 가지 마."

삼촌은 목이 떨어져 나갈 것처럼 고개를 절레절레 흔들었다.

"네가 이곳을 못 떠나는 건 네 의지가 아니라 그것들 때문이야.

그것들은 너한테 모든 걸 버리고 홀가분하게 사라질 수 있지만 너는 그 이야기들 때문에 비대해진 것이라고. 넌 그냥 희생양이라는 걸 자각해야 해. 넌 여기가 가장 안락하고 안전한 곳이라고 생각하겠지만, 나가보면 알 거야. 그것들에게 들었던 모든 것들을 잊어버리고 그냥 문을 나서면 돼."

삼촌은 인사도 없이 밖으로 나갔다. 계단을 오르는 발소리가 어느새 멀어져갔다. 나는 자신의 이야기를 모두 해버린 삼촌이 다시 돌아오지 않을 것을 알았다. 내가 오래전부터 이 세상 사람이 아니었다는 것을 믿을 수가 없었다. 나는 허망하고 허망하여 울었다. 도저히 멈춰지지 않는 울음이었다. 그러는 동안 문을 열고 그것들이 수도 없이 들어왔다가 내가 우는 것을 보고 뒷걸음질 치며 밖으로 도망갔다. 나는 그것들에게 내 끔찍한 이야기를 들려주고 싶어 가지 말라고 소리쳤다. 그것들은 귀를 막으며 고개를 절레절레 흔들며 도망쳤다. 나는 그것들이 듣건 말건 뒤통수에 내 불운과 불행에 관한 이야기를 쏟아부었다. 아주 오랜 시간을 그렇게 지내다보니 소문이 난 건지 더이상 아무것도 찾아오지 않았다.

눈물이 멈추고 나니 몸이 한결 가벼워진 느낌이었고 모든 게 괜찮게 느껴졌다. 심지어 내가 만든 노래가 나도 없는 세상을 계속 살고 있었다고 생각하니 조금은 덜 억울했다. 나는 오랜만에 문을 열었다. 문 잠그는 것을 자주 잊었다는 것이 기억났다. 밖으로 나가 안쪽 손잡이의 걸쇠를 눌러놓고 문을 닫았다. 그리고 조심스럽게 계단으로 올라갔다. 그동안 내 몸뚱이를 잡고 놔주지 않던 계단의

벽이 사라지는 것 같았다. 그 사이에 끼인 몸통도, 계단을 겨우 오르던 발도, 양쪽 벽을 지탱하던 팔도 서서히 사라졌다. 나는 한없이 가벼워져 없는 발로 계단을 한달음에 올라섰다. '꾸꾸루꾸꾸 빨로마…… 께바나 싸베 데 아모레.' 보이지는 않았지만 저편에서 나지막하고 고요한 음성으로 꾸꾸루꾸꾸 노래를 부르는 삼촌의 목소리가 들렸다. 눈 속에 빛이 가득해서* 다른 것은 보이지 않았다. 나는 내가 아닌 것으로 돌아가고 있었다.

* 강성은 시집 『단지 조금 이상한』에 실린 시 「환상의 빛」에서 인용.

| 해설 |

고독에서 사유하다

신샛별

1. 고독한 사람들의 시계공

정소현의 소설은 고독한 사람들의 거처다. 그의 소설에는 사랑하는 사람과 준비 없이 이별을 했거나(「그 밑, 바로 옆」, 「꾸꾸루 삼촌」), 신뢰하고 의지해온 관계에서 회복하기 어려운 상처와 고통을 얻었거나(「어제의 일들」, 「지옥의 형태」), 가족과 친구의 죽음을 무력하게 받아들일 수밖에 없었던(「엔터 샌드맨」, 「품위 있는 삶, 110세 보험」) 사람들이 머문다. 그들은 사랑과 관계, 그리고 삶의 유한성을 통감한 후 병처럼 찾아든 고독을 앓고 있다. 그들의 안타까운 사연에 감정을 이입한다면 이 소설집을 편하게 읽어내기는 어려울 것이다. 그러니 차라리 지독하게 고독해져보겠다는 각오로 여섯편의 이야기를 음미해보자. 그러고 나면 불가피한 유한성 앞에서 최대한으로 가능한 인간적인 선택과 삶다운 삶이란 무엇일지를 고심해보게 될 것이다.

고독한 사람들의 내면을 표현하기 위해 정소현은 시간과 맞서는 데 특히 용감하다. 그의 소설들은 과거에서 현재를 거쳐 미래로 속절없이 흐르는 선형적 시간을 따르지 않으며, 그러한 크로노스적 시간을 거스르거나 중단시킨다. 그의 소설 속 인물들이 "시간을 가늠할 수가 없다"(136면), "시간의 흐름도 이상했다"(196면), "시간이 정말 흘렀는지, 내가 시간 속에 있긴 한 건지, 나란 존재가 있긴 한 건지 알 수 없었다"(98면)라고 말하는 데는 이유가 있다. 고독의 수렁에 빠져 있는 사람들에게 일어나는 공통적 사건은 시간관의 중대한 혼란이다. 그들은 돌아가고 싶은 과거의 한 시절에 붙박여 살거나, 불행해져버린 인생의 발단을 추적하면서 자기처벌에 준하는 복기를 멈추지 않는다. 그들이 경험하는 기이한 감각과 기분을 구체적으로 나열하는 정소현의 소설들은 독창적 서사-시계에 따라 움직인다. 고독한 사람들에게 맞춤하게 제작된 그 서사-시계에 기대어 새로운 매일을 일관되게 '어제'로 기록하기도 하고, 과거에서 또다른 과거로 이행하는 끝없는 회상의 여로를 좇는가 하면, 일어나지 않았지만 이미 지나가버린 가상의 과거가 실재한다고 착각하기도 한다. 심지어 그의 소설 속 인물들은 망자와 대화를 나누기도 하고 잠들지 않고서도 꿈속을 살아간다. 정소현의 소설에서 시간에 기반을 둔 모든 사건들, 수면과 각성, 상상과 실재, 생성과 소멸

등의 경계는 흔들리거나 지워진다. 언뜻 비현실적으로 보일 이 소설집의 환상들은, 고독한 사람들의 지극히 현실적인 일상이다. 누군가에게 현실의 어떤 고독은 그렇게 비현실적인 방식으로만 겨우 버텨지는 것이다.

2. 그리움이 불러낸 목소리

정소현의 소설에서 삶과 죽음 사이에는 문턱이 없다. 「그 밑, 바로 옆」과 「꾸꾸루 삼촌」의 인물들은 죽어서도 목소리를 잃어버리지 않으며, 그 목소리로 살아 있는 동안 못다 한 이야기를 남긴다. 이승과 저승이 뒤엉켜 있는 시공간을 배경으로 두편의 소설은 가족을 저승으로 떠나보낼 수 없는 이승의 그리움과, 이승에 남은 가족을 아끼고 염려하는 저승의 미련이 서로 마주하는 장면을 그린다. 「그 밑, 바로 옆」의 '견'은 소설의 첫 장면에서 "할머니가 저세상으로 떠났다"(126면)는 것을 인지하지만 "엄마이자 아빠이자 나의 세계"(132면)인 할머니와의 갑작스런 이별을 쉽게 받아들이지 못한다. 견은 할머니의 시체가 목소리를 내는 것을 꿈이라고 생각했다가, 언젠가 죽은 척 연기를 해서 자신을 놀라게 했던 할머니의 장난을 떠올리며 할머니의 생환을 믿기 시작한다. 그리고 할머니의 목소리가 시키는 일들을 차례로 수행해가면서 마침내 할머니의 죽음을 부인하는 데 성공한다.

할머니의 시체 곁에 누워 잠드는 '선택'을 하기 전에 견이 자신의 혈육을 찾아 그들과의 삶을 일시적으로 경험해보는 설정은 상징적이다. 도시의 철거민, 노숙자, 실종자들이 모여 있는 이른바 '개미촌'에 살면서 견은 학교를 다니지 못했고 식당에서 일하며 무시와 모욕을 당한 적이 있다. 폐지를 줍고 노점을 하는 할머니와 함께 살던 때와 비교하면, 되찾은 가족이 보장하는 '신도시의 아파트 단지'의 삶은 청결하고 안락하다. 그러나 견은 자신을 다른 이름으로 부르는 가족을 떠나 할머니의 시체 곁으로 돌아가기로 결심한다. 자신을 납치했던 할머니의 과오를 알고서도 이해하고 용서할 수 있을 만큼 할머니가 보고 싶었고, 가족을 만나보니 오히려 혈육이 아닌 할머니가 대체불가능한 자신의 '진짜' 가족이라는 확신이 든 것이다. 할머니에 대한 그리움의 정도를 "난생 처음 느끼는 한기", "무릎과 팔꿈치를 비집고 지나가고, 뼛속으로 들락날락하는 한기"(152면)로 표현하는 이 소설의 마지막 장면에서 할머니는 견을 괴롭히던 한기를 훑어내듯 그녀를 어루만지고 끌어안는다.

이 소설에서 '한기'는 일차적으로 할머니와의 관계에서 견이 느껴온 친밀감이 사라진 상황, 즉 할머니의 죽음으로 인한 견의 고독을 은유한다. 그러나 보다 심층에서 '한기'는, 할머니가 '개미촌'을 지키기 위해 반대해온 '청계천 복원'이라는 사건과 맞물려, 역사를 고려하지 않는 무차별식 토건 개발과 그에 의존해온 한국식 근대화 모델 및 통치성에 내재된 비정함과 냉혹함을 가리킬 것이다. "할머니는 우리가 어떻게 이곳에 살게 되었는지, 왜 떠날 수 없는

지 이야기해주곤 했다. (…) 할머니의 옛날이야기를 듣고 있으면 피보다 더 진한 과거의 시간을 그대로 물려받은 것 같아 마음이 놓였다."(137면) 시간은 공간에 축적된다. 이 소설은 의류상가 하단에 난 작은 구멍을 통해 긴 계단을 내려가야만 나타나는 낡고 어두운 '개미촌'이 낙오된 사람들의 남루한 모습이 아니라 역사라고, 그곳 특유의 온기를 '신도시의 아파트 단지'에서는 절대로 느낄 수가 없다고 힘주어 말한다. 할머니의 품, 오래된 것이 내뿜는 온기, 진심 어린 돌봄이 주는 친밀감을 '개미촌'이라는 지하 공간에 포개놓고, 그곳을 벗어나 지상의 아파트를 방문했다가 지하로 되돌아가는 견의 '상승과 하강'을 좇으면서, 정소현은 과거-현재-미래로 나아가는 수평적 시간의 흐름을 수직적 공간의 이동으로 변환해 형상화한다. 이런 맥락에서 보면 「꾸꾸루 삼촌」에서, 죽었으나 이승을 떠나지 못하는 '그것'들이 출몰해 불우하고 불운했던 자신의 과거를 회고하는 곳이 '지하실'로 설정돼 있는 것은 자연스럽다. 정소현의 소설은 과거를 지우면서 미래를 향해 맹목적으로 돌진하는 세상의 욕망과 시간의 난폭함에 맞선다. 그는 발밑의 과거를 내려다보는 부감의 시선을 견지하면서, 지하의 온기와 그곳에 고여 있는 사람들의 목소리를 수집한다. 그러므로 그의 소설이 보여주는 깊이는 (개인의 것이든, 공동체의 것이든) 역사가 복원되는 효과를 낼 것이다.

청년 뮤지션의 음악 작업실에서 일어난 기묘한 사건을 다루는 「꾸꾸루 삼촌」이 복원하고자 하는 것은 십삼년 동안 지하실에 갇혀 들리지 않았던 '철완'의 이야기다. 자신이 만든 곡을 노래할 보컬을 찾기 위해 오디션을 보고 있는 철완에게 오래도록 소식을 모르고 살았던 삼촌이 찾아온다. 철완은 "영혼이나 유령, 귀신으로 불러야"(196면) 좋을 듯한 '그것'들이 어느날부터 작업실에 들이닥치는 바람에 그들의 인생사를 억지로 듣는 고통에 시달려왔다. 불쑥 찾아온 삼촌도 어쩌면 '그것'들과 같은 죽은 사람이 아닐까. 삼촌의 정체에 대한 의심을 긴장감의 동력으로 가져가면서 이 소설은 '살아있는 철완'과 '죽은 삼촌'의 우스꽝스러운 동거를 묘사하고, 어린 철완에게 영웅이나 다름없었던 뮤지션 삼촌의 기구한 이력을 소개하는 데 많은 지면을 할애한다. 이쯤 되면 삼촌의 정체가 '그것'인지 아닌지는 그리 중요하지 않아 보인다.

그런데 이때, 기다렸다는 듯 삼촌은 다른 '그것'들과 마찬가지로 자기 인생의 굴곡을 되짚어본 뒤 철완에게 작별을 고한다. "나도 미련 때문에 머뭇거리다가 떠날 시간을 놓쳐버렸어. (…) 너는 네가 뭘 하고 있는 건지도 모르고 있는 거지? 너는 왜 아직 여기 있는 거니. 벌써 십삼년이나 지났는데."(222면) 삼촌의 정체가 폭로되는 이 대목에서 1인칭 화자 '철완'에 대한 독자의 신뢰는 무너진다. 철완 역시 '그것'이었던가. '살아있는 철완'이라는 전제가 와해되는 이 지점에서부터 이 소설에 내장돼 있던 비밀들이 하나씩 풀려나온다. 십삼년 전 지하실에 든 강도에게 맞아 철완은 사망했고, 삼촌보다 더 성공하겠다며 절치부심해 만들어놓은 철완의 곡들은 결과적으로 조카보다 더 오래 살았던 삼촌이 대신 발표했으며, 뮤지션으로 살다가 “무대에서 내려오면서 죽은”(223면) 삼촌이 먼저 ‘그것’이 되어 있는 철완을 만나러 지하실을 방문했던 것이었다. 그러니까 이제까지 독자는 최근 ‘그것’이 된 삼촌과 십삼년 전 사망해 ‘그것’이 된 뒤 줄곧 지하 작업실에 은거해온 철완의 만남을, 다시 말해 망자들의 해후를 지켜본 셈이다.

정교한 플롯을 구축해 소위 ‘「식스센스」풍 반전’을 도모하면서 이 소설이 전하고자 한 것은 죽음이라는 한계를 넘어서까지 지속된 어떤 열망과 그리움이다. 조카의 억울하고 비참한 죽음과 이루지 못한 소망을 떠올리면서 철완 몫의 음악 인생을 대신 살아온 삼촌의 삶에, 닮고 싶고 또 넘어서고 싶었던 삼촌과의 재회 이후에야 자신의 죽음을 인정하고 이승을 떠날 수 있게 된 조카의 사연이 더해질 때 우리는 이 ‘유사(類似) 부자’ 혹은 ‘유사 형제’의 음악에 대한, 그리고 서로에 대한 절절한 사랑을 확인하게 된다. 전 생애 동안, 아니 생애가 끝난 뒤에라도 꼭 한번 다시 만나야만 했던 철완과 삼촌의 이야기에 ‘사랑에 대해 더 무엇을 알 수 있겠나(Que van a saber de amores)’라고 묻는 노래가 얹히는 것은 필연적으로 보인다. 그러고 보면 정소현의 소설들이 시간과 싸우고 삶과 죽음 사이의 장벽을 넘나들며 환상적 시공간 위에 이야기를 펼치는 이유는 하나다. 그의 소설들은 죽음이 끝인 줄로만 아는 우리의 상식을 부수고, 죽음 너머에서도 유효한 그리움의 힘을 입증하고자 한다.

3. 기억력과 망각력

정소현의 소설들이 망자를 하나의 캐릭터로 등장시키는 데 주저함이 없는 것은 인간의 육체적 한계보다 정신적 가능성에 주목하기 때문일 것이다. 육체로서의 인간은 언제나 한 순간을 단 한번만 살아볼 수 있다. 그러나 정신으로서의 인간은 시공간의 족쇄로부터 풀려나 얼마든지 같은 순간을 되살아볼 수 있다. 하우저(A. Hauser Arnold)의 분류를 따른다면 전자를 중시하는 쪽은 플로베르(G. Flaubert)고, 후자를 지지하는 쪽은 프루스트(M. Proust)일 것이다. 플로베르를 위시한 자연주의 작품들이 전에도 앞으로도 다시없을 시간의 일회성을 표현하는 데 주력한다면, 프루스트는 지나간 시간, 즉 '잃어버린 시간을 찾아서' 유례없는 정신의 길을 개척한다.[1] 우리는 프루스트가 마들렌의 맛, 접시에 숟가락이 부딪히는 소리, 휘발유 냄새 등을 통로로 기억의 다발들과 만나 과거를 충만하게 되살아봤다는 것을 잘 알고 있다. 그렇다면 사망 이후 "몸은 사라지고 정신만 생생한"(98면) 화자가 특정한 조도, 냄새, 온도 등을 매개로 자신의 과거를 연상하면서 긴 기억의 회로를 떠도는 이야기인 「지옥의 형태」도 '프루스트적'이라고 할 수 있지 않을까.

"나는 1975년 겨울에 태어나 2015년 늦여름에 죽었다"(96면)는 문장으로 시작되는 이 소설의 화자는 제 육체의 죽음을 적시한 뒤

---

1 아르놀트 하우저 『문학과 예술의 사회사 4』, 백낙청·염무웅 옮김, 창비 2002, 268~270면.

유원지로 산책을 간다. 이 산책길은 그녀의 정신이 생전의 삶을 다시 사는, 니체 식으로 말하자면 '정신의 영원회귀'를 서사화하기 위한 장치다. "과거의 모든 일들은 그 자리에서 그대로 반복됐고, 그때 느꼈던 모든 감각과 감정들 또한 재생되었다."(99면) 그런데 이 소설의 화자에게 과거는 추억할 만한 게 못 된다. 아무리 돌이켜 살아본들 그녀의 삶 대부분을 장악하고 있는 것은 불행의 기억뿐이며, 그 기억과 함께 소외감과 비참함, 고아의식 같은 부정적 감정만 환기됐기 때문이다. 그녀는 부모님과 형제, 중학생 시절의 단짝, 남편과 딸로부터 자신이 버림받았다고 믿으면서 내면의 상관물로 '빈방'을 떠올리기도 한다. "그 빈방을 채우기 위해 늘 다른 사랑을 찾아 헤맸으나 그것은 무엇으로도 채워지지 않았을 뿐 아니라 그곳에서 도망칠 수도 없었다."(102면) 어린 시절 자신을 보며 한숨을 내쉬던 부모 앞에서 "완전히 거부당한 기분"(101면)을 느낀 이후, 그녀는 일종의 트라우마에 시달려왔고 사랑하는 사람에게 버림받을지 모른다는 불안을 떨쳐내지 못했다. 그래서 일체감을 선물해준 관계마저도 번번이 망쳐버리기 일쑤였다. 행복할 때에도 관계의 끝, 사랑의 종말을 예감하면서 관계로부터 달아나버리거나 먼저 파탄을 선언해버렸던 화자의 에피소드들이 중첩될수록 우리는 '망각이야말로 축복'이라는 말의 진의를 실감하게 된다.

어린 시절의 상처에 발이 묶여 인생 전부를 망치게 된 이 소설의 화자에게, 기억력은 자신의 삶을 계속해서 지옥 속으로 밀어 넣는 적군처럼 보인다. 육체가 사라졌는데도 여전히 정신은 남아서 기억의 굴레를 벗어날 수 없는 그녀는 절망한다. "나는 내가 삶인 줄 알고 살았던 그것이 지옥이었고, 지금은 사라지지 않는 그 시간들을 그저 반복하고 있을 뿐이라는 것을 깨달았다."(117면) 니체의 '영원회귀'가 '운명애'라는 정언명령을 이끌어내기 위한 철학적 가설이 아니라 진실이 될 때, 이미 삶을 불행으로 완결해버린 인간에게 그것은 참담한 저주가 아닐 수 없다. 이 소설은 타자와의 일체감이 아닌 다른 행복감은 전혀 알지 못했던 사람, 타자라는 '기둥 뒤의 세계'가 끝내 도달 불가능한 천국이라는 것을 죽은 뒤에야 겨우 알게 된 사람, 살아서는 지옥을 살았고 죽어서도 같은 지옥을 반복해 살게 된 가엾은 사람의 이야기다. 그녀의 고독은 그녀가 기억의 감옥에서 해방될 때까지, 이 소설 속 표현을 빌리자면 "심장의 자리에 들어 앉아 나를 겨우 존재하게"(98면) 하는 생각이 멈출 때까지 지속될 수밖에 없어 보인다.

그렇다면 '기억력'이 아니라 '망각력'을 소유한 사람은 고독하지 않을 수 있을까. 「지옥의 형태」의 자매편인 「어제의 일들」은 여기에 대답하기 위해 쓰인 소설처럼 보인다. 이 소설은 「지옥의 형태」의 화자 '율희'가 중학교 동창 '상현'을 두고 퍼뜨린 소문이 어떻게 상현의 인생을 망가뜨렸는지를 상현의 입장에서 말해준다. 이십여년 전, 상현은 좋아하던 선생님과 추문에 휩싸였고, 그로 인해 자신을 키워준 조부모와 이별했고, 자살 시도의 후유증으로 신체적·정신적 장애를 얻게 됐다. 가해자들에게 원한을 품고 복수를 한대도 이상하지 않을 텐데, 상현은 기억력이 심각하게 훼손된 탓에 그 모든 일을 '어제의 일들'로 치부한다. 「지옥의 형태」와 「어제의 일들」의 주인공을 각각 '기억력과 망각력의 화신'이라고 해석할 수 있게끔 이 소설들에는 다음과 같은 문장들이 나온다. "나는 매번 그녀를 알아보지 못했다. 헤어지는 순간부터 그녀의 얼굴과 이름은 서서히 흐려지기 시작했고, 다음 날 아침이 되면 머릿속에서 거의 지워져 있었다."(56면) "그녀는 마치 내 기억을 되돌려야 할 사명을 가진 사람처럼 옛이야기를 했고 나는 그 이야기들을 받아 적었다. 그녀는 내가 잊어버린 나를 아주 잘 알고 있었다."(57면)

각각 기억과 망각에 탁월한 '그녀'와 '나', 그러니까 율희와 상현의 차이는 그들이 불행을 대하는 태도와 관련해 특히 인상적이다. 상현은 율희와 재회하여 중학교 시절의 사건을 기억해내고, 율희를 포함한 동창들의 구체적 가해 사실들도 떠올리게 된다. 그러나 그 모든 일들이 자신에게 준 엄청난 피해에 대한 배상을 요구하기는커녕, 체기 같은 죄의식을 없애고자 이제와 용서를 구하러 온 동창들에게 "그래, 다 용서한다, 괜찮다,라는 말을 기계적으로 해주었을"(78면) 만큼 과거에 초연하다. 이 초연함은 그녀가 자살 시도에 실패한 이후 살아낸 이십여년의 시간이 만든 것으로 추정되는데, 그 시간 동안 상현은 간병인이었던 양어머니가 자신의 막내딸을 잃고 터득한 삶의 지혜를 물려받을 수 있었다. '화무십일홍'이라는 말에 함축돼 있는 그 지혜를 버팀목 삼아 상현이 "차마 다 기억할 수도, 돌이킬 수도 없는 그것들은 명백히 지나가버렸고, 기세등등한 위력을 잃은 지 오래다. 살아 있어 다행이다. 다행이라 말할 수 있어 정말 다행이다."(93면)라고 말할 때 이 소설은 망각이 선사하는 어떤 해탈의 경지로 우리를 안내하는 것 같다. 그렇다면 「지옥의 형태」와 「어제의 일들」은, 기억력 때문에 불행으로부터 빠져나오지 못한 율희와 망각력에 힘입어 불행을 극복하게 된 상현의 모습을 대비해 보여줌으로써 '기억의 저주와 망각의 축복'에 대해 말하고 있는 것일까.

소녀들의 악의에 의해 삶을 유린당한 상현이 사건 이후 과거에 매여 살지 않을 수 있었던 것은 망각의 효과이기도 하지만, 더 중요하게는 주차장을 관리하며 그림을 그리기 시작하고서부터 그녀가 "이전과는 다른 세계로 진입했기"(66면) 때문이다. "내가 기억하는 옛일들, 가족들과의 추억, 내가 잘못한 일이나 잘한 일, 나를 이렇게 몰고 온 것들, 가족들에게 하고 싶은 말 같은 것들을 적어두고"(63면) 그 옆에 그림을 그리는 세계에서 그녀는 온전히 혼자였고, 그랬기 때문에 자기 자신과의 대화에 몰입할 수 있었다. 그 세계의 이름은 물론 '고독'일 것이다. 이제 「지옥의 형태」와 「어제의 일들」은 일찍이 아렌트(H. Arendt)가 구분해놓은 두가지 유형의 고독을 각각 경험하는 인물들의 이야기로 읽힌다. 아렌트는 고독을 'solitude'와 'loneliness'로 나누면서 전자를 '내가 나 자신과 교제하는 실존적 상태'로, 후자를 '인간 집단뿐만 아니라 나 자신이라는 있음직한 동료로부터도 버림받은 상태'로 정의한 바 있다.[2] 타

2 한나 아렌트 『정신의 삶』, 홍원표 옮김, 푸른숲 2019, 136면.

자를 상실한 박탈감으로 고통스러워한 율희가 'loneliness'라는 고독을 겪었다면, 상현은 'solitude'라는 고독을 즐긴 쪽이다. 주차장을 지켜내려 제 돈으로 매상을 몰래 채우기까지 했던 상현의 보기 드문 의욕은 이런 맥락에서 이해가 된다. 누군가에게는 뻔히 손해가 나는 어리석은 일로 보이겠지만, '손님이 들지 않는' 버려진 그 주차장이야말로 그녀가 그림을 그리기 맞춤한 장소가 아닌가. 애초 그녀의 고독에는 자기 자신만 손님이 될 수 있으니 말이다. 이렇게 「어제의 일들」은 타자에 연연하지 않으면서 자기 구원에 이를 수 있는 길 하나를 보여주는 것 같다.

4. 죽음을 두번 통과하여

앞선 소설들에서 고독은 어떤 사건 또는 인생의 결과였지만, 여기서 살펴볼 「엔터 샌드맨」과 「품위 있는 삶, 110세 보험」에서 고독은 애도와 속죄의 형식으로 그려진다. 두 소설의 주인공 '지수'와 '윤승'은 각자 매몰 사고와 안락사로 친구와 가족을 잃었고, 그들의 죽음에 대해 죄책감을 가지고 있다. 「엔터 샌드맨」의 지수는 붕괴된 건물 잔해 밑에 단짝 친구 '은하'와 손을 잡은 채 깔려 있었다. 훗날 남편이 되는 '지훈'과 그곳에서 구조된 단 두명의 생존자가 됐지만, 살기 위해 맞잡고 있던 은하의 손을 부러뜨릴 수밖에 없었던 사실을 상처로 간직하고 있다. 생존 자체는 자기 몫의 행운

일 수 있어도 만화가를 꿈꾸었던 죽은 친구의 손을 훼손하면서까지 얻은 목숨이라고 생각하면 견딜 수 없이 괴로워졌고, 그래서 그녀는 사고 이후 한번도 제대로 잠든 적이 없다. 불면에 시달리면서 끔찍한 현실을 '이야기'나 '꿈'이라고 오인하는 것만이 살아갈 수 있는 유일한 방법이었다. 자다가 깨면 이야기 또는 꿈(이라고 믿고 있는 현실)이 끝나버려서 현실을 직시해야 할지 모른다는 두려움이 그녀를 잠 못 들게 하는 이유였다.

그런가하면 「품위 있는 삶, 110세 보험」의 윤승은 알츠하이머 진단을 받고 전혀 다른 사람이 돼버린 아버지의 합법적 안락사를 요청했고, 스쿨버스 전복 사고로 뇌사상태에 빠진 자신의 아이에게서 인공호흡기를 제거했다. 아버지의 사망 후 우울증을 앓던 어머니마저 음독 자살로 죽고 아이를 잃은 충격으로 남편이 오지로 봉사를 떠난 뒤, 그녀는 오롯이 혼자가 된다. 결과적으로 모든 가족과 이별하게 된 윤승은 병원장으로 일하면서 과중한 업무와 빽빽한 일정 속에 뛰어들어 고독과 피로를 형벌처럼 감당한다. 치매에 걸리면 안락사를 해주는 특약이 포함된 보험에 가입해둘 정도로 그녀는 일정한 조건 하에서의 안락사에 동의하는 입장이었지만, 의사 표시가 불가능해진 아버지와 아이의 목숨을 앗아가는 일에 자신이 협조했다는 자책으로부터 완전히 자유롭지는 못했던 것이다. 요컨대 두 소설의 주인공들은 자신이 사랑하는 사람의 죽음에 직간접적으로 연루돼 있다는 생각으로 괴로워하면서 삶을 연명하듯 버티고 있는 중이다.

사랑하는 사람의 죽음 이후 긴 애도의 시간을 보내오던 두 소설의 주인공은 소설의 말미에서 또다른 죽음 하나를 대면하게 된다. 「엔터 샌드맨」에서는 지훈의 죽음이, 「품위 있는 삶, 110세 보험」에서는 윤승 자신의 죽음이 그것이다. 두 소설의 백미는, 지수와 윤승이 이 두번째 죽음을 통과하면서, 고독에 침잠해 있던 과거의 자신이 외면해온 것이 무엇이었는가를 깨닫게 되는 부분이다. 「엔터 샌드맨」의 지훈은 살아남은 데 대한 미안함과 자신의 실수로 사고가 일어났을지도 모른다는 불안감을 버텨내기 위해 재난 현장을 기록하고 구조 작업을 도우며 살아온 인물이다. 그는 지수의 트라우마를 가장 잘 이해하는 사람이기도 해서 끔찍한 참사 현장의 사진을 지수에게 거듭 찍어 보내 그녀가 잃어버린 현실 감각을 되찾기를 바라왔다. 지수는 '굿바이 샌드맨'이라는 인터넷 공간에서 무서운 이야기를 읽고 쓰며 거기에 집착하는데, 지훈은 실재의 고통과 공포를 외면하는 그런 식의 대증요법으로는 지수의 여생이 '삶다운 삶' 쪽으로 변화해갈 수 없다고 생각한다. 지수를 산책길로 불러내 외출을 하게끔 유도하면서 "진짜 무서운 건 저런 가짜 이야기가 아니잖아. 우리가 단둘이 살아남아서 여전히 그날 속에 있는 거잖아"(180면)라고 말할 때, 지훈은 이 세상에서 서로를 구해줄 수 있는 사람은 서로뿐이라는 고백을 하고 있었지만 지수는 거기에 제대로 응답하지 못한다. 결국 지훈과 이혼하고 그가 죽었다는 소식을 들은 후에야 지수는 지훈이 말했던 진짜 공포를 "아주 명징하고 단단한 고통"(191면)으로 감각하게 되고, 지훈과 함께라면 가능할 수도 있었던 '삶다운 삶'의 세계가 "정말 있었다는 것을 깨달은 동시에 영원히 잃어버렸다"(191면)는 데 아쉬움을 느낀다.

「품위 있는 삶, 110세 보험」 역시 두번째 죽음과의 대면이 가져온 딜레마의 순간을 포착한다. 이 소설은 보험 계약의 유지 여부를 확인하는 동영상의 녹취록 형식을 띄고 있다. 녹취록에서 확인할 수 있는 분명한 사실은 화자 윤승이 늙어서야 삶의 행복을 알게 됐다는 점이다. "저는 노인이 되고서야 삶이 행복하다는 것을 알아버린 바보입니다."(13면) 아버지처럼 알츠하이머에 걸린 뒤 윤승은 삶에 대해 강한 애착을 보이는데, 문제는 치매 판정을 받은 이후에는 안락사를 받기로 한 보험을 해지할 수 없다는 데 있었다. 죽음은 점점 가까워오는데 윤승이 살아서 누리는 행복감은 점점 커지는 상황이 전개되고, 마침내 "제발 나 좀 살려줘"(46면)라고 외치는 그녀의 호소까지 듣고 나면 우리는 아연해질 수밖에 없다. 윤승의 안락사에 대해 우리가 가질 법한 두가지 입장을, 이 소설은 '민기'와 '하준'을 통해 미리 예견해두었다. '민기'의 주장처럼 망각의 늪에 빠지기 전 윤승의 의지를 존중해 그녀의 죽음에 찬성하는 게 옳은가, 아니면 '하준'의 의견대로 윤승이 "멀쩡한데도 죽어야 한다는 사실"에 이의를 제기하면서 "지금 행복하면 된 거"(45면)라고 생각하는 게 옳은가.

행복과는 거리가 멀었던 젊은 시절 윤승의 삶을 죽은 가족을 애도하고 그 죽음에 대한 자신의 책임을 심문하는 과정으로 읽을 수 있다면, 이 소설은 '기억의 윤리'와 '망각의 윤리' 또는 '가족(공동체)에 대한 책임을 느끼는 주체'와 '나(개인)의 행복을 추구하는 주체'의 극적 갈등 상황을 제시하고 있는 것처럼 보인다. 사실상 「엔터 샌드맨」의 지훈과 지수가 단둘뿐인 생존자로서 하나의 트라우마를 나눠가진 운명적 연인, 서로의 분신이었음에도 불구하고 결별한 까닭 또한 비슷한 종류의 갈등 때문이다. 지훈은 사고 이후 '떠나간' 사람들의 세계를 잊지 못해 '남겨진' 현실의 변화에는 소홀한 지수의 무관심을 우려했고, 그런 지수의 태도를 삶다운 삶을 가로막는 장애물이라고 여겼다. 그러니까 「엔터 샌드맨」에는 애도의 두갈래 길, 즉 '우울증적인 기억의 애도'와 '망각을 향한 운동으로서의 애도'가 어떤 면에서 서로 배타적일 수도 있다는 암시가 깔려있는 것이다.

이와 같은 첨예하고 난해한 문제에 대해 이 두 소설이 특정한 대답을 마련해놓고 있는 것은 아니다. 그러나 「품위 있는 삶, 110세 보험」의 윤승이 자신의 이름이 품고 있는 메시지, '윤리적으로 살면 결국 승리한다'를 되뇌는 장면을 염두에 두고 말해본다면, 정소현은 이 두 소설을 통해 각종 재난과 타자의 죽음을 빈번히 만나게 되는 우리 시대에 삶다운 삶이라는 이상에 우리가 어떻게 다가가야 할지, 또 윤리적 선택이란 어느 쪽에 무게중심을 둘 때 가능해지는지를 생각해보고 싶었던 것 같다. 분명한 것은 이 두편의 소설이 그러한 질문을 감당할 때 우리가 반드시 거쳐야 하는 관문을 '두 죽음'으로 가리켜 보이고 있다는 점이다. '타자의 죽음'과 '나의 죽음' 말이다. 그리고 그것은 잘 알려진 삶에 대한 두가지 명령,

'메멘토 모리(Memento mori, 죽음을 기억하라)'와 '카르페 디엠(Carpe diem, 현재에 충실하라)'에 연결돼 있는 듯하다.

'죽음을 기억하라'는 말은 살아 있는 사람의 오만함을 경계하는 명령이지만, 그것은 삶에 대한 우리의 긍정과 기대 그리고 미래에 대한 낙관과 의욕을 중지시킨다. '현재에 충실하라'는 말은 삶에 대한 회의와 비관을 극복하게 해주는 명령이지만, 그것은 필멸하는 인간의 운명과 거기에 기대어 발생하는 공동체적 공감 및 연대의 확장을 차단할 수 있다. 죽음을 '타자의 죽음'과 '나의 죽음'으로 세분화하여, 전자가 야기하는 상실감과 고통, 죄책감과 그리움을 살피고 후자가 삶의 절대적 가치를 웅변하면서 북돋우는 기쁨과 환희, 욕망과 행복을 탐문하는 이 소설집은 '메멘토 모리'와 '카르페 디엠'이 우리의 사유가 통과해야 할 두 관문이라고 말하는 것 같다. 삶다운 삶, 윤리적 삶에 대해 이 소설집이 남겨둔 질문에 대해서라면 우리는 이 두 사유의 관문을 번갈아 통과하는 동안에 겨우 대답할 수 있을 것이다. '죽음을 기억하는' 한 사랑도 관계도 어느날 허망하게 종결돼버릴 수 있다는 것을 잊을 수 없겠으나, '현재에 충실하고자' 하는 우리는 덧없는 인생에도 의미를 새겨보고자 거듭 삶의 일신을 소망한다. 이 소설집을 떠받치고 있는 고독은 그런 소망이 쉬어가는 장소다. 정소현의 소설들은 부디 고독에서 사유하라고, 그럴 때에만 우리는 이 유한한 삶을 후회 없이 살아낼 수 있을 거라고 당부하고 있는 것만 같다.

申샛별 | 문학평론가

| 작가의 말 |

나는 이 소설들을 길 위에서 구상해, 밤 10시에서 오전 7시 사이에 썼다.

소설을 쓰지 않는 시간 동안에는 우주 먼지의 본분을 다하며 살았다.

가능하면 해악을 끼치지 않는 우주 먼지가 되는 것이 나의 이상이지만,

시간에 종속되어 쓰는 존재인 한 그것에 도달하기는 어려울 것 같다.

후회했고, 후회하고 있으며, 후회하겠지만 다른 방도가 없다.

2019년 여름의 끝

정소현

| 수록작품 발표지면 |

품위 있는 삶, 110세 보험 …… 『문학동네』 2019년 봄호

어제의 일들 …… 『한국문학』 2014년 가을호

지옥의 형태 …… 『문학과사회』 2014년 겨울호(발표 당시 제목은 '기둥 뒤의 세계')

그 밑, 바로 옆 …… 『문학동네』 2013년 봄호(발표 당시 제목은 '할머니 곁에서 잠들다')

엔터 샌드맨 …… 『황해문화』 2015년 여름호

꾸꾸루 삼촌 …… 『현대문학』 2013년 9월호(발표 당시 제목은 '리우로 가자-꾸꾸루 삼촌')

품위 있는 삶

초판 1쇄 발행 • 2019년 8월 30일
초판 4쇄 발행 • 2023년 6월 22일

지은이 / 정소현
펴낸이 / 강일우
책임편집 / 한인선
조판 / 한향림
펴낸곳 / (주)창비
등록 / 1986년 8월 5일 제85호
주소 / 10881 경기도 파주시 회동길 184
전화 / 031-955-3333
팩시밀리 / 영업 031-955-3399 · 편집 031-955-3400
홈페이지 / www.changbi.com
전자우편 / lit@changbi.com

ISBN 978-89-364-3800-5 03810

* 이 책은 서울문화재단 '2015년 문학창작집 발간지원사업'의 지원을 받아 발간되었습니다.

* 책값은 뒤표지에 표시되어 있습니다.